电影迷的奇幻之旅

东海一族◎著

两个电影迷在电影王……囗穿梭的奇幻历险记

生活、……更奇幻？

目录

CONTENTS

自序：写给电影的情书

一　　神奇招聘　/　001

二　　龙争虎斗　/　014

三　　电影世界　/　026

四　　富贵城堡　/　042

五　　生日宴会　/　053

六　　飞龙在天　/　064

七　　英雄救美　/　080

八	卧虎藏龙 / 091
九	兄弟反目 / 103
十	一醉方休 / 113
十一	龙影山庄 / 125
十二	好酒之徒 / 140
十三	逢凶化吉 / 151
十四	肝胆相照 / 163
十五	义薄云天 / 175
十六	杀机重重 / 186
十七	爱情故事 / 200
十八	真相大白 / 214
后记	人生可以比电影更精彩 / 227

自　序

写给电影的情书

我是一个超级影迷，这本书可以算是我写给电影的情书。

记不清楚什么时候开始和电影结缘，印象中，还在幼儿园时，曾被父母带去电影院看轰动一时的《少林寺》，那时，懵懂无知的我自然不知道什么剧情，只记住了身手矫健、英气逼人的觉远和尚；上小学时，又被父母带到电影院看少儿不宜的《红高粱》，中间还被捂了几次眼睛，最后只记住了那句歌词"妹妹你大胆地往前走"；读高中时，在繁重的功课压力下，我一度产生了厌学情绪，某次上晚自习时我偷偷跑出来，溜到录像厅里看了李连杰主演的《倚天屠龙记》，看完后意犹未尽，接下来几天都在想什么时候能看到下部啊，后来才知道，这部片子因为票房不佳，所以只拍了上部。

如果说之前看电影是被动的和消遣式的，那么从大学开始看电影就是如饥似渴疯狂汲取。大学四年，我在课堂上没有学到多少东西，感情上也是一无所获，但最大的收获就是看了两三百本闲书和一千多部电影。说到这里，也许有人会质疑，四年时间怎么可能看一千多部电影。其实很简单,二十世纪九十年代末正是录像厅最后的辉煌时光,当时我就读的大学周边聚集着四五家录像厅,每天午场(12:30—17:30)、晚场(18:00—23:00)和通宵场(23:00—次日7:00)分别放映3部、3部和5部电影。我除了能观看到港台的经典影片外,连上映不久的好莱坞大片都能一睹为快。当时的我沉迷其中,看得不亦乐乎,每周至少去看两次晚场电影,最疯狂的一次曾经从午场一直看到通宵场,第二天一早回学校时,发现校门锁了,只好翻墙而入。现在回过头来想也觉得蛮可笑的,那个时候风华正茂,偏偏没有女朋友,大好时光都荒废在录像厅里了。但失之东隅,收之桑榆,上千部良莠不齐的电影看下来,最终炼成了一个疯狂热爱电影的超级影迷。

银幕上演的是悲欢离合,银幕下有趣的故事也不少。一次,宿舍一哥们儿华仔和认识不久的妹子约会,约在"红星一族"录像厅看电影。当时,录像厅的老板在营销方面也颇动了些脑筋,将录像厅内场分为大、中、小三个厅,分别放映不同的电影,希望将不同群体的受众都一网打尽。比方说大厅放映《人鬼情未了》《风月俏佳人》《西雅图夜未眠》等爱情片,中厅放映《第一滴血》系列或《终结者》系列等动作片,小厅就放映《黄飞鸿》系列或《警察故事》系列等经典港片。那晚,华仔本来和妹子在大厅看《乱世佳人》,看了十来分钟就觉得有些沉闷,突然听到一帘之隔的中厅传出令人销魂的声音,哥们顿时坐不住了,借口上厕所去隔壁看个究竟。OMG!中厅正在上映黛米·摩尔(Demi Moore)的力作《脱衣舞娘》,华仔可是摩尔的忠实影迷,难得见到女神在银幕上如此为艺术而献身,当下屁股坐定,津津有味地看了下去。于是,约会无疾而终,妹子拂袖而去。这是我所知道的为了看电影而做出牺牲的身边一例。

为什么喜欢看电影?因为在我看来,电影是人类技术和想象最完美的结晶,它不仅仅是光和影打造的一种视觉艺术,它更具有一种神奇的魔力,可以让你经历一些此生没有机会经历的事,体验一些没有机会体验的感情。换句话说,一部好的电影会让我们感觉经历了另一种不同的人生,这是一种安全的、奇妙的感觉。

在生活空虚的时候,电影曾给了我能量;在人生失意的时候,电影曾给我希望……痛苦的时候,电影是一片止痛药;消沉的时候,电影是一针强心剂。没有电影,生活会更加乏味和无趣。所以,我会继续看电影,在漆黑的电影院里享受另一种梦幻人生!

希望喜欢电影的你,也能喜欢这本书!

七岁时,齐天的理想是做电影明星。那一年,他在电影院里看了人生的第一部大银幕电影《泰坦尼克号》。

十七岁时,齐天的理想是做电影导演,因为他觉得导演既能名利兼收,又能假公济私去追女明星。那一年,他最喜欢看的电影是《非诚勿扰》。

二十七岁时,齐天已经没有理想,只想找一份工作糊口,当然,如果是电影院经理这种差事就更好了。只可惜,他还没有找到。

一、神奇招聘

1

"我们看了你的简历,有几个问题想了解一下。"

"请讲。"

"你在特长这一栏里写的是'看电影',请问这也算特长吗?"

"我非常喜欢看电影,我试过在电影院里待一天一夜,我曾经把喜欢看的电影翻来覆去看了十几遍,我看过近三千部电影,熟悉中外影史经典……你们星辉影业是一家侧重于影视宣传发行的公司,我觉得我很适合你们。"

"你之前在暴风雪公司工作过,这是国内顶尖的游戏公司,你为什么只待了两个月就不干了?"

"因为我没有通过试用期最后的《血与火世界》的游戏测试。"

"能讲讲详情吗?"

齐天脸上表情复杂,脑海里又浮现出一个月前在游戏测试中的场景。

苍山如海,残阳如血。火族勇士札木合(齐天在游戏中所扮演角色)一路闯龙潭、踏虎穴,过关斩将,血染战袍,终于看到了胜利的曙光。只要穿过前面的一线天,登上光明顶,拔出七杀碑上的圣剑,就可以完成任务了。

正当他准备一鼓作气穿过一线天时,却听到了"救命!救命!"的声音,寻声望去,只见距他二十步外有一处沼泽,一个身着雪族服饰的少女正在里面苦苦挣扎,可怕的淤泥已经淹没了她的腰身,如果再不施救,只怕她片刻间便要被这沼泽吞没。

札木合有些犹豫,虽然他现在暂时是一马当先,但他的对手也在后面紧追不舍,如果现在去救这个少女,势必会耽误时间,被对手追上,到时只怕前功尽弃。

沼泽中的淤泥像巨蟒一般缠住了少女,已经淹到了她的胸部,而她的呼救声也越来越微弱。札木合再也忍不住了,快步走到沼泽边,迅速解下腰带,用手抓紧一头,另一头绑住刀鞘,然后用力抛到少女身边。

少女用尽最后一点力气紧紧抓住刀鞘。说时迟,那时快,札木合使出九牛二虎之力用腰带将少女拉出了泥潭。两人都累得在地上气喘吁吁。见少女惊魂未定,札木合拿出水壶,让她喝点水压惊。

少女缓过气后,见札木合起身要走,连忙说:"谢谢你!我叫叶萝丽,你叫什么名字？"

"我叫札木合。"话音未落,札木合忽觉胸口剧痛,低头一看,只见一支长箭自身后穿胸而过,箭头鲜血淋漓。

札木合知道是对手追上来了,趁自己不备偷施冷箭。看着少女大惊失色的样子,札木合只觉一阵天旋地转,接着几个血红的大字闪现在眼前：

YOU DEAD! GAME OVER!

……

"这么说,你是因为救游戏中不相干的人,所以没有通过《血与火世界》的终极测试,是吗？"

"是的,暴风雪公司的那个职位只招一个人,就是最后通过游戏测试的那个,很遗憾我不是。"

"哦,如果是这样,那么很抱歉,你的处事原则不符合我们的企业文化,请你另谋高就吧。"

"请问你们的企业文化是什么？"

"狼性文化,生存第一！"

结束了这场失败的面试后,齐天一整晚都辗转反侧。求职不顺对他来说已经不是第一次了,所以心里倒也没有那么难受,只是奇怪的是,在他脑海里那雪族少女的身影总是挥之不去。虽然叶萝丽只是游戏世界的一个角色,但在屏幕后一定有一个像他这样的求职者在操作,只是不知道她是谁,她获得了暴风雪公司的那个职位,还是像他一样在漫漫求职路上苦苦求索。

第二天早上醒来后,齐天没什么胃口,于是窝在床上看《权力的游戏》。

"喂,齐天,借你的剃须泡用一下。"室友阿强推门进来。

"你自己拿吧,就在五斗柜上面。"齐天的目光从手机上移开,瞥了眼阿强,见他一头黑发梳得油光发亮,问道:"怎么,今天又要去相亲？"

"同事介绍了个95后的妹子,约着今天见个面,我得把胡子刮一刮,要不让人家误会成大叔可不好。"阿强平时颇有点不修边幅,一脸的络腮胡子,看上去比实际年龄大了十几岁。

"95后现在都急着相亲吗?"齐天有些诧异。

"这年头,早起的鸟儿有虫吃,尤其是婚恋市场上,青年才俊可是稀缺品,晚了可就只剩下歪瓜裂枣了。"

"就你这德行,也叫青年才俊?"

"你这狗嘴里吐不出象牙来,难怪现在还没找着工作!"阿强随口一句却正说到了齐天的痛处,他脸色顿时有些不好看。

阿强也知道说错了话,赶紧闪人。这哥们和齐天是大学同学,一个宿舍里住了四年,感情没的说。毕业后都去了广州,于是干脆一起合租了个两室一厅。几年下来,阿强的事业还算顺利,在一家都市报报社里混成了跑热点新闻的专题记者。相比之下,齐天的运气可就差多了,五年换了六个工作,一路走来磕磕碰碰,现在更是待业在家,靠着看电影、刷手机来消磨时间。

被阿强这么一说,齐天的心情跌到了谷底,把手机丢到一边,躺在床上,看着对面墙上贴着的《黑客帝国》海报发呆。这是他最喜欢的一部电影,每次看到黑衣墨镜、帅气逼人的基努·里维斯,齐天就会把自己幻想成片子里的救世主尼奥,在那个虚拟世界里纵横厮杀、所向无敌……

"齐天,"阿强又推门进来,把一张报纸放在齐天身边的床头柜上,"这是我们报社新刊的一则招聘广告,我看职位挺适合你的,要不你去试一试?"

齐天没说话,看着阿强离去后,才将目光落在报纸上,犹豫了一下,还是拿了起来。"招聘版"有两版,左边整个版面密密麻麻挤着二三十条豆腐块大小的招聘信息,右边整个版面则霸气十足地放着唯

——一条招聘广告,对比十分强烈。

齐天漫不经心地看了两眼,顿时如同触电一样从床上弹了起来,眼睛死死盯着报纸上的招聘广告,生怕漏掉一个字。

英雄,请留步!

我们在茫茫人海中寻找能够在光影世界里驰骋的英雄!

如果你,看过2000部以上电影,对中外佳片如数家珍;

如果你,敢于冒险,勇于尝试,对未知的事物充满了好奇;

如果你,不甘被命运摆布碌碌无为,期待释放体内的洪荒之力。

那么,来吧,我们找的就是你!这份年薪百万的工作正等着你!

龙吟影视娱乐集团诚聘试片人

联系电话:1368888XXXX

2

齐天将招聘广告翻来覆去看了好几遍,只觉得浑身热血沸腾,几乎要控制不住自己。作为一名资深的电影发烧友,看电影就是他最大的爱好:大学四年,他旷过的课不少于一千节,而看过的电影也不少于两千部。考试过关后,他喜欢去电影院看一场电影犒劳一下自己;无聊的时候,他喜欢一个人待在宿舍,从电脑里数以千计的下载影片中挑一部来解闷;失恋的时候,他会泡在录像厅里,从下午待到第二天清晨,七八部影片一路看下来,不吃不喝不睡,就像一个希望用电影之光来过滤自己体内所有烦恼因子的傻瓜……对他来说,生命中不能没有电影!

龙吟影视娱乐集团的名声早已是如雷贯耳。这是国内电影行业的龙头老大，旗下的院线数量和每年的电影票房在业内都是数一数二，如果能去这样一家公司就职，拿着百万年薪，齐天做梦都会笑出声来。只是这"试片人"又是什么职位？具体干什么？带着疑问，齐天拨打了招聘广告上留的电话号码。

电话刚拨通，还没等齐天说话，对面的客服已经不容分说地接上了："您好！这里是龙吟影视娱乐集团对外招聘客服电话，请您即刻回答以下三道随机问题，每道题限时十秒钟，全部回答正确方可进入下一环节。"

齐天愣了一下，反应过来后马上竖着耳朵听。

"第一题，馒头泡在稀饭里，打一香港影星名。"

"周润发。"齐天脱口而出。

"回答正确！第二题，李小龙从好莱坞回香港后，只拍了四部半电影，其中那半部指的是哪部电影？"

"《死亡游戏》。"

"回答正确！第三题，民国时期，哪一位女影星曾让国民政府军统副局长戴笠拜倒在她的石榴裙下？"

齐天心想这都是些什么题目呀，不过还是耐心答道："胡蝶。"

"三道题目全部答对，恭喜您有资格进入下一环节。明天下午三点，请去珠江新城华夏路力天大厦A座5608室参加面试，记住你的门禁口令是'天王盖地虎，宝塔镇河妖'。"

齐天一头雾水，还想再问两句，对方已经挂掉电话了。

没想到轻轻松松回答三个问题就能进入面试环节，看来那份年薪百万的美差已经在向自己招手了。齐天抑制不住心中的狂喜，从床上跳下来，双手高举，仿佛梅开二度后的梅西在诺坎普球场纵情庆贺。他已经很久没有听到好消息了，虽然只是获得了面试资格，但对消沉已久的他来说,绝对是一件可喜可贺的事情!

为了庆祝自己旗开得胜,齐天特意出去买了些菜,打算晚上下厨好好吃一顿。除了看电影外,烹饪算是他最大的爱好了,只是开年以来因为诸事不顺,提不起精神,他都有好几个星期没下厨做饭了。

齐天正在厨房里忙得热火朝天,突然阿强的声音从身后传来:"嗨!今天怎么有心情下厨了?"

齐天头也不回,道:"你不是相亲去了吗?怎么,晚上不用陪了?"

"唉!你说现在的小姑娘怎么就这么追求物质?我阿强好歹也相貌堂堂、一表人才,就算不是蓝筹股,也算得上是潜力股,怎么能因为我暂时无车无房就一票否决了呢?"阿强愤愤不平道。

"到底怎么回事?说来听听。"齐天回头看了看阿强剃得乌青锃亮的脸,一时不习惯这个平时胡子拉碴的兄弟变成了一个小白脸。

齐天做菜的工夫,阿强一五一十地将相亲经过和盘托出。原来,阿强的相亲对象是个肤白貌美的元气少女,一见面阿强便动了心。两人在绿茵阁吃西餐,席间,阿强充分发挥自己口齿伶俐、舌绽莲花的记者功力,逗得女孩笑个不停。本以为大家聊得投机,不料女孩漫不经心地问了句:"你们小区停车费多少钱一个月?"阿强说自己不清楚,女孩就没说什么了。吃完饭,阿强约女孩去看电影,女孩说自己还有事,就先走了。一小时后,女孩发了条短信给阿强,只有四个字:谢谢!再见!

"你说这女的是不是心机婊?想知道我有没有房、有没有车就直说嘛,非要拐弯抹角地问'你们小区停车费多少钱一个月'。"阿强越说越气。

"算了,你也别生气,天涯何处无芳草,饿不死和尚总有庙。是你的终究会得到,不是你的儿急也没招。"

说话的工夫,齐天的饭菜也做好了,做了三菜一汤,分别是回锅肉、尖椒炒牛肉、油淋茄子和蘑菇肉片汤。阿强开了瓶"白云边",斟好酒,兄弟俩坐在餐桌旁,有滋有味地喝起来。

"阿强,这一杯我敬你,谢谢你给我提供的信息,我今天打电话过去,答了几道题,居然获得面试资格了。"

"是吗?恭喜你!"阿强拿起酒杯和齐天碰了一下,两人一饮而尽。

"面试的难度肯定会大很多,我也不知道这次能不能成功。"齐天叹了口气。

"别担心,车到山前必有路。再说,我认识的人里面,还真没有比你更懂电影的,我觉得这个职位简直就是为你量身打造的。"

"谢你吉言!这次要是真的能够竞聘成功,兄弟我一定请你去'广州酒家'吃顿大餐。"

"好,一言为定!"

第二天下午 2:40,齐天站在力天大厦前,仰视着这座三百多米高的摩天大楼,顿时觉得自己非常渺小。门口进进出出的都是步履匆匆的西装男士和目不斜视的白领丽人,齐天低头扫了眼自己:一身 T 恤搭配牛仔裤的休闲打扮,一时觉得与这环境格格不入。

犹豫了一会儿,齐天还是鼓足勇气走进大堂,力天大厦里面像一个现代感十足的大剧场,空间极其开阔,正中有一块顶天立地的超大曲面屏,漆黑深邃的屏幕背景犹如漆黑的夜空,一条酷似 Windows 屏保的变幻线在屏幕上辗转跳跃,时不时变幻出一张电影海报来,一分钟内变换了六七张,都是龙吟影视娱乐集团近年来出品的大制作电影。

曲面屏的西侧是大堂前台,两名身着黑色职业套装容貌俏丽的年轻女子正在电脑前忙碌。她们身后的水晶墙上,挂着龙吟影视娱乐集团创始人龙在天的画像,只见他满头银发却依然目光炯炯,眉宇之间凛然生威,让人肃然起敬。

曲面屏的东侧是八道依次排开的门禁通道，员工在通道旁的触摸屏上按下手印，门禁便自动打开。

齐天知道自己进不去，留意到门禁通道最右侧有一位穿着制服、身材魁梧的保安，于是他走过去问道："您好！我是接到通知来贵公司面试的，请问怎么进去？"

保安瞥了齐天一眼，拿出一个酷似手持金属探测仪的东西，在齐天面前扫了一下，说道："口令。"

齐天愣了一下，反应过来后马上答道："天王盖地虎，宝塔镇河妖。"

话音刚落，探测仪上的红灯就亮了，一个电脑合成声应道："口令正确，放行！"几乎就在同一时间，离齐天最近的一道门禁自动打开，齐天赶紧走了进去。

在一位迎宾小姐的引领下，齐天经过了一条20米长的玻璃走廊，走到宾客专用电梯前，等到电梯门打开，齐天走了进去，按下56层的按钮，看着电梯门缓缓合上。

就在电梯门即将关上时，又突然停住缓缓打开，一位年轻女子闪了进来，一脸歉意地道："不好意思，我也上去。"只见她约莫二十四五岁年纪，一头披肩长发，相貌与国产片《重返20岁》的女主角颇有几分神似。

齐天微微一笑，道："没关系，你去几楼？"

"56。"

齐天伸出的手指僵在了半空中，问道："你是去面试吗？"

"是的，你也是吧？"

齐天"嗯"了一声，两人相视一笑，不过笑容都有些尴尬。

齐天本想和女孩搭讪两句，但想到对方是和自己一起面试的竞争对手，于是话到嘴边又咽了回去，不好再看着对方，只能装着在看电梯里的广告牌。不料女孩却目不转睛地盯着齐天,仿佛他身上有什么古怪似的。

齐天正纳闷的时候,女孩问道:"你这件文化衫上怎么有暴风雪公司的 logo?还有,'札木合'这三个字是什么意思?"

"我之前在暴风雪公司干过一段时间,这件定制款的衣服是我从那里留下的唯一纪念。'札木合'是我在游戏中的网名。"

"哦,难怪市面上没有卖的,原来是定制款。"

两人聊了没几句,56 楼到了,齐天跟在女孩身后出了电梯。

3

长长的过道里空无一人,齐天正对着指示牌找 5608 室,而身旁的女孩似乎对齐天很感兴趣:"我叫萧珮,萧何的萧,玉珮的珮。你叫什么名字?"

"我叫齐天,齐天大圣的齐天。"

"你是属猴的吗?"萧珮扑哧笑道。

虽然漂亮女孩主动搭讪不是件坏事,但此时此刻,齐天实在没什么心情和对方开玩笑。"时间快到了,我们赶紧走吧!"齐天说着,加快了步伐,萧珮紧紧跟着他,寸步不离。

一会儿工夫,两人便到了 5608 室门口。一个警卫模样的小伙子没等他们开口便迅速打开门,示意他俩赶快进去。

一进门,齐天环顾了一周,看清了整个考场的大概情况。这是一个圆形的考场,面积约 60 平方米,室中正对门口的是一张 2 米宽的条形桌,条形桌的一边坐着三位身着黑色西服的考官,居中的主考官年纪大约五十岁,面容枯瘦,不苟言笑。条形桌的另一边则放着六张球形太空椅,椅子扶手左侧分别有"1、2、3、4、5、6"的数字编号,1 到 4 号四张椅子上已经坐了来应试的考生,5号和6号两张则空着。

"快就座,面试马上开始了。"主考官说道。

齐天和萧珮分别在5号和6号两个空位上坐了下来。齐天打量了一下身边的竞争对手,四个人高矮胖瘦各不相同:一个瘦得像撑衣服的长条竹竿,一个是体重接近两百斤的胖子,一个是满脸沧桑的中年大叔,还有一个是戴着黑框眼镜、镜片非常厚的四眼仔。观察过后,齐天不禁信心倍增,再看看旁边的萧珮,一脸的淡定,似乎没将面试当一回事。

"大家下午好!我是今天面试的主考官成耀坤,你们可以叫我成Sir。"看到众人的目光都集中在自己身上,成耀坤停顿了一下,接着说:"我们龙吟影视娱乐集团此次要招聘的'试片人'一职,最看重的一个条件,就是要对中外佳片了如指掌,所有测试内容都是围绕这一要求设计的。在第一阶段电话初试的过程中,95%的应试者都没能答对随机抽出的三道题目,但在座各位都闯关成功了,这里我先表示恭喜,等会儿不论各位能否面试成功,都将获得一份纪念品。"

见竞聘诸人面有喜色,成耀坤道:"接下来的面试是以比赛的形式来进行,一共有十题,前九题,每题十分,最后一题是三十分的风险题。大家坐的椅子右边把手上有一个红色按钮,它是抢答器,每次题目显示完我说'开始'后,大家可按按钮抢答,答对者得分,答错者扣除题目对应分数,最后得分最高者获胜。"

众人试了下抢答器,均无异常。考官中的一位放好计时器,成耀坤做了个手势,"嘀嘀"的声音立刻响起,比赛正式开始了。只见条形桌的上方突然出现了一个巨大的投影幕布,伴随着甜美的女声画外音读题,第一道题逐字逐句地出现在幕布上。题目是:美国影片《七宗罪》中,年轻警员米尔斯犯下的是哪一宗罪?"

当成耀坤说完"开始"后,齐天马上按抢答器,不料还是慢了一步,身旁一名选手的抢答器先亮响了,齐天侧身一看,却是四眼仔,只见他对着话筒,扬扬得意道:"答案很简单,警员米尔斯犯下的罪是'愤怒'。"

"回答正确,加十分。"成耀坤道。

四眼仔一脸掩饰不住的喜悦,挥了挥右拳,兴奋得"Yeah!"了一声。齐天心中有些懊恼,对他来说这道题小菜一碟,没想到被旁人占了先机。

甜美的女声画外音再度响起,第二道题来了,题目是:请列举三部有穿越情节的华语片。

众人还在绞尽脑汁苦想时,齐天已经按响了抢答器的灯,随后对着话筒大声道:"《大话西游》《夏洛特烦恼》和《乘风破浪》。"对于"电影活字典"的他来说,脑子稍稍转一下,就能想出数十部有穿越情节的电影来,区区三部,实在不算什么。

回答正确,齐天也拿到了十分。这时,他才稍稍平静了些。环顾四周,几名男选手神情都十分紧张,只有萧珮,依旧一脸无所谓的表情。

第三道题出来时,大家都愣了一下,因为这道题看上去似乎和电影没有任何关系,题目是:请问哈佛大学的划桨手,于哪一年在英国亨利市举办的划船比赛中胜过了牛津大学的划桨手?

就在众人疑惑不解的时候,齐天第一个反应过来,按响了抢答器,随后答道:"答案是从来没有过。"

齐天答完后,有两名选手才反应过来,这是电影《达·芬奇密码》中出现过的一道题目,顿时懊丧不已。

第四道题题目才出来第一句话时,齐天就已经猜出了答案,不过碍于规则,他还是必须等到成耀坤说完"开始"才能按抢答器,结果几乎与他同一时间,有四名选手都不约而同地按下了抢答器,那位满脸沧桑的大叔成为幸运儿,以千分之一秒的手速优势抢先亮灯。

齐天无奈地摇了摇头,这简直就是一道送分题:美国著名导演弗朗西斯·福特·科波拉有一个侄儿是演员,曾获得过奥斯卡最佳男主角奖,近年来却被坊间称为"烂片之王"。他的名字是什么?

大叔激动得站起身来,大声道:"这位演员就是尼古拉斯·凯奇!他虽然拍过一些烂片,但他没有演烂过一个角色!他是我的偶像!"大叔挥舞着双手,激动得仿佛偶像就站在他面前,这一瞬间,他那张刻满沧桑的脸上似乎也有了勃勃生气。

齐天听了不禁有些感触。喜欢电影的人多半都会有自己特别中意的电影明星,这些人被他(她)们扮演的角色吸引,进而不自觉地投入自己最真挚的感情,甚至为之如痴如狂。真正的电影迷,都能理解这种感受。

二、龙争虎斗

4

大叔的行为在场内引起了一阵哄笑。主考官眉头一皱,沉声道:"这里是考场,请控制一下情绪。"

大叔这才回到现实中,不好意思地欠了欠身,轻轻坐下。

甜美的女声画外音再度响起,第五道题出现在屏幕上:著名作家金庸先生虽以武侠小说驰名海内外,但他早年曾涉足过影视圈,并于1958年亲自参与执导了一部时装电影,这部电影是什么?

众人正在冥思苦想之际,有人按响了抢答器,此人正是四眼仔,只听他说道:"答案是《王老虎抢亲》。"

"回答错误,扣十分。"成耀坤道。

"怎么可能答错呢?"四眼仔一脸茫然,嘟哝道。

这时,萧珮的抢答器响了,众人的目光都集中到她身上。只见她微微一笑,道:"《王老虎抢亲》不但是古装片,而且不是1958年制作的,正确答案是《有女怀春》。"

"回答正确,加十分。"成耀坤道。

此题一过,齐天顿时对萧珮刮目相看,要知道,这可是一道相当冷门的题目,齐天自忖也无法答出来,没想到居然被萧珮轻而易举地答了出来,看来这个女生不可小觑。

第六题出来后,齐天一见之下喜出望外,因为是他最熟悉的港片范畴:二十世纪九十年代,李连杰闯荡香港时,一手创办了正东(香港)电影公司,旗下出品此公司制作的部部精品,请问分别是哪几部电影?"

成功抢到第一题后,齐天连珠炮似的一口气说出了答案:"《方世玉》《方世玉续集》《太极张三丰》《中南海保镖》和《精武英雄》。"

不出意料,齐天又拿下了十分。这时,他以三十分的总分稳居第一,萧珮和大叔同以十分并列第二。

也许是运气来了挡也挡不住,第七题一出来,齐天心中忍不住窃喜。题目是:成龙未出名前,曾经自荐出演古龙小说改编电影的男主角,结果被古龙一口拒绝了,原因是什么?

对于"90后""00后"来说,这样的题目似乎过于遥远和陌生,但是对齐天这个曾经的港片发烧友来说,这样的"八卦"问题可谓正中下怀,于是按下抢答器后,他胸有成竹地道:"古龙拒绝他的原因是觉得他长得不够帅,不适合扮演自己小说中的男主角。"

答题完毕,齐天又下一城,此时他以总分四十分遥遥领先。

眼见优势如此明显,齐天心里顿时大为放松,结果第八题手上慢了一拍,被萧珮抢到了。齐天侧过身子,紧紧盯着萧珮,想知道她是否回答得出来,因为这道题并不容易:美国影片《肖申克的救赎》中,安迪用大幅海报遮挡逃跑地道,请问最后一张海报上的电影明星是谁?

萧珮的声音波澜不惊:"拉蔻儿·薇芝(原名 Jo Raquel Tejada,后改为 Raquel Welch)。"

除了齐天外,其他选手均一头雾水,都不知这个拉蔻儿·薇芝是何许人物。不过也怪不得诸人,这道题确实出得比较刁钻,虽然《肖申克的救赎》是一部众所周知的影史经典,但如此微小的细节,一般人都不会留意和深究。

此题一过,萧珮得了二十分,不过与齐天相比还有较大差距,所以他也并不紧张。

第九题时,形式却突然一变。左边的一位年轻考官下场,给每名选手都派发一张A4白纸和一支圆珠笔,原来此题竟要大家写在纸上。题目是:好莱坞著名影星布拉德·皮特在银幕上素以性感硬汉的形象出现,但其生平却有一件最胆寒的事情,请问是什么?

此题一出,众人面面相觑,唯有齐天内心在发笑,心说:想出这种题目的人和自己是同道中人,都是电影"八卦"爱好者。

纵然答不出来,也得胡诌一下,于是众人纷纷在白纸上写了起来。可是没有桌子作为支撑,在白纸上写字无从借力,于是众人八仙过海,各显神通:有的将白纸垫在膝盖上写;有的蹲下来,将白纸放在椅子上写;还有的将白纸折成一个小方块,放在左掌心写……可是无论怎样做,姿势都相当别扭,写得十分难受。

齐天冷眼旁观,突然想起一部电影里的场景,顿时恍然大悟,当即起身,上前几步,对成耀坤说:"不好意思,借各位的桌子一用。"言罢,不等对方同意,他双手抬起桌子,将其拿到自己面前。左右两名考官均怒容满面,觉得齐天举动太过无礼,但见成耀坤没有发话,都只好压住火气,没有出声。

齐天不顾众人惊讶的目光,将白纸放在桌上,龙飞凤舞地写了起来,片刻工夫便大功告成。看见身旁的萧珮正将白纸垫在膝盖上十分吃力地写着,齐天便将桌子轻轻推了过去。萧珮回了他一个感激的眼神,便将白纸放在桌上,认真地写了起来。

一会儿工夫,众人完成答题,都交了卷。

答案公布后,不出所料,齐天成为唯一一个答对的人。此题答案颇为有趣:布拉德·皮特年轻时曾与名为罗宾·吉文斯的女演员约会。一次,他正在对方家中与其厮混时,被回家的对方老公撞上了,布拉德·皮特当场吓得魂不守舍,因为那个男人是当时威震拳坛的重量级拳王——泰森。

不过答案公布后,却有人表示不服,四眼仔站起来,质疑道:"我觉得这是一道开放性试题,你又不是皮特,你怎么能肯定他被泰森捉奸在床时最胆寒呢?我还觉得他接到安吉丽娜·朱莉的离婚起诉书时最害怕呢!而且,这位选手考试时随意搬动桌子,影响考场秩序,这种行为难道可以允许吗?"

虽然四眼仔前面提出的问题颇有点抬杠意味,但后面的话却得到了几名男选手的赞同,现在这几人保持隔岸观火的态度,眼见和齐天的分数差距太大,追是追不上了,就想看看热闹。

面对这突如其来的变故,齐天看了眼成耀坤,只见成耀坤毫无表情地道:"这位选手说的似乎也有几分道理,5号选手,你能解释一下你刚才的举动吗?"

齐天微微一笑,道:"我个人觉得,这道题的关键不在于纸面答案,而在于我们答题的方式。大家如果看过一部美国影片《黑衣人》,就会发现我们现在的面试场景与片中考试场景十分相像,威尔·史密斯也碰到了和我们同样的难题——没有地方放纸书写答案。我采用的解决方式和他一样,唐突之处,相信各位考官都会谅解的。"

齐天话音刚落,成耀坤点了点头,脸上颇有赞许之意。四眼仔大失所望,只好怏怏坐下。萧珮侧过身,朝齐天竖了个大拇指,齐天回以一笑。

只剩下最后一道题了,目前齐天以总分五十分一骑绝尘,眼看胜利在握,他心中不禁有些自得。

压轴是风险题,有三十分。齐天心想:此题既然分值最高,难度肯定也最大,自己答对了不过是锦上添花,答错了可就前功尽弃;而其他选手,就算侥幸答对了,也不过是与自己分数持平。两相比较,自然是保守一点好。

题目出来了。美国影片《勇闯16街区》中曾出现过这样一道测试题:在一个飓风的夜晚,你开着车,路边有三个人——一个垂危的老人,一个救过你命的朋友,一个你的梦中情人。可你的车只能再坐一个人了,你会如何选择?

齐天手放在按钮上,犹豫了一下,结果身旁萧珮的抢答器响了。

在众人目光注视下,萧珮镇定自若地说:"答案很简单。我会把车钥匙给朋友,让他带着老人去医院,而我留下来陪我的梦中情人等公交车。"

众人纷纷鼓掌,除了齐天。他现在心中颇有几分懊悔,这道题对他来说毫无难度,可就因为保守,没有当机立断按下抢答器,结果让对手成功翻盘。现在两人战成平手,接下来怎么办?

5

对于如何解决齐天和萧珮打成平手的局面,众人都拭目以待。

成耀坤笑道:"今天的比赛可谓是龙争虎斗、精彩纷呈。5号和6号选手战成了平手,可惜我们的招聘职位只有一个,所以只能劳烦二位再答一题,较出高低。"

齐天望了萧珮一眼,只见她咬着嘴唇,表情犹豫不决,似乎对当前的局面也是始料不及。齐天只觉得自己心跳加速,一颗心"怦怦怦"似乎要从胸腔里跳出来。现在是一题定输赢的决胜局,自己可再也不能疏忽大意了,于是暗暗握紧了拳头。

因为最后的角逐只在齐天、萧珮两人之间展开,所以其他选手都被要求拿开椅子,坐在一旁观战。

"嘀嘀"的计时器声音再次响起,比赛正式开始了。伴随着甜美的女声画外音,最后一题出现在幕布上:"我想这是一段美好友谊的开端",请问这句台词出自哪部经典影片?

前半句话刚出来,齐天就已经猜出了答案,好不容易等成耀坤说完"开始",他立刻按钮,不料抢答器毫无反应。

齐天急了,使劲连按,抢答器依旧毫无反应。就在这时,萧珮的抢答器响了,她轻启朱唇,说出了齐天心里的那个答案:"《卡萨布兰卡》。"

"回答正确,6号选手萧珮获胜。"成耀坤语气中掩饰不住兴奋。

齐天一时气急败坏,站起身道:"你们这抢答器有问题,我在她之前按的抢答器,但是没有响。"

"年轻人,输了就是输了,不要为失利找借口。"成耀坤的话好像在指责齐天无理取闹。

齐天顿时火冒三丈,站起身,道:"如果真是我技不如人输了,那我心服口服,但我明明按按钮在先却没反应,是你们的抢答器有问题!"

看着这突如其来的一幕,选手们都惊呆了,萧珮粉脸涨得通红,就像做错了事情的孩子一样手足无措,想安慰齐天几句,却又不知如何开口。

眼见场面有些失控,成耀坤脸色变青,厉声道:"年轻人,我们的技术设备经过多次调试,绝无问题,应该是你的心理素质有问题。现在结果已定,无可更改,你可以拿上你的纪念品走了!"

齐天一怒之下,也顾不上拿什么纪念品,转身就走,在众人的惊呼声中,他冲出了考场,直奔电梯而去。

进了电梯后,齐天心中的怒火才稍稍平息了。他知道自己刚刚为什么会如此失态,因为这个打击太大了!他已经失业一个多月了,好不容易才找到一份非常适合自己、薪水又相当丰厚的工作,眼看就要竞聘成功,没想到煮熟的鸭子飞走了。问题是非战之罪,确实是那该死的抢答器按了没反应,才让自己功败垂成,这样的倒霉事,放在谁身上谁都不会好受,叫他怎么冷静!齐天在电梯里忍不住流下眼泪。

下到了1层,齐天从电梯出来后去了洗手间。他在洗手池前好好冲了一下脸,直到确认将眼角的泪水都冲洗干净了,这才直起身来,注视着镜中的自己:这是一张年轻而棱角分明的脸,脸上青春的锐气还没有被磨灭完全;挺拔的鼻梁旁是剑眉星目,眼神里尽是对命运的不甘心……

齐天对镜呆立良久,直到手机铃声打断了他的思绪。他木然拿起手机,上面显示的是一个陌生号码。齐天迟疑了一下,还是接通了电话,一个熟悉的声音传来:"齐天吗?我是成Sir。"

"什么事?"齐天不耐烦道。

"我们经过紧急磋商,决定录取你,你赶快回来吧。"

"这到底是怎么回事?"齐天一时摸不着头脑,还没等他问明白,对方已经挂了电话。

看来事情出现转机了,齐天心头一喜,冲着镜中的人影做了个加油鼓劲的手势,然后转身出了洗手间。

一会儿工夫,齐天又来到了5608室门口,警卫小伙子笑着替他打开门。

进门后,只见三名考官依旧端坐在条形桌后,神情严肃,四名男选手均已不见踪影,只有萧珮朝他笑着打了个招呼。

也许是事情发生得太过突然,齐天一时不知如何开口,还是成耀坤打破沉默,说:"虽然这次面试的获胜者是5号萧珮,但是你今天的总体表现也很出色,所以我们向上级主管请示后,决定同时录取你们两人。"

齐天一听,大喜过望,连声道谢。

"不过这个职位我们原定只招一人,薪酬是年薪百万,现在变为招录两人,但预算不能变,所以你们两人的薪酬都变成年薪五十万。萧珮同意了,你有意见吗?"成耀坤道。

"没,没问题！"齐天激动得有些结巴,对于上一份工作月薪才不过六千的他来说,眼前这职位简直就是天上掉下来的大馅饼。

"那好,等会儿你们去签合同及办理出入门禁。明天上午9点,你们到5202室报到,到时人力资源部的陈经理会带你们熟悉环境。"

见齐天忙不迭地说"谢谢",成耀坤笑道:"小伙子,你不用谢我,要谢就谢和你一起来的女孩,要不是她求情,我们才不会为你破这个例。"说完,和其他两名考官一起转身离去。

齐天回过神来,看着旁边的萧珮,问道:"刚才我走后,是你替我向他们求情的吗？"

萧珮笑着点点头。

"那老头子那么倔,你是怎么说服他的？"

"我对他说,必须把你也留下来,如果他不同意,我就不签约了。"

"你真的这么说了？"齐天一时目瞪口呆,没想到萧珮为了留下他,竟然用放弃入职来"威胁"考官。

"我这么说,几名考官很为难,他们商量后,请示了上司,好像是一个姓龙的老板,这才同意。"

"谢谢你！帮了我这么大的忙。"

"应该是我谢谢你才对,札木合,谢谢你在《血与火世界》中救了我！"

齐天几乎不敢相信自己的耳朵,愣了一下才反应过来:"你,你是叶萝丽？"

"是的,看来我们两个还真是有缘,离开了暴风雪公司,又在这里遇上了。"

齐天一时激动得说话都有些结巴了:"我,我想……"

萧珮笑着替他接上了一句:"我想这是一段美好友谊的开端！"

6

从力天大厦出来后,已近晚上六点。齐天对萧珮道:"叶萝丽公主,能请你吃晚饭吗?"

萧珮嫣然一笑:"好哇,我知道这附近有一家西餐厅,环境还不错。"

十分钟后,两人来到一家名为"COVA"的西餐厅,这里就餐的人不多,装修得颇有格调,环境十分幽雅,侍应生带两人在一个靠窗的位置坐下。

齐天看了一眼菜牌便递给萧珮,道:"这里你比较熟,你来点吧。"

"你有忌口吗?"萧珮问。

"百无禁忌。"

萧珮拿着菜牌斟酌再三,终于点好了菜:雪花牛方、半熟芝麻吞拿鱼扒、法式蜜芥鸡肉卷和意大利细面配蟹肉,外加两杯蜂蜜百香果汁。

萧珮点菜的时候,齐天静静地看着她,柔和的光打在她认真而专注的脸上,给她肌肤如玉、吹弹可破的俏脸笼上了一层美妙的光晕,空气中飘荡着悠扬悦耳的背景音乐,这一瞬间,齐天感觉自己仿佛是在梦中。

"你在发什么呆呢?"萧珮问。

齐天这才回过神来,为了掩饰自己的失态,连忙道:"没想到你对电影这么在行!你答出的几个问题中有一个我都不知道答案。"

"哦,我在纽约大学帝势艺术学院读了四年电影专业,这些不过是基本功罢了。"

齐天一看遇到了专业人士,肃然起敬道:"那李安导演算是你的师兄了。"

"是的。其实最开始我并不想学电影专业,我喜欢的是文学,只是我奶奶坚持让我学这个,我是她一手养大的,不想让她不开心,所以就学了。"

"你爸爸妈妈不在你身边吗?"齐天问。

"我十岁的时候,他们就因为一场意外事故去世了。"萧珮声音的有些哽咽。

"对不起,我不该提起这个话题。"齐天顿觉歉然。

"没关系。"萧珮问道,"你为什么对电影这么感兴趣?"

"我读高中时,功课压力很大,有一次晚自习时偷偷溜出来,找了家电影院,想看电影放松一下。就在那一晚,我彻底迷上了电影,感觉在漆黑的影院里,我可以尽情代入大银幕上人物的悲欢离合,做一个光怪陆离的梦,暂时摆脱尘世的烦恼和喧嚣。这种感觉太奇妙了,仿佛让人经历不同的人生。"

"你让我想起了王小波说过的一句话,'一个人只拥有此生此世是不够的,他还应该拥有诗意的世界'。"

"是的。你喜欢看哪些电影?"

"我涉猎的范围比较广,从好莱坞黄金时代的佳作,到二十世纪八九十年代港片中的经典,我都喜欢。"

"那最近上映的电影你喜欢哪部呢?"

"《南极之恋》。"

"你也喜欢这部电影?太好了!这片子我都看了三遍了。"齐天惊喜道。

"当我安息时,我愿你活着,我等着你。"

"愿你的耳朵继续将风儿倾听,闻着我们共同爱过的大海的芬芳,继续踏在我们一起踏过的沙滩上。"齐天接着萧珮的话,将影片中的对白继续说了下去,两人相视一笑。

整个晚上,他们都在交流彼此的喜好。比如,齐天喜欢所有和经典影片有关的东西,萧珮喜欢收藏文学家的信札手稿。前年,她托朋友买到了一份朱自清的亲笔信。作为收藏者,将其握在手里时,她有难以描述的快乐。她坦承一个人在纽约读书,心情惆怅的时候,她会拿出信封,小心翼翼地打开,然后闭上眼睛,想象自己在清华园的荷塘边,看着田田的叶子,仿佛亭亭的舞女的裙。微风过处,送来缕缕清香,仿佛远处高楼上渺茫的歌声似的。齐天对萧珮的幻想感同身受:对着一张港片《精武英雄》的原版海报,他仿佛穿越到二十世纪二十年代,漫步在大上海的街道上,驻足在精武馆前,看着血气方刚的陈真,带着一帮师弟们,在虎虎生风地练功……

席间,两人聊得最多的还是电影,毕竟一个是艺术学院科班出身的电影百科全书,一个是上穷碧落下黄泉、过眼佳片如烟海的超级影迷,于是从《乱世佳人》到《水形物语》,从《天使之城》到《英国病人》,从《阿飞正传》到《玻璃之城》,兴之所至,无所不谈。

不知不觉,到了餐厅打烊的时间,齐天将侍应生叫过来准备买单,不料萧珮抢在他前面道:"你不用破费了,我在这里可以签单。"说着,在侍应生递过的账单上飞快签上了名。

见齐天有些不好意思,萧珮笑道:"你曾经救了我,我请你吃顿饭也是应该的。"

"我只是在游戏里救过你,而你在现实中却帮了我一个大忙!"

"札木合的救命之恩,叶萝丽永世不忘!"

从西餐厅出来后,齐天抬头望天,只见夜幕低垂,月色撩人,空气中似乎弥漫着一股淡淡的香气。

齐天道:"我拦辆的士送你回家吧。"

"不用了,我有司机送。"萧珮话音刚落,一辆红色的迈巴赫从后面开过来,稳稳停在她的面前,车上下来一位四十来岁的男士,一身白色制服,显然是专职司机。只见他向萧珮微微躬身,一摆手道:"小姐,请上车!"

"要不坐我的车,先送你回家吧?"萧珮道。

"不用了,我还有点儿事,你先回去吧。"

看着红色迈巴赫绝尘而去,齐天心中有种说不出来的感觉,在这短短一天内,他已经品尝了酸甜苦辣诸般滋味,这真是电影一样奇妙而又梦幻的一天!

三、电影世界

7

五月七日,星期一。

去新公司上班的第一天,齐天心中多少有点忐忑,新入职的员工有三个月的试用期,如果达不到要求就要卷铺盖走人,他在心里给自己鼓劲,无论如何都要撑过这三个月。

8:40齐天就来到了5202室,这是一个方方正正的办公室,面积约40平方米,左侧一整面墙都是书架,上面摆满了书籍;另一面墙上则贴满了花花绿绿的电影海报,一张接一张,将整面墙贴得几乎不留缝隙;正对门的墙壁上则是一块大大的黑板,下面是一张黄色的讲台,台面上是有各种按钮和操作杆的控制屏。室中心放着两张奇怪的靠背椅,全金属骨骼支架,外覆真皮垫,上方还有一个泛着蓝光的合金头盔,看上去既有点像高级按摩椅,又有点像科幻片里的人工智能设备。

齐天在书架前浏览了一会儿,发现全都是电影方面的书籍,什么《认识电影》《闪回:电影简史》《世界电影故事大观》《剪辑之道》《编剧的核心技巧》《蒙太奇论》《电影镜头设计》《演员的自我修养》……

齐天随手拿起一本《香港电影的秘密》翻了起来,正看得入迷,突然感觉有人拍了一下自己的肩膀,回头一看,不是别人,正是萧珮。只见她拿着一个人物公仔在齐天面前晃了晃,脸上似笑非笑地道:"猜猜这是什么?"

齐天拿过来一看,见这人物玩偶高约二十厘米,是一个英气逼人的小伙子,身着中山装,手脚拉开比武的架势,神态惟妙惟肖,做工相当精致。

打量了半天,齐天注意到公仔底座上刻着"韩羽 008"几个字,猛然灵光一闪,喜道:"这是《武魂》的男主角韩羽。"《武魂》是龙吟影视娱乐集团近年来投资拍摄的一部大制作功夫片,计划年内上映,这个人物公仔显然是为配合电影上映而制作的衍生玩具。

"这个可是高级限量定制版,现在市面上买不到的。"

"你从哪里得来的?"

"呵呵!这个是你的,昨天参加面试的考生都有一个纪念品,你当时没拿就走了,我便帮你拿了,我自己都没有哦!"

"你怎么没有呢?"

"因为我是面试的获胜者,所以没有这份作为安慰的纪念品哦。"

"你喜欢的话,我这个送给你吧。"

"我就等着你这句话呢!"

两人说笑的工夫,人力资源部的陈经理来了,只见他三十来岁,个子不高,一脸的精明强干。

"欢迎二位今天入职,这里我先给你们介绍一下公司的基本情况。"陈经理说着,按了下手里的笔筒形遥控器,墙上的黑板立刻变身成一块显示屏,播放起画面来。

"龙吟影视娱乐集团成立于1998年,经过二十年发展,已成为中国最大的民营传媒娱乐集团。它是首家登陆美国纳斯达克的中国内地影视集团,目前市值五千多亿元,是中国一家全产业链布局的、具有强大发行能力和院线运营能力的影视内容制作公司。业务板块主要包括影视制作、影视发行、网络游戏、影院投资、院线管理、广告营销、艺人经纪等。龙吟影视娱乐集团在整合业内优良资本,嫁接多元资本通道的同时不断寻求多方位业务拓展，并以其前瞻性部署、专业化运作、规模化经营，成功成为中国电影产业最具影响力的电影集团公司……"

齐天聚精会神地听着陈经理的介绍，看着宣传片中一部部由龙吟影视娱乐集团出品并获得票房佳绩的国产片，和一个个被龙吟影视娱乐集团捧红的导演及明星，他只觉得心花怒放，似乎自己的前途一片光明。

等到陈经理介绍完，齐天还沉浸在遐想中，萧珮突然问道："请问我们是在公司的哪一个部门？'试片人'岗位具体职责是什么？"

"你们是在公司新成立的 F12 特别项目研发组，负责'VRM-2046 电影世界'游戏项目的内容测试。"

"'VRM-2046 电影世界'？"齐天和萧珮都十分好奇。

"'VRM-2046 电影世界'游戏项目是我们龙吟影视娱乐集团近十年倾力打造的超级体验类电影游戏，它的发明人就是公司的首席技术顾问——卫斯福教授。"随着陈经理的介绍，屏幕上出现了一个大大的人脸，那是一位六十来岁的老者，一头蓬松的乱发尽皆花白，戴着镜片厚厚的黑边方框眼镜，脸上带着顽童一般的狡黠笑容，典型的科学怪人的模样。

卫斯福教授的大名，中学时齐天便已如雷贯耳，他是国内超级计算机和人工智能方面的顶尖专家，但近几年却没有听到他的消息，没想到是被龙吟影视娱乐集团请去搞游戏研发了。

"请问我们有机会和卫教授见面吗？"齐天问道。读高中时，有一段时间他对人工智能非常感兴趣，看了大量这方面的书籍和电影，卫斯福教授曾是他心目中的偶像。

陈经理道："如果你们在测试阶段表现出色的话，我想卫教授应该很乐意和你们见一面的。"

齐天点点头,心中兴奋不已。

陈经理接着说:"在'VRM-2046电影世界',受众通过VR传感设备,可以进入一个奇妙的电影世界,经历五湖四海、天上人间各种场景,感受枪林弹雨、冲锋陷阵各种刺激场面,体验喜怒哀乐、爱恨情仇各种感情,可以说能够全身心代入并感受现实世界中难以体验到的精彩生活。"

齐天问道:"那试片人又是做什么呢?"

"项目研发时,研发人员在数据库中储存了数以千计的中外优秀影片资源,以便构筑游戏相关的情节、角色和场景。为了让游戏玩家有最好的受众体验,在试验阶段,我们必须安排试片人对各种情节和场景进行测试,查漏补缺,不断完善。对于试片人的要求,就是要对中外佳片了如指掌,这样才能在游戏测试环节降低游戏的差错率。你们两位就是我们精挑细选的试片人。"

齐天和萧珮对望一眼,这才明白究竟。

"那我们如何开展工作呢?"萧珮问。

"很简单,你们每天的工作就是进行电影游戏测试,通过VR传感设备,进入虚拟的电影世界,在特定的故事场景中,按照你们熟悉的电影情节进行游戏通关。"

"如何界定通关成功和失败呢?"萧珮接着问道。

"程序上,系统会将电影原有情节默认为正确操作,当你们执行完毕后,视作通关成功,你们将获得100金币的奖励积分,可在游戏世界中使用;当你们执行了非常规操作,导致其他不良结果,通常视作通关失败,会被扣除相应的积分。"

"那岂不是只要我们不按电影原有情节来,就会通关失败?"齐天皱着眉头道。

"那也不尽然,如果你们在实际通关过程中,采取了非常规操作,但导致的结果却比电影原有情节走势还好,那么同样视作通关成功,而且你们获得的奖励积分将远远不止100金币。"

"我们进入虚拟的电影世界中,如果中间遇到问题,想终止游戏并退出,怎么办呢？"齐天又抛了一个问题出来。

陈经理笑着拍了拍手,这时右侧贴满海报的墙壁突然打开一扇门,齐天和萧珮吓了一跳,只见一位身着天蓝色工作服的年轻小伙子走了出来,他的制服胸口上绣着"VRM－2046改变世界"的字样,腰带上还绑着一个简易工具箱。

陈经理介绍道:"这是卫斯福教授的助手任星宇博士,他也是本项目的技术设备检修工程师。"

任星宇笑道:"你们就叫我星宇好了。每次你们进入虚拟世界测试游戏时,我会通过电脑上进行实时监控,确保你们的安全。每次视情节难易程度游戏时间不等,短则十分钟,长则三个小时,时间到后会自动退出游戏。"

"如果我们在游戏中遇到突发紧急状况,需要临时退出,怎么办？"萧珮问道。

"这个我们也考虑到了,你们在游戏中无论扮演什么角色,左手腕上都会有一个腕带报警器,上面有一个红色按钮,只需按一下,就可以马上退出游戏。当然,一旦选择退出,该次测试便视为通关失败,所以你们要谨慎考虑。"任星宇道。

8

齐天和萧珮各自坐在一张靠背椅上,随后椅身缓缓打开,一套合金盔甲似的东西伸展出来,将两人从手到脚、从前胸到后背包裹了起来。萧珮觉得好玩,看了咯咯直笑;齐天感觉手脚虽未被完全固定,但也被束缚住了,顿觉不太舒服。

"这是第一场游戏测试,要不给你们选个简单点儿的吧?"任星宇道。

齐天和萧珮不约而同地点点头。任星宇分别帮两人戴好头盔,做了一个是否开始的手势,两人回以 OK 手势。任星宇点点头,按下了控制屏上的绿色"开始"按钮。

游戏开始了!

公园,湖心,齐天和萧珮坐在一条小船上。两人的装扮都发生了巨大变化,互相对望一眼后,都忍不住笑出声来。

萧珮道:"札木合,你怎么变成了公子哥儿?还穿着件傻里傻气的无袖 T 恤?"

齐天定定神看了眼萧珮,又环顾了一下四周,惊喜地道:"我知道是什么影片了!我们现在扮演的角色是《致青春》里的郑微和许开阳。"

萧珮问道:"你记得台词吗?"

齐天道:"我当然记得,你呢?"

萧珮道:"许公子,你把我叫到这里来,就只为了傻兮兮划船呀?"

齐天愣了一下才反应过来,马上从身边拿出一个小礼盒,递给萧珮道:"给。"

萧珮道:"什么呀?"

齐天道:"看看。"

萧珮打开礼盒,里面是一个小巧精致的公主音乐盒。

齐天道:"这个呢,是我爸从香港出差顺便带回来的。我觉得你应该会喜欢。"

萧珮道:"谢谢!我很喜欢。"

萧珮又道:"你老看着我干吗呀?"

齐天道："没干吗！"大胆伸出手,握住了萧珮的左手,萧珮使劲挣脱开,表情有些不快。

齐天道："你,是不是,不喜欢我呀？"

萧珮将礼盒放在桌上,道："开阳,我挺喜欢跟你在一起的,但我的喜欢跟你的喜欢不一样,我觉得咱俩就是特别好的哥们儿。"

齐天忍不住笑场："受不了了,让我先笑一笑！"

萧珮也笑弯了腰。

就在这时,一道闪电划过天空,接着轰隆隆的雷声滚滚而来。

齐天奇怪道："要下雨了吗？我怎么记得电影里没有这样的情节呀！"

萧珮道："糟糕,是不是因为我们没有按照原定情节来演,所以剧情发展也随之改变了？"

齐天道："咱们不要一开始就不守规矩,还是按原定情节来演吧。"

萧珮道："该说你的台词了。"

齐天道："我是不是哪里不好啊？"

萧珮道："不是,你很好,真的很好,可是我已经有喜欢的人啦。"

齐天道："别逗了！"

萧珮道："我自己也是刚刚才发现的。"

齐天道："我不信！谁呀？"

萧珮道："陈孝正。"

齐天道："郑微,你在说笑话吧？陈孝正？他就是一二货,他在学校挣的每一分钱,都是从我这里来的！"

萧珮道："二货也比你强！他怎么啦？他家里没你家里有钱,他没你聪明,他可能什么都没你好,但我告诉你,我就是喜欢他！"

齐天霍地站起身来,头碰到了游船顶篷,大声道："我就是喜欢你！我不会放弃的！而且我告诉你，你和他不会有结果的，因为你们根本就不是一路人！"

萧珮道："我跟你更不是一路人！"

齐天一把将礼盒扔到了水里，转身从船上跳下水去，萧珮一声惊呼。

齐天下水后从湖里探起身来，湖水只到自己胯部，他一步一步朝岸边走去。当他走上岸后，乌云阵阵、电闪雷鸣的天空突然放晴，变得风和日丽、艳阳高照。接着在他面前出现了一个悬在半空、闪着金光的布袋，一个声音在他耳边回响："恭喜您在 Z58P16 游戏场景通关成功，奖励积分 100 金币。"

齐天拿过布袋，朝萧珮招了招手，萧珮也朝他招手回应。就在这时，只听"叮铃铃"一阵尖锐的铃声响起，两人眼前突然一片黑暗……

从游戏世界中出来后，齐天和萧珮半天没缓过神来。

"怎么样？感觉还好吧？"任星宇笑道。

"还行，你呢？"齐天问萧珮。

"我还好，就是头有点晕。"萧珮道。

"头晕是正常现象，因为这个游戏的逼真程度相当高，受众身临其境时，全身感官的感受都最大限度地贴近现实，可以说受众体验比最真实的梦境都要强烈得多，所以当受众退出游戏时，由于现实和虚拟世界的巨大反差，身体会产生不适感。"任星宇解释道。

"以后测试能不能让我们自选影片情节呀？"齐天问道。

"这个可不行，我们最多只能根据选手情况，对测试影片的类型小做调整。"

萧珮急忙道："那你们暂时先别弄恐怖片、惊悚片的测试情节，我的心脏受不了。"

"这个没问题，另外我想了解一下，你们在游戏测试中，觉得有什么地方需要改进的吗？"

齐天道:"你们这游戏的退出界面能不能人性化一点？结束时我感觉眼前一黑,然后整个人就像掉进了万丈深渊,吓了个半死,出来后简直感觉自己做了个噩梦。"

萧珮附和道:"是呀,这个退出界面也太突兀了,最好换成一个温馨自然、带点梦幻色彩的。"

任星宇道:"你们提的这个意见非常好,我们马上就进行改进,等你们下次测试时一定不会再出现这个问题了。"

"我们下次测试是什么时候？"齐天问。

"明天上午9点。你们今天的任务完成了,剩下的时间可以在这里看看电影资料,也可以自由安排。"任星宇道。

齐天和萧珮相视一笑,心里都觉得这份工作真不错,既轻松,又自由。

9

五月八日,星期二。上午9点,5202室。

齐天和萧珮在靠背椅上坐好,身上装束整理完毕,准备开始测试。

看着任星宇一脸严肃的表情,齐天不禁好奇道:"哥们儿,今天我们测试的是哪一部影片呀？"

"提前告诉你,就没有惊喜了。"任星宇道。

"星宇哥,告诉我嘛,要不我心里太紧张,会影响发挥的。"萧珮撒娇道。

听萧珮软语相求,任星宇犹豫了一下,道:"今天测试的是《二代妖精》中的小巷追逐表白戏。"

"谢谢啦！"萧珮道。齐天笑着朝任星宇比了个剪刀手。

齐天和萧珮同时戴好头盔,闭上眼睛前看到的最后一幕是任星宇点点头,按下了控制屏上的绿色"开始"按钮。

小巷。齐天惊慌失措地奔跑,一只蓝色小飞虫在空中紧追不舍。

突然,萧珮出现,一手捂住齐天的嘴,将他按在墙壁上,另一只手将蓝色小飞虫拍死在墙上。

萧珮道:"你别把妖管局的人又招来!"松开了捂住齐天嘴的手。

齐天道:"什么局?什么玩意儿?"

萧珮道:"妖怪管理局,就是妖界派往人间,来监督我们生活的。"

"还有这种单位?"齐天奋力挣脱开萧珮,大叫道,"妖管局救我啊!妖管局救我啊!"

萧珮步步逼近,齐天道:"你是不是要吃我?"

萧珮道:"我吃你干吗?我要跟你结婚,生孩子,我要跟你过一辈子。"

齐天忍不住想笑,但不小心绊到一辆手推车,整个人摔倒在上面,欲待起身,却被萧珮一把抓住。

齐天道:"妖怪姐姐,我实话跟你说吧,当年我救你绝对是一个意外,我老爸是管理员,你是珍稀动物,你要是受伤的话,我老爸就没工作啦。"

萧珮道:"不对!你身上有很多人类缺失的东西。"

齐天道:"帅气?"

萧珮道:"善良。"

齐天道:"你以为我们是许仙白娘子啊?"

萧珮道:"白娘子属于白蛇纲,和我们不是一路。"

萧珮一个朝天一字马将腿架在齐天面前,霸气十足地道:"我的基因是北极银狐,比白蛇高档多了,生的孩子特好看。"

齐天情不自禁抚摸着萧珮的玉腿说:"你的腿真好看!"

萧珮将齐天的手拨开,怒道:"好哇!你占我便宜!"

齐天赶紧道："别生气，我们按剧本来。"说着轻轻将萧珮玉的腿放下来："你能不能不要报恩了？"

萧珮再次将腿架在齐天面前，道："你这让我很难做唉！我们妖怪说的话就得算数，要报恩一定要报，干什么都行。"

齐天道："干什么都行？"盯着萧珮一身惹火打扮，齐天不禁有些心猿意马。

萧珮狠狠瞪了他一眼。齐天回过神来，拿出一根树枝，道："你能帮我把这个捡回来吗？"说完将树枝丢了出去。萧珮嗖的一下不见了。

齐天转身就跑，不料片刻工夫，萧珮口咬树枝堵在他面前，口里发出叫声，将树枝吐给他。

齐天道："棒棒哒！"又从地上捡起一块石头，道："如果你能把这个也捡回来，就更棒了。"说完转身用力将石头扔了出去。萧珮又嗖的一下不见了。齐天转身狂奔。

就在这时，在齐天面前又出现一个悬在半空、闪着金光的布袋，一个声音在他耳边回响："恭喜您在 E36P12 游戏场景通关成功，奖励积分 100 金币。"

齐天拿过布袋，兴奋地扬起了手。接着，只听一阵悦耳的音乐声响起，齐天只觉眼前霞光万道，整个人就似腾云驾雾般升了起来……

"怎么样？这次感觉好多了吧？"任星宇问道。

"还好你把退出界面改进了，这次感觉还不错。"齐天点点头，又问萧珮："你这次还头晕吗？"

"头倒不晕，就感觉某人有些皮痒。"萧珮话中绵里藏针。

齐天讪讪的没说什么。

当天的测试任务到此结束了，时间还早，萧珮说有事先走了。齐天手头也没别的要紧事，便和任星宇天南海北地闲聊起来。两人一聊，发现两人居然都是湖北人，而且都是在武汉读的大学，甚至年龄也只不过相差两岁,顿时越聊越亲热。

齐天道:"兄弟,卫斯福教授是你的导师,你应该对他很了解。我就不明白,他这样一位大神级的人物,为什么放着国家高科技研究中心副主任的要职不做,偏要来这里研发游戏呢?你们花了多大的价钱把他请过来的?"

任星宇道:"以我老师的江湖地位,再多的钱他也不会放在眼里,我也不明白他为什么会来这里。我只知道,他也是个电影迷,而且对爱情片情有独钟。"

齐天笑道:"可惜你们龙总不是女的,要不我真怀疑卫教授和你们龙总当年有过一段不了情。"

任星宇急忙捂住齐天的嘴,低声道:"嘘!千万别乱说话,这里到处都有监控和监听设备,万一被老板听到,你的麻烦可就大了!"

齐天道:"老板是龙在天先生吗?"

任星宇压低了嗓子道:"龙在天是龙吟影视娱乐集团的创始人,我们都称他龙总。因为他身体不太好,所以近年来已经很少过问集团内的具体事务了,并将公司交给独子龙日胜打理,我们现在都称龙日胜为老板。"

齐天见任星宇提到老板时,脸色颇为凝重,问道:"老板很厉害吗?"

任星宇赶紧把食指放嘴边做了个噤声的手势,随即转移话题道:"前两次测试都是跟美女打情骂俏,你小子过足瘾了吧?"

齐天道:"哪里过足瘾了?第一次成落水狗,第二次被人调戏,你能不能给兄弟派点真正的福利?"

任星宇道:"难道你还想来场床戏不成?"

齐天坏笑,道:"既然是游戏测试,应该什么情节都有吧?"

任星宇正色道:"你知道国内的法律,我们可是守法企业。"

齐天撇了撇嘴,颇有些失望。任星宇笑道:"这样吧,看在老乡的份上,第三场给你来个大福利!"

齐天喜道:"哪部电影?"

任星宇道:"天机不可泄露。"

齐天道:"我很好奇,如果游戏中我们不按电影原有情节来,那么会出现什么后果呢?"

任星宇道:"你们可以尝试,结果可能很糟糕,也可能很奇妙,但是在试用期内,如果累计失败三次,就会被辞退,所以你一定要谨慎行事。"

10

齐天在期待和忐忑中度过了辗转难眠的一夜。

第二天上午9点,第三场游戏测试即将开始。齐天和萧珮在靠背椅上坐好,轻车熟路地整理好身上装束,对望了一眼。

萧珮道:"你笑什么?"

齐天道:"我没笑什么。"

萧珮道:"我看你咧着嘴巴傻笑,就像猪八戒梦见自己娶媳妇。"说着忍不住也笑了起来。

齐天无奈地摇了摇头。

看到齐天和萧珮都戴好头盔做好准备,任星宇点点头,按下了控制屏上的绿色"开始"按钮。

一间简陋的旅店房间里,齐天端坐在沙发上,萧珮坐在床上。两人打量了一下自己的装扮,又环顾了四周环境,萧珮一脸茫然,齐天暗自窃喜。

萧珮道:"这是哪部电影里的场景?"

齐天走过去,在她耳边说了一通。

萧珮愕然道:"这种戏我怎么演得出来?"

齐天强忍住笑,说:"我们试一试吧,要不测试不成功,说不定连试用期都过不了。"

萧珮犹豫了一会,道:"好吧,我试一试。"又正色道:"你可不能乘机占我便宜。"

齐天抬起右手,道:"我绝对坐怀不乱。"随即坐回原来位置。

萧珮道:"来。"说着脱掉上衣,露出黑色文胸。

齐天两眼放光道:"哇!"

萧珮作势准备解开文胸,见齐天看得目不转睛,怒道:"该你说台词了。"

齐天这才回过神来,忙道:"哎哎哎,你干吗?"

萧珮道:"啥干吗?你还真要看节目呀?好,小费多加一百呀。"

萧珮打开收音机,穿上大衣,走到床边竖立的一根钢管前,一脸的难为情。

齐天道:"快跳呀!"

萧珮还在犹豫,这时突然传来"砰砰砰"撞门的声音。

萧珮纳闷道:"电影里没这段情节呀?"

齐天着急道:"肯定是因为我们没有按照原定情节来演,所以发生了变故。影片中有个很坏的黑店老板,门外估计就是他,你再不跳舞,他就要破门而入了。"

萧珮一咬牙,扭着身子跳起钢管舞来。撞门声顿时止住。齐天在一旁目不转睛地看着。

萧珮跳着跳着,靠近了齐天。

齐天道:"哎,你别跳了。"

萧珮继续跳,甚至一屁股坐在齐天身上。

齐天只觉得软玉温香坐个满怀,顿时下身有了反应,于是情不自禁将头埋在萧珮胸口。

萧珮一时猝不及防,顿时又羞又怒,当下给了齐天一耳光。

齐天只觉得脸上火辣辣的,叫道:"你怎么打我?"

萧珮怒道:"谁叫你占我便宜!"

齐天道:"我这是按电影情节来演的,谁占你便宜啦?"

两人正争吵间,突然"咣当"一声,房门被人撞开,一个又黑又丑的汉子闯进来,不由分说,给了萧珮两耳光,骂道:"妈的,居然跟客人吵架,还想不想活了?"

齐天认出这黑丑汉子正是黑店老板,急忙上前拦住,道:"你怎么能动手打女人呢?"

黑丑汉子力气奇大,一把将齐天推开,冲到萧珮面前,作势欲打。

齐天见状不妙,突然想到左腕上的报警器,当即按下红色按钮,只听"轰隆"一声巨响,眼前突然一片黑暗……

从游戏世界中出来后,齐天和萧珮惊惶未定,不停喘着粗气。

齐天感觉脸上似乎还有些痛感,心想这游戏怎么如此逼真,冲着萧珮道:"你怎么下手这么狠?我到现在脸还痛着呢!"

萧珮道:"活该!谁叫你不老实!"

齐天又对任星宇道:"怎么我在游戏里挨了她一耳光,脸到现在还痛?而她在游戏里也挨了两耳光,好像一点儿事都没有?"

任星宇道:"这就是我们这个游戏的一大特点——真实和互动。如果玩家一个人在游戏世界中玩,选择的都是虚拟角色,那么他在游戏中的所有感受体验,退出后都不会对其本人有任何影响,换言之,就像做了一个梦;如果玩家有几个人同时进入同一游戏场景,或为盟友,或为对手,那么在游戏世界中他们彼此间的接触会给对方造成十分强烈的脑电波影响,即便退出游戏,依然会保留一部分身体记忆。所以,你现在脸上还会有痛感。"

齐天不忿道:"要是她在游戏中捅了我一刀,我岂不惨了!"

任星宇道:"如果她在游戏中捅你一刀,退出游戏后,你仍会感觉身上有强烈的痛感,但这只是你大脑中残留的身体记忆,并不会对你的身体造成实质性的影响。"

齐天道:"这个设定也太变态了!"

萧珮道:"以后你在游戏里,可得给我老实点。"

齐天正要反驳,突然想到了什么,话到嘴边忍住了,脸上浮现出迷之微笑。

萧珮见他笑得古怪,正要问,却听任星宇道:"第三次测验你们俩通关失败,各自扣除50金币的积分,现在你们都只剩下150金币的积分了。"

齐天和萧珮面面相觑,眼里都是埋怨。

任星宇又道:"试用期内,如果你们累计失败三次,就会被辞退,接下来的测试中,你们尽量不要再犯错。"

齐天和萧珮对望了一眼,不约而同地点点头。

四、富贵城堡

11

接下来的一周时间里,齐天和萧珮经历了《大话西游》中至尊宝和紫霞仙子痛彻心扉的"爱你一万年",品味了《一代宗师》中叶问和宫二之间"念念不忘,必有回响"的滋味,体验了《罗马假日》中公主爱上穷记者的浪漫故事,感受了《燃情岁月》中布拉德·皮特和朱丽娅·奥蒙德狂野而绝望的凄美爱情……虽然在细枝末节上免不了一些磕磕碰碰,但好在接下来的测试都有惊无险地通过了,两人获得的奖励金币的数目也在不断地增长。

第一阶段"青铜时代"的测试一共有十场,最后一场的情景模式是《喜剧之王》中尹天仇和柳飘飘过夜后感情升华的戏份。对于两个资深影迷来说,这部经典影片的情节早已烂熟于心,于是十分默契地完成了一系列对手戏。

顺利通关后,两人从游戏世界回到了现实中。解下身上的装束后,齐天见萧珮倚在靠背椅上发呆,眼角边似有泪痕,知道她是入戏太深,情绪还没恢复过来,于是脱口道:"我养你呀!"

萧珮愣了一下,随口接上道:"你先照顾好自己吧,傻瓜!"

一言既出,两人相视一笑。虽然此刻是将电影中的对白带到了现实中,但两人均知自己比电影中的男女主角要幸福得多。

门口传来一阵咳嗽声,两人一看,是任星宇走了进来。"恭喜你们,通过了'青铜时代'的最后一场测试!"任星宇笑道。"那我们晋级了吗？"萧珮问。

任星宇笑而不语，按了下手里的笔筒形遥控器，黑板显示屏上立刻出现了卫斯福教授的身影，只见他笑着朝两人打了个招呼，说道："恭喜两位，'青铜时代'的十场测试，你们通过了九场，成绩比较理想，现在可以晋级第二阶段的'白银时代'。"

齐天和萧珮兴奋得击了下掌。

卫斯福教授接着说道："从'青铜时代'的表现来看，你们的默契度和协作意识越来越好，这对你们下一阶段的通关测试有很大的帮助。但是我要提醒你们，'白银时代'比'青铜时代'的通关难度大了很多，因为其中的场景类型不仅仅局限于爱情片和喜剧片，还有动作片、科幻片，甚至怪兽片，你们要做好充分的思想准备。"

萧珮吐了吐舌头，和齐天交换了一个眼神。

卫斯福教授又道："另外，在'青铜时代'，游戏基本是按照电影原有情节发展的，你们可以按部就班，但是在'白银时代'，游戏并不是完全按照电影原有情节发展的，可能会出现一些变数，这就需要你们随机应变，在不利的局面下做出最有利的选择。"

齐天问道："如果在游戏中变数太大，我们控制不了局面怎么办？"

卫斯福教授笑道："你们手头不是有作为奖励积分的金币吗？你们可以去'富贵城堡'里买一些装备以备不时之需。"

一语惊醒梦中人，卫斯福这样说，两人才想起自己辛辛苦苦挣下的金币还没派上用场，于是在任星宇的指导下，准备进入游戏世界中的"富贵城堡"选购装备。

在游戏世界里盘桓了多日，两人还是第一次去"富贵城堡"，心里激动不已。按照任星宇的指点，两人选择了"童话王国"场景，进去后感觉眼花缭乱、五彩斑斓，里面宛如童话中的仙境，景色美得令人窒息：只见山、林、云、天倒映水中，树在水中长，水在林中流，水木交融,水色使山林显得更加青葱,山林使水色显得更加娇艳;山上瀑布泻入湖中,湖瀑相生,层层叠叠,相依相伴;从雪山上不断流淌下来的泉水,源源不断地注入一个个五色池,流光溢彩,美不胜收。湖边有五六只小鹿在吃草,见了人也不躲避;湖中有十几只天鹅在游曳玩耍,其中两只黑天鹅在一群白天鹅的映衬下,更是显得格外瞩目。

萧珮道:"这地方真美,都想待在这里不出去了。"

齐天道:"等游戏测试结束,我天天陪你来这里玩。"

萧珮道:"你想得倒美!"

齐天笑了笑,没说什么。通过这段时间的接触,他逐渐摸清了萧珮的脾气,这位大小姐可能自小养尊处优惯了,颇有些任性,有时一言不合就给人脸色看,在游戏测试的过程中,时不时还会给他来点恶作剧,还好没有对通关造成太大的影响。一次测试时,入戏后,齐天才发现当天测试的竟然是《捉妖记》中的分娩戏,而他要扮演的角色是惨遭临盆之苦要生小妖王的宋天荫。齐天想要后悔都来不及了,当他痛得在床上打滚的时候,却见扮演霍小岚的萧珮在一旁笑得花枝乱颤,他顿时气得七窍生烟。好不容易游戏才通关,出来后,齐天逮住任星宇问为什么安排这场戏,任星宇一脸无辜地说是萧珮特意要求的。齐天顿时就气不打一处来,质问萧珮为何故意整人。萧珮说这是他前几场戏中占她便宜的报应。齐天终于领教了这位大小姐睚眦必报的个性,只好摇头作罢。

两人沿着湖畔路径边走边聊,半晌工夫,只见一座金碧辉煌的城堡矗立在前方,城堡正中悬着一块金光闪闪的匾额,上书"富贵城堡"四个大字。齐天和萧珮大喜过望,急忙三步并作两步赶了过去。

走到城堡前,却见城堡大门紧闭,一位老人在门前扫着地上的枯枝败叶。这老人六十来岁年纪,满头白发盘了个道髻,一身灰布道袍略有些破烂。老人神情萧然,对突然出现在面前的两人视若无睹。

齐天见这位老人仿佛武侠小说中冒出来的人物,不敢怠慢,作了个揖,道:"老伯,我和朋友要去'富贵城堡'买点东西,请问怎么进去?"

老人似乎没有听到齐天的话,只顾着扫地。

萧珮有些不耐烦,正要上前再问,却被齐天拦住。只见老人突然仰首望天,悠悠道:"客自瀛洲海上来,百年修炼未成仙。枉读经书三千卷……"念完这三句后,他摇了摇头,又念了一遍,似乎颇为苦恼。

齐天一听,便知这老人是在作诗,苦于思路受阻,最后一句接不上来,当即脱口接道:"不敌红颜一笑间。"

老人眼中精光一闪,将诗又念了一遍:"客自瀛洲海上来,百年修炼未成仙。枉读经书三千卷,不敌红颜一笑间。很好!很好!"回过头来,看着两人,脸上颇有赞许之意。

萧珮道:"老伯,您能告诉我们这'富贵城堡'怎么进去吗?"

老人笑而不语,从袖中摸出一枚硬币,食指一弹,硬币飞出,在城堡匾额的"富"字和"贵"字上先后碰了一下,又飞回老人手中。只听"轰隆"一声,城堡两扇厚重的铁门缓缓打开。

齐天和萧珮大喜过望,急忙向老人致谢。老人拿着硬币,对齐天道:"小伙子,这枚硬币送给你了。"

齐天接过,见是一枚黑黝黝的铁币,与自己身上的金币相比毫不起眼,想到是老人的一片心意,不忍拒绝,于是拱手道:"多谢老伯!"

老人道:"世人爱黄金,黄金试人心。宝剑穿胸过,方知有真情。"

齐天不明其意,想要问个究竟,却见老人摆手不语,又自顾自地扫起地来,当下不再多问,向老人作了个揖,便和萧珮往城堡里走去。

12

齐天和萧珮进了城堡,感觉就像掉进了一个超级酷炫迷离的大赌场,顿时觉得眼花缭乱、无所适从。只见里面像人类为应对世界末日而屯放在国际空间站的太空仓库一样,上上下下悬浮陈列着各种各样的宝贝装备,单单手持兵器这一块,从天行者卢克使用的光剑,到印第安纳·琼斯使用的软鞭,从玉娇龙夺去的青冥剑,到锦衣卫沈炼素不离身的绣春刀……可谓洋洋大观,应有尽有。

萧珮见齐天一头埋进了"铁血世界"再挪不开步子,撇了撇嘴,自顾自地逛"梦幻乐园"去了。

齐天正逛得高兴,突然见不远处矗立着一座四五层楼高的钢铁巨人,顿时吃了一惊,定睛一看,发现竟是威风凛凛的擎天柱。齐天看旁边还有铭牌说明,上面写着:擎天柱,《变形金刚》中汽车人的领袖,可变形为集装箱卡车,使用于动作片和科幻片中,售价2000金币。

齐天摇了摇头,心想:自己这850金币也就只够买擎天柱的两条胳膊了。

半天时间,挑挑拣拣,齐天好不容易在预算范围内买了三件装备,又费了老大工夫,才在"梦幻乐园"里找到了正逛得兴高采烈的萧珮。

齐天道:"怎么样?装备买好了吗?"

萧珮道:"买得差不多了,你买了些什么?"

齐天拿出一个鸡蛋大小的蓝色圆球,在萧珮面前晃了一晃。

萧珮问道:"这是什么?"

齐天道:"这是光爆弹,遇到大群敌人时,只要把这玩意儿抛出去,就可以把对方杀得片甲不留。"

齐天又拿出一个小玩意儿来,萧珮一看,原来是只巴掌大的小恐龙公仔。

萧珮道:"你买这个小玩意干吗?"

齐天道:"这是'咆哮霸王龙',上面有个小开关,只要打开开关丢出去,它立刻就能变成一只十几米高的霸王龙,大声咆哮恐吓敌人。"

萧珮道:"这个装备一定很贵,你怎么买得起?"

齐天笑道:"我这个是仿真版的,变身的时间只能维持三十秒,而且不具有杀伤力,时间一到立刻打回原形,只能唬唬人罢了。"

萧珮将小恐龙公仔拿过来,翻来覆去看了半天。

齐天又拿出一件毫不起眼的灰色衣服递给萧珮,道:"这是买给你的。"

萧珮道:"这是什么衣服?样子好普通哟。"

齐天道:"这是韦小宝所穿的护体宝衣,刀枪不入,我感觉接下来的测试可能会有一定的危险性,你穿上会安全些。"

萧珮喜滋滋地接过衣服,脸上浮现一丝红晕,道:"谢谢啦!你买的装备都还不错,不过还是比不上我买的。"

齐天道:"你买了些什么?"

萧珮先拿出了一个半尺见方的锦盒。

齐天问道:"这是什么?"

萧珮道:"这是改良版的'月光宝盒',在游戏中遇到不利局面时,只要打开宝盒,就可以时光倒流回到两分钟前的时刻。"

齐天道:"这个装备好,可惜就是时光倒流的时间太短了点儿!"

萧珮道:"时光倒流很久的也有,但是贵很多,我买不起。"说着,萧珮又拿出一个物件来,齐天一看,原来是块轻薄柔软的毯子。

齐天道:"你买块毯子干吗?"

萧珮道:"这可不是普通的毯子,这是神奇的飞毯,遇到危险时,只要将它抛出来,它就能带我们飞到安全的地方,不过也只能使用一次哦。"

齐天抚摸着飞毯,爱不释手道:"你真会买东西!你还买了什么宝贝?"

萧珮又拿出一个瓷瓶来,在齐天面前晃了晃。

齐天听到瓷瓶里面液体流动的声音,问道:"这是什么?"

萧珮正要说出答案,话到嘴边,突然想到什么,改口道:"这是秘密,到时候你就知道了。"

齐天正要问个究竟,突然听到一阵熟悉的音乐声,知道是游戏退出的时间到了,于是闭嘴不再问。接着,眼前又是熟悉的霞光万道,齐天整个人又似腾云驾雾般升了起来……

齐天和萧珮在"富贵城堡"里选购装备的时候,在力天大厦66楼的总裁办公室里,一个一身阿玛尼私人定制款的中年男子,正聚精会神地看着面前的一块显示屏,屏幕上是齐天和萧珮在"VRM-2046电影世界"游戏中的画面。一名光头黑衣汉子侍立他身后,大气都不敢出一声。

中年男子手中夹着一只粗大的雪茄,吐了一口浓厚白雾般的烟圈,哼了一声道:"乌鸦,这两人青铜过关成绩如何?"

被唤作乌鸦的光头黑衣汉子毕恭毕敬地道:"老板,这两人刚刚通过了第一阶段'青铜时代'的考验,十次测试成功九次,目前成绩在各组选手中排名第三。"

中年男子"嗯"了一声,不置可否。沉吟片刻,又道:"其他组进展如何?"

乌鸦道:"参加测试的36个组,有20个没有通过第一阶段的测试,现在'青铜时代'过关的只有16个组。"

中年男子道:"没想到这两人居然能过'青铜时代'一关?真是天堂有路你不走,地狱无门闯进来!"

乌鸦小心翼翼道:"老板,要不要在'白银时代'做点什么?"

中年男子道:"先不忙,这两人还有点用,我倒要看看他们的运气能用到何时!"

"是,老板。"

13

这天是周五,当天的电影测试场景是《第五元素》中的高潮部分——柯本用爱唤醒受伤昏迷的丽露。齐天和萧珮配合得十分默契,一气呵成完成整场测试。

退出游戏后,齐天解开身上装备,见萧珮神情恍惚,问道:"你怎么了?身体不舒服吗?"

萧珮看着齐天的眼睛,问道:"如果我也像片中的丽露那样昏迷不醒,你会怎么做?"

齐天笑道:"我会先试着给你做人工呼吸。"

"去你的!"萧珮拿起手边放的小挎包,朝齐天扔了过去。

齐天赶紧躲过,意识到自己的玩笑开过了头,于是正色道:"我会像片中男主角一样,用爱唤醒你!"

萧珮道:"就怕你功力不够,唤不醒我。"

齐天道:"那我就陪着你,迎接世界末日好了!"语气中三分戏谑外,却有七分真诚。

萧珮怔了一下,没说什么,片刻后,突然问了句:"后天我过生日,朋友帮我准备了个生日party,你能过来吗?"

齐天一口应道:"没问题,在哪儿?"

"等会儿我给你发微信,我有点儿事先走了。"萧珮说完,拿起挎包,飘然而去,留下齐天,傻傻地站在原地。

齐天不知道自己是不是坠入了爱河,和萧珮朝夕相处了半个多月,对她的好感与日俱增,有时做梦都会梦到萧珮的影子,可是他不知道自己在对方的心中的分量到底如何。虽说他在游戏世界中救过萧珮,但是萧珮让龙吟影视娱乐集团招录了自己,两相抵消,也算互不亏欠。而且萧珮的脾气捉摸不定,高兴时热情似火,脾气上来了冷若冰霜,让他有些吃不消。最头痛的是,这位大小姐看上去家境很不一般,出入有豪车代步,平时身上的穿戴,不是巴宝莉,就是香奈儿,一色的名牌,就连这份年薪五十万的试片人工作,对她而言都不过是出于兴趣玩票罢了。这种巨大的阶层差异,让齐天有时和她攀谈都会倍感压力。

放在七八年前,这些对齐天来说都不是问题,那时的他单纯地相信爱情就是两个人之间的感觉,与财富、地位无关,只要两个人真心相爱就没有什么克服不了的困难。但是几年过去了,经历了两段失败的感情后,齐天终于明白:这个世界上没有不食烟火的爱情,情人之间再多的海誓山盟,也敌不过现实中柴米油盐的生活压力。于是,在结束了最后一段刻骨铭心的感情后,齐天陷入了长达两年的空窗期,而随着他单身的日子越久,他也越来越习惯这种单身汉的生活了,直到遇到了萧珮。

"这姑娘挺好的,你干吗不追她呢?"饭桌上,听完齐天的倾诉后,阿强问道。

"她很好,我觉得自己配不上她。"齐天道。

"有什么配不上的?虽说人家是含着金汤匙出生的富家大小姐,但你齐天也不差呀,高富帅三样占了两样,虽然现在还没发达,但是兄弟我看好你,你迟早会有出人头地的那一天。"

齐天喝了一口啤酒,苦笑道:"就算我喜欢人家,但是人家对我未必有意思呀!"

"你知道什么叫日久生情吗?两个人在一起朝夕相处久了,只要不反感,就会越看越顺眼的,何况你齐天人品又不错。这半个月你们俩儿几乎天天在一起,还在游戏里并肩作战,这不就是老天爷给的机会吗？"

齐天沉默了一会儿，说道："我听她说，最近好像有一个富二代在追她。"

"那她是什么意思？"

"她好像也没当一回事，就说做为普通朋友先处着。"

"那你还不赶快出手啊？人家这是在拿话试探你，看你在不在乎她，你要是没点儿反应，可就连备胎的机会都没有了。"

"那我该怎么办？"

"她不是邀请你参加她后天的生日聚会吗？你精心准备一份她喜欢的礼物，生日那天你再找个合适的机会向她表白。"

"她这种富家小姐，什么样的礼物能看得上眼呢？"

"这就看你到底了不了解她了。"

"别光顾着说我，你呢？最近还继续相亲吗？"

"呵呵，最近我在相亲网站注册了个账号，交了会费后，现在每天都有电话打过来给我安排相亲见面。"

"那你见了没有？"

"见了两个，一个是华海律所的女律师，厉害得很，一顿饭下来，几乎把我当犯罪嫌疑人过了一遍，祖上三代都问得清清楚楚，这样的女人，你说我怎么消受得了？另一个资料上说是"90后"的软妹子，照片也挺诱人的，见面一看，个子比我矮20厘米，体重跟我差不多，跟照片比简直判若两人！"

听阿强这么一说，齐天笑得差点儿将口里的啤酒喷出来。

"你这回要是将这个富家小姐拿下，可别忘了兄弟，看见她闺蜜中有好的，可一定要介绍给我认识一下。"

"怎么，你还打算吃软饭不成？"

"这年头，才华敌不过背景，要真能混上碗软饭吃，咱也犯不着在报社里拼死拼活累得像条狗一样。"

齐天辗转反侧了大半夜,苦苦思索着该准备一份什么样的礼物给萧珮,既不超出自己的预算范围,又能给对方一个意外的惊喜。可是,解决这个问题就像证明哥德巴赫猜想一样艰难无比,他越想越觉得头痛,最后终于扛不住沉沉睡意,在拂晓前昏昏睡去。

这一觉睡到日上三竿,起床后的齐天两眼放光,简单洗漱后便急忙出门,因为睡梦中他已经想好了要选的礼物。齐天去了花地湾古玩城逛了半天,在一家专卖古旧书籍的店铺前停下脚步。他走进店内,二十分钟后拿着一本民国的旧书走了出来。经过与老板一番激烈的讨价还价,后者允许他用一部新款苹果手机的价钱,买下一本陆小曼签名本的《爱眉小札》。

五、生日宴会

14

萧珮的生日聚会定在了御香阁,这是一个十分高档的私人住宅区,由东山口两栋有着百年历史的西洋别墅改造而成。这里外表极不显眼,高高的院墙和十几棵参天古树挡住了外界好奇的目光。

齐天在门卫保安亭自报家门,通过人脸识别后,才得以进去。一进门,一位身着深色燕尾服和雪白衬衫的英国管家走上前来,一口地道的伦敦腔道:"May I help you, sir?(先生,需要为您效劳吗?)"

齐天愣了一下,一时没反应过来。

英国管家笑了一下,又改用中文说道:"先生,请问需要我效劳吗?"一字一句,竟然说得字正腔圆。

齐天忙说:"我是萧珮的朋友齐天,应邀过来参加她的生日聚会。"

英国管家微微一笑,道:"小姐和朋友正在水晶宫殿,我带你过去吧。"说着在前边为齐天带路,两人穿过第一栋别墅中的幽深走廊,又经过一片修葺得十分整齐干净的青翠草坪后,突然眼前一亮,前方不远处竟是一个五光十色的玻璃房子。

只见这玻璃房大约三层楼高,似乎用了某种反光物质,从外面看不清里面的情景,在落日余晖的光影下,它就像一颗巨大的蓝宝石,闪烁着神秘而诱人的光芒,难怪叫"水晶宫殿"。

进去后,齐天才发现里面竟有一个标准的 50 米游泳池,泳池一边是餐饮区,放着两排各色自助餐,几名侍应生在传递酒水;另一边则有一个半人高的圆形舞台,面积约40平方米,正中央放着一台黑色的钢琴和一个立式麦克风。

齐天放眼望去,只见几十名青年男女正在餐饮区说说笑笑,当中一人正是萧珮,她一身充满梦幻色彩的白色晚礼服,仿佛童话中的公主一样美艳不可方物。

齐天远远看着萧珮,见她拿着酒杯和朋友们碰杯,一时间觉得既熟悉,又陌生。

正当齐天痴痴发呆的时候,突然有人在他肩头轻拍了一下,他回头一看,原来是任星宇。

"你也来……"齐天话一出口便觉有误,赶紧打住。

任星宇笑道:"是的,接到大小姐邀请,过来蹭饭吃。还好有你在,要不我待在这里挺不自在的。"

"你说萧珮家到底是做什么的?"

"你都不清楚,我怎么会知道呢?"

齐天和任星宇正有一句没一句地闲聊着,这时一名侍应生走过来说:"两位先生,请问要喝点什么?"

齐天道:"来杯加苏打水的威士忌。"

任星宇道:"我也是。"

侍应生走开后,任星宇道:"我不知道点什么酒好,只好学你了。"

齐天道:"这种场合我也没来过,只是想起'007'系列小说中,邦德最喜欢喝的饮品是加苏打水的威士忌,所以就随口叫了。"

两人相视一笑,这时一个甜美的声音从身后传来:"两位到了,怎么也不过来打个招呼呢?"

两人回头一看,不是别人,正是萧珮,只见她脸上挂着欣喜而不失礼貌的微笑,仿佛女王见到了远道而来的贵宾。

"你今天真是太漂亮了!我们自惭形秽,都不敢靠过去。"任星宇由衷赞叹道。

萧珮忍不住掩口而笑道:"大家这么熟了,还开这种玩笑。"

齐天忍不住来了个助攻:"不是开玩笑,今天我和星宇远远看到你,心想,这是平时和我们朝夕相处的萧珮吗?怎么就像仙女一样美得让人不敢认了?"

萧珮一听,笑得花枝乱颤道:"怎么今天你们嘴巴上就像抹了蜜糖一样,说话一个比一个甜!"

三人有说有笑,走到人群中。萧珮把两人和自己的朋友都互相介绍一下,那几十名青年男女大多是萧珮读书时的同学,其中一个叫郁洁的女孩更是和萧珮从小学就在一起,有十几年交情的闺蜜,她见了两人格外亲热。

都是年轻人,又是在这样一个有着美酒佳肴和音乐的欢乐场合,大家很快便有说有笑,打成一片了。

突然,悠扬的钟声响起,打断了众人的谈兴。钟声响了八下,只见郁洁走到圆形舞台上,拿起麦克风,说道:"女士们、先生们,今天是我们的女神萧珮24岁的生日,我们在这里为她举办这个生日聚会进行庆贺!"

话音未落,一名男生打开了一瓶巨大的香槟,只听一声闷响,泡沫四散,众人发出兴奋的欢呼声。齐天猝不及防,被香槟酒花溅了半身,再看萧珮,她早有准备,从一旁款款走上舞台,一束灯光打在她身上,使她仿佛凌波仙子一样光彩照人。

萧珮接过郁洁递来的麦克风,柔声道:"今天是我的生日,感谢大家到场为我庆祝,为了表达谢意,我想在这里弹奏一曲,为大家助兴。"说着放下麦克风,在钢琴旁坐下。

全场一时鸦雀无声,大家的目光都集中在萧珮身上。只见她低下头,手指轻快地弹奏起来,美妙灵动的琴声从她指间流泻而出,似丝丝细雨淌过众人心田,柔美恬静;又似翩翩起舞的蝴蝶,徜徉花丛扑闪着灵动的翅膀,纵情涂抹着生命的色彩……

众人听得如痴如醉,齐天却觉得这曲子旋律有些耳熟,猛然忆起这是好莱坞电影《爱情故事》的主题曲《Love Story》。想到此处,他不禁跟随着动人的音乐,回想起电影里的故事:在哈佛大学校园中,富家子弟奥利弗遇见了聪敏可爱的女生詹妮弗,他被女孩的机智俏丽深深吸引,两人迅速坠入爱河。然而,有权有势的奥利弗家族得知儿子的未婚妻竟然出身于一个烤甜饼的家庭,便极力反对这桩婚姻。深爱着詹妮弗的奥利弗不顾家庭反对,毅然与爱人成婚,并不惜与家族断绝关系。他们的婚后生活虽然拮据而艰难,但是充满了爱情的甜蜜。奥利弗在爱妻的支持下完成了硕士学业,顺利拿到律师执照。正当美好的未来向他们招手时,病魔击倒了詹妮弗。为了治疗爱妻的绝症,奥利弗低头向父亲求救。然而,一切努力都无法阻止无情的病魔,詹妮弗最终离开了人世,只留下一段真挚动人的爱情故事。

齐天听着听着,突然想到:"今天是萧珮的生日,她为什么要弹这样一首有些伤感的曲子呢?"还没等他想清楚,萧珮已经弹奏完毕,众人掌声一片,打断了他的思绪。

萧珮从舞台上走下来后,郁洁冲上前,握住她的手,激动地说:"你弹得太好了,我的心都要融化了!"

萧珮淡淡说道:"谢谢夸奖,有段时间没弹了,指法都有些生疏了。"

郁洁捂着胸口道:"你这样说可就太谦虚了,你家境这么好,人又漂亮,又有才华,如果再么拼的话,可就真不给我们这些普通人活路了!"

听了郁洁这番略显夸张的话,萧珮笑道:"你是我的好姐妹,有我吃的,就不会让你饿着。"

郁洁听了,不禁感动得将萧珮紧紧抱住。

15

一对好姐妹结束深情拥抱后,众人围上来,准备一起举杯欢庆。这时,英国管家步履匆匆地走到萧珮身边,低声耳语两句,萧珮面色一变,跟着他往外走去。众人心知有异,都跟着萧珮走了出去。

出了玻璃房,众人不禁大吃一惊,迎面一股劲风吹来,将大家头发都吹乱了,耳边是轰鸣震耳的机器声,而带来这一切的竟然是悬停在草坪上方十几米高处的一架豪华私人直升机。

众人一头雾水,均想这是从哪里冒出来的飞机。就在这时,直升机上突然垂下一幅巨大的红色条幅,上面写着"祝萧大小姐生日快乐"九个大字。

正当众人瞠目结舌之际,直升机稳稳地停在了草坪上,随后舱门打开,四名黑衣男子走出来,依次排成两行,接着一位身着红色华服的男子从机舱中缓缓走了出来。只见他三十岁左右,中等身材,油光发亮的大背头上光滑得苍蝇都无处落足。长得并不难看,但架子十足,眼神中更是掩饰不住的睥睨傲气,让人很难产生亲近感。

齐天心想:这家伙是谁呀,却听一旁的郁洁惊呼道:"哇!向鸿鹄公子亲自过来捧场了!"顿时他心下一沉,萧珮之前跟他提过,最近有一个富二代在追她,看来就是这位向鸿鹄公子。

"向鸿鹄是谁?"任星宇问道。

"向鸿鹄是向氏地产集团创始人向鸿发总裁的独生子,年少多金,风流倜傥,报纸娱乐版上经常有他的八卦新闻呢!"郁洁语气中掩饰不住艳羡。

"什么风流倜傥,我看也不过是个纨绔子弟罢了!"任星宇一句话说到了齐天的心坎上。

正在众人议论之际,萧珮已经迎上前去,笑道:"向公子大驾光临,有失远迎了!"

向鸿鹄道:"哪里,哪里,今天是萧大小姐的生日,我怎么也得赶过来贺一贺吧!"

两人寒暄之际,和众人一起回到了水晶宫殿。

萧珮道:"向公子实在是客气了,不过希望你以后可别弄这么大的排场,要不惊扰了邻居,只怕他们会以为我们在搞非法集会呢。"

向鸿鹄脸色一变,随即哈哈笑道:"是我疏忽了,这里先赔个不是。今天你过生日,我也不知道送什么礼物好,于是让人从瑞士带了块手表,希望你喜欢。"说着手一摆,一名黑衣男子恭恭敬敬地捧上一只锦盒,另一名黑衣男子小心翼翼地打开盒子,从中取出一块手表。

众人只觉眼前一亮,只见这块表从表壳到腕带上都镶满了珠宝钻石,在灯光的照耀下光芒四射,显然绝非凡品。

向鸿鹄接过手表,递到萧珮面前道:"这款百达翡丽的女式腕表价值880万,我觉得寓意很好,所以想送给你,祝你生日快乐,富贵逼人!"

在场众人一片惊呼声,一块价值足以买下广州市区一套学区房的名贵手表,向鸿鹄就这么眼也不眨地送了出去,果然是一掷千金为红颜的阔少做派。众人目光都齐刷刷地盯在萧珮身上,几名女生的神情看上去竟比当事人还要激动万分。

萧珮道:"向公子的盛情我心领了,但是这块表我不能收。"

向鸿鹄脸有愠色,道:"看来萧大小姐是看不起我这个朋友喽!"

萧珮道:"向公子青年才俊,身边美女如云,是我高攀不起呀!"

向鸿鹄道:"你要是做了我的女朋友,那些庸脂俗粉我又怎么会再看得上眼呢？"

萧珮道："向公子，所谓人各有志，你又何必勉强呢？"

向鸿鹄急道："这块表你真的不收？"

萧珮道："我要是收了，只怕会成为花边新闻的女主角。"

向鸿鹄冷笑道："好，你不要后悔！"话音未落，他拿起手表一扬手，手表划过一道美丽的弧线，掉进了游泳池内。

这一下变故陡生，在场众人无不大吃一惊，所有目光全部聚焦在萧、向二人身上。

向鸿鹄随手拿过身边一名侍应生托盘中放的鸡尾酒，一饮而尽后，朗声道："这块表我用不着了，现在谁把它捞起来，就是谁的！"

向鸿鹄话一出口，那几十名青年男女中已有几人蠢蠢欲动，只是碍于脸面，都在犹豫。就在这时，只见人群中一人冲出，二话不说就跃入池中，不是别人，正是郁洁。萧珮顿时脸色大变。

片刻工夫，郁洁从泳池中露出头来，手上拿着那块熠熠闪光的百达翡丽表。郁洁爬上岸后，不顾一身湿漉漉的狼狈形象，走到向鸿鹄面前，轻声道："向公子，谢谢你送的表！"

"哈哈！萧珮你不要，有人抢着要！"向鸿鹄得意地狂笑着。

看着郁洁身落汤鸡似的模样，萧珮想恨又恨不起来，叹了口气道："郁洁，你这又是何苦呢？"

郁洁低声道："对不起！"

这时，英国管家已经拿了浴巾过来，给郁洁披上。萧珮正想叫她去内室换一下衣服，不料向鸿鹄却对郁洁道："小姐，你都湿身了，不如去我家里换身衣服，我包你度过一个愉快的夜晚。"

萧珮厉声道："郁洁，不要跟他走！"

郁洁看看萧珮，又看了看向鸿鹄，一时有些犹豫不决。

"机会只有一次，错过就没有了！"向鸿鹄一边说，一边伸出了手。

郁洁看了萧珮一眼,眼神中充满了复杂的感情。还没等萧珮说话,她却一扭头,牵住了向鸿鹄的手。

"Very Good!识时务者为俊杰,这样的人我喜欢。"向鸿鹄拉着郁洁的手,向门外走去。

众人跟了出去,只见草坪上的直升机舱门打开,向鸿鹄拉着郁洁正准备入舱。

"郁洁,回来!"萧珮撕心裂肺地喊道,但是郁洁却头也不回地走了。

轰鸣声越来越小,直升机的影子终于慢慢消失在空中。这时,萧珮似乎再也支持不住了,身子一软昏倒了。一旁的齐天眼疾手快,赶紧扶住她。

16

"你醒了!"齐天惊喜道。

"我,我怎么了?"萧珮环顾了一下四周,见自己躺在床上,身边只有齐天一人。

"你昏迷了半天,我们请医生给你看过了,说是情绪过于激动引起的昏厥,没有大碍,好好休息一下就可以恢复了。因为时间不早了,所以我就让其他朋友们先回去了。"

"谢谢你!"

"好朋友,用不着客气。"

"唉!郁洁和我是十几年的朋友,没想到她今天会这样。"

"这样的女人我也是第一次见到!"

"其实也怪不得她,她的家境不太好,她说她妈从小培养她的唯一目标就是让她嫁入豪门,所以她干什么都比别人拼。有一次我请她吃法国大餐,吃着吃着,她眼泪突然掉下来。我问她哭什么,她说了一句话,我到现在才明白她的意思。"

"她说什么?"

"她说,你和我不是一个世界的人,你不会明白我的感受!"

"我曾听人说过,这种有着强烈底层心态的人,往往可以为了出头而不择手段,今天你认清了她的真面目,也未尝不是一件幸事。"

"算了,不说她了,现在几点?"

"差5分12点。"

"我的24岁生日就这样过去了,都没有听到生日歌。"萧珮语气中掩饰不住惆怅。

"别难过,歌唱家隆重登场了。"齐天说着,拿出一个半尺来高的锡制小人,放在床头柜上,按了一下开关,只听小锡人用欢快的声音唱道:"Happy birthday to you! Happy birthday to you(祝你生日快乐)……"一边唱,一边还手舞足蹈地转着圈子。萧珮见了,不禁笑出声来。

"你从哪里弄来的?"

"这是任星宇送给你的生日礼物,他人先走了,托我把礼物转交给你。"

"他还真有心,你呢?"

"我当然也准备了。"齐天说着,拿出一个用玫瑰红彩纸包装好并扎着蝴蝶结的礼物,递到萧珮面前。

萧珮接过,小心打开包装,见到书后,顿时眼前一亮:"哇!《爱眉小札》,你从哪里弄到这本书的?"

"先不要问这个,你看看扉页。"

萧珮翻到书的扉页,阅读了上面的内容。

"随着日子往前走,这个世界上没有不带伤的人,无论什么时候,你都要相信,真正治愈自己的,只有自己,不去抱怨,尽量担待;不怕孤单,努力沉淀。"萧珮念念有词道,"这段话倒是挺契合我现在的心情,你是想安慰我吗?"

"仔细看看底下是谁的签名。"齐天笑了笑,说道。

"陆小曼!"萧珮惊呼了一声。

"是她的亲笔签名!虽然这不是她的信札手稿,但她能在这么一本对她有着特殊意义的书上写下这段话,应该是打算送给某个对她很重要的人。"

"太谢谢你了,我都不知道该说些什么了。"

"只要你喜欢,我就心满意足了。"

萧珮用手指轻触着扉页上的字迹,感叹道:"从来没有人送过我这样的礼物。"

"那是因为他们不了解你,叶萝丽公主。"

"你了解我吗,札木合?"

"你身上充满了神秘,我只希望能更深入地了解你!"

此时,两人的脸庞相距已不足一尺,柔和的灯光下,两张青春的脸上都打上了一层迷人的光晕,终于越贴越近,两张嘴贴在了一起,整个世界天旋地转,陷入一片火海……

两人吻得如此的投入,以至于没有留意到英国管家走了进来。不过老头子见得多了,什么也没有说,只是躬身退出,轻轻掩上了房门。

第二天是五月二十八日,星期一,齐天和萧珮一起到了公司。见到两人同时出现,任星宇脸上诧异之色一闪而过,随即问萧珮:"你身体好点了吗?"

萧珮道:"我没事。谢谢你昨天送的礼物,我很喜欢!"

任星宇道:"你喜欢就好。"

齐天见任星宇表情有些古怪,一副欲言又止的样子,于是问道:"有什么话就说呗,不要搞得像便秘一样。"

任星宇瞪了齐天一眼,对萧珮道:"从今天开始,你们就进入第二阶段'白银时代'的测试,难度会大很多,而且会有一些意想不到的突发情况,你们一定要小心谨慎。"

萧珮好奇道:"会有什么突发情况啊?"

任星宇有些为难:"这个我也不方便讲,总之你们见机行事好了。"停顿了一下,又道:"你们买的宝贝装备,关键时刻都可以拿出来用。如果你们遇到紧急状况解决不了,就按下腕带报警器上的红色按钮,选择退出。但是你们只剩下两次求救机会了,所以不到万不得已,尽量不要使用。"

齐天和萧珮不约而同地点了点头。

一会儿工夫,两人在靠背椅上坐好,身上装束整理完毕,准备开始测试。

六、飞龙在天

17

宽敞的客厅内,齐天独坐在沙发上,一边喝水,一边若有所思。随后,他从腰间拿出监视器,看镜头里别墅内的情况,却见萧珮不在卧室,而是在客厅,似乎正在自己身后不远处。

镜头里,萧珮身着睡裙,正朝自己款款走来,齐天看着镜头中的佳人,心头鹿撞,胡乱按着监视器,信号乱了,齐天一惊,急忙站起身来,正好撞见迎面而来的萧珮。

萧珮道:"你上哪儿去啊?"

齐天道:"监视器坏了,我出去修理。"

萧珮拿出一个小礼盒轻轻打开,里面装着一块男士腕表,说道:"送给你。"

齐天道:"多谢!"接过小礼盒。

萧珮道:"我帮你戴。"取出手表,帮齐天戴上,又道:"这是自动表,不用每天都上发条。跟你好配哦!"

齐天轻轻推开萧珮的手,道:"多谢!"

萧珮道:"晚安!"

齐天道:"晚安!"

萧珮走到楼梯边,回眸一笑道:"你觉得这里有没有什么值得你留恋的?"

齐天道:"我想没有了。"

萧珮笑了笑道:"我想也是,晚安!"

齐天道:"晚安!"回到沙发上,继续一边喝水,一边沉思,看到萧珮卧室的灯光灭掉,心中无限惆怅。

突然,齐天腰间的警报器响了,他迅速冲上楼去,推开萧珮卧室的门,进门后一只手搭上他的右肩。齐天不假思索,一个过肩摔,抓住手就将对方往前方甩去,却听见女子的惊叫声,原来是萧珮。

齐天大惊,身体急速滑行冲上前,接住摔落的萧珮。接着抱住萧珮几个翻滚到了墙边,贴墙按开卧室灯,警惕地打量着周围,随即拿着手枪将四周巡视了一遍,发现并无异常。

齐天俯身对萧珮道:"怎么样,你没事吧?"说着,牵着她的手,将她扶了起来。

萧珮道:"Sorry,我不小心按到了(报警)开关。"

齐天无奈地说了句:"没关系的。"转身欲走,不料萧珮伸手握住了他的右手。

齐天愕然回首,却见萧珮深情道:"有些话我想跟你说,可是不知道怎么跟你开口。I love you!"

齐天轻轻推开萧珮的手,背过身去。

萧珮道:"你是不是觉得我太直接了?"

齐天道:"不是。"迎着萧珮期待的目光,有些挣扎、有些犹豫地走过她身边,顺势落下了百叶窗。

萧珮见状,转身关上了房门。

看到门关上,齐天有些慌了,他又赶紧手忙脚乱地拉起窗帘,紧张地解释:"我不是这个意思,你不要误会。"

萧珮一边拉开房门,一边走近齐天道:"我也不是这个意思。"越贴越近,两人距离不过几厘米。

萧珮又将房门关上,并按掉了卧室灯。她的白色睡裙衣袂飞扬,宛若仙子一般朝齐天走来。齐天手颤抖着，又关上了百叶窗。

就在萧珮嘴唇贴上他之前，齐天说了句"太晚了，早点睡"，便欲抽身离去，就在这时，只听"啪啪啪"几声枪响，几发子弹穿过百叶窗打在墙上，尘土飞扬，一个相框被子弹击中，掉在地上，摔得粉碎。

齐天大惊，急忙拉着萧珮伏在墙边。

萧珮惊道："怎么回事，电影里没有这样的情节呀？"

齐天道："别慌，我先看看。"从破了的窗户洞口往外张望，只见草坪上十几名拿着自动步枪的黑衣人，正像狼群一样步步逼近。最要命的是，其中一人扛着一支火箭筒，炮口对准了窗户，随时准备发射。

在这千钧一发之际，齐天也顾不上多想了，从怀里掏出光爆弹，拔掉拉栓，狠狠地朝敌人扔了过去。只听"轰隆"一声巨响，一道耀眼夺目的巨大光球闪过，齐天和萧珮只觉得天旋地转，之后整个世界仿佛陷入了核爆炸之后令人窒息的沉寂中。

半天工夫，两人才回过神来，往窗外望去，发现草坪上留下了一个直径十余米的环形大坑，而那十几名黑衣人竟然尸骨无存。

萧珮吐了吐舌头道："这光爆弹真厉害，竟然炸得人连渣都没了！"

齐天皱着眉头，道："我们完全按着剧本来的，怎么会这样呢？"还没等他想明白，熟悉的音乐声响起，紧接着霞光万道，齐天整个人就似腾云驾雾般升了起来……

从游戏世界中出来后，齐天和萧珮你看看我，我看看你，都是一脸茫然。

这时，任星宇走过来，道："怎么样？你们还好吗？"

齐天没好气地说："你们这游戏怎么设计的？我和萧珮完全按照电影情节来的，没想到最后莫名其妙就冲出一帮子黑衣人，拿着枪朝我们扫射，要不是我祭出法宝，只怕都被火箭炮轰成灰了！"

任星宇哈哈一笑,道:"我之前不是提醒过你们,第二阶段'白银时代'的测试难度会大很多,而且会有一些意想不到的突发情况。"

萧珮道:"是不是'白银时代'的测试,情节都不是按剧本来的?"

任星宇道:"也不是完全不按剧本来,但是每一次测试场景中都可能有意外发生,所以你们要有足够的思想准备。"

齐天不解道:"之前招聘时说我们作为'试片人',最重要的就是要对中外佳片了如指掌,所有测试内容都是围绕这一要求来设计的。现在到了第二阶段,你们的测试情节又不按剧本来,岂不是让我们很为难?"

任星宇迟疑了一下,低声道:"我当你们是朋友,就透个底,'青铜时代'主要测试游戏玩家对电影的熟悉程度,但到了'白银时代',主要测试游戏玩家的应变能力和反应速度。"

萧珮好奇道:"那最后是不是还有一个'黄金时代'的测试阶段?"

任星宇道:"这个我就不清楚了,因为我连'白银时代'的测试都没通过。"

萧珮惊呼道:"原来你也参加过测试啊!"

任星宇赶紧把食指放嘴边做了个噤声的手势,看来他是不想就这一话题继续谈下去了。

18

中午,三人一起在龙吟影视娱乐集团的职工食堂里吃了午餐。之前,萧珮极少在这里吃饭,因为她一直不习惯待在人群密集的地方,尤其讨厌人声鼎沸的环境。不过这次在任星宇的一再邀请下,她还是勉强答应了。

龙吟影视娱乐集团的职工食堂虽然不像华为、阿里的食堂那样名声在外,但在业内也是有口皆碑,三千多名员工的总部大楼里,负责烹饪的专业厨师就超过两百人,八大菜系的主要菜式都有,品种丰富,应有尽有。以至于有员工感叹,来了半年时间,每天不重样地吃都没能将食堂里的菜式吃遍。

三人找了一个靠窗的角落坐下,然后各自去打了菜过来:萧珮打的是意大利通心粉、水果沙拉和一杯鲜榨橙汁;齐天打的是鳗鱼炒饭、龙抄手和一杯拿铁咖啡;相比之下,任星宇打的饭菜比两人加起来的还多,糖醋小排、葱爆羊肉和油焖大虾,主食是兰州拉面,还有一杯酸梅汁。

"你打得这么少,吃得饱吗?"任星宇问萧珮。

"吃多了会长胖的,你就不怕吃成个大胖子?"萧珮道。

"不吃饱,哪有力气减肥?你的身材这么好,还用得着节食吗?"

齐天插嘴道:"对于美女来说,减肥是一辈子的事业。"

三人边吃边聊,聊到前天晚上向鸿鹄的所作所为,任星宇气愤地说:"这家伙太可恶了!有钱就可以为所欲为吗?"

齐天见萧珮默然不语,知道她还在为郁洁的事情难过,于是安慰道:"每个人都有自己的路要走,有的路我们都知道是歧途,但偏偏会有人把它当成捷径,这也是没有办法的事情!"

萧珮叹了口气道:"唉,只希望她能早点迷途知返。"

三人正聊着,突然感觉食堂内的氛围变得有些奇怪,原本人声鼎沸的环境一下子安静了不少,就像大小鱼群扎堆觅食的海域里,悄然游来了一头虎鲸。三人朝食堂门口望去,只见十余名高管站成两排,列队迎候一位老人,此人年过七旬,身材高大,满头银发却丝毫不显老态龙钟,走起路来龙行虎步,气场十足。

任星宇低声道:"龙总来了!"

齐天心中一惊，知道他说的便是龙吟影视娱乐集团的创始人龙在天。再看萧珮，却见她眼睛眨也不眨地盯着龙在天，眼神中闪烁着奇异的光芒。

看来龙在天是一时兴起，处理完公务后来食堂随便看看的，却让食堂内就餐的员工们激动不已，大家都停止了说话和进食，热切的目光全部投向了这位身上笼罩着神秘光环的老人。龙在天成名已久，却素来行事低调，公司做大后往往只有高管才能见到他，普通员工极少能睹其真容。近十年来，因为将公司具体事务都交与独子龙日胜打理，龙在天每年来公司的次数屈指可数，所以能见到他的人更是少之又少。这次难得他有兴致来食堂走一遭，也难怪众人如此激动。不过众人虽然心中激动，但却无人敢围观喧哗，只是不约而同向大老板行注目礼。

在几名高管的陪同下，龙在天在食堂内巡视了一下，他先在自助供餐区看了一下各色菜式，点了点头，似乎对伙食还比较满意，接着朝众人就餐的地方走了过来。龙在天走到第一张饭桌前时，一桌子的人都不约而同起立致敬，龙在天笑着摆摆手道："不用客气，你们接着吃吧，免得饭菜都凉了。"但是老总站在眼前，桌上诸人哪敢下筷。

龙在天一桌接一桌地走过，见到熟人还会打个招呼问候两句，被他叫到的人往往受宠若惊，一脸喜色。

眼看龙在天离齐天这一桌越来越近了，齐天只觉得心脏怦怦直跳，他从小到大还没有近距离见过如此声名显赫的大人物，当然抑制不住内心的激动。看看任星宇，似乎比自己还紧张，一张脸涨得通红。再看看萧珮，脸上表情却颇为复杂，不知是喜是忧。

不料龙在天走到离齐天这一桌还有数步之遥时，看了看表，似乎想起什么事情来，停住脚步，转身欲走。齐天心里松了口气，就在这时，却见萧珮站起身来，拿起餐盘，径直朝食堂中央的餐具回收点走去。食堂内千余人，除了龙在天一行数人之外，此刻只有萧珮一人在食堂内款款而行，顿时全场的目光都集中在她身上。

这时，龙在天也注意到萧珮，于是向左右问道："这女孩是谁？"左右面面相觑，无人能应，毕竟对于这些身居要职的高管来说，一个刚入职不久的新人，平素自然不在他们的视线之内。

龙在天招了招手，示意萧珮走过来。

萧珮走到龙在天面前，不卑不亢道："龙总您好！"

龙在天问道："你叫什么名字？哪个部门的？"

萧珮道："我叫萧珮，现在F12特别项目研发组里，参与'VRM-2046电影世界'游戏项目。"

龙在天皱着眉头道："我怎么没听说这个部门和项目？"

左右诸人都不知如何回答是好，这时龙在天身侧一位三十来岁的助理赶紧解释道："龙总，这个特别项目研发组是由少总授权新成立的，而'VRM-2046电影世界'游戏项目则是由卫斯福教授牵头跟进的。"

龙在天沉吟了一下，道："哦，原来是新成立的，难怪我没印象。"他又接着问萧珮道："你进公司多久了？"

萧珮道："还不到一个月。"

龙在天道："在这里习惯吗？"

萧珮道："挺好的。"

龙在天又仔细打量了一番萧珮，说道："我好像在哪里见过你？"

萧珮笑道："龙总您应该是记错了，我过去十多年都是在国外读书、生活，哪有机会见到您呀？"

"哦？"龙在天迟疑了一下，正要再问，这时旁边那位助理凑到他耳边，低声道："龙总，少总有急事找您商议。"

龙在天点点头，最后意味深长地看了一眼萧珮，便带着众人匆匆离去。

龙在天走后,食堂内又恢复了人声鼎沸的状态,不少人都很好奇,刚才在众目睽睽之下被龙在天叫住攀谈的这个少女究竟是谁,无数道好奇的目光投向了萧珮。

萧珮似乎不愿在食堂内久留,放好餐具后便向外走去,齐天赶紧跟了上去。

19

会议室内,龙在天坐在首席,十余名高管环桌而坐,龙日胜坐在离他最近的位置。

龙在天问道:"有什么事情需要我来定夺?"

龙日胜道:"关于收购天马奔腾影业的项目,本来只差签约了,现在突然出现变故,对方提出,目前华夏拍档影业也在和他们洽谈收购事宜,并且开出的条件远比我们优厚。"

龙在天道:"哼!华夏这两个小鬼又想来截和了,还真是不识好歹!"

龙日胜小心翼翼道:"您看,我们需不需要提高对天马的收购价码?"

"不用了,天马不过是想坐地起价。你直接告诉他们,我们的收购价码不变,如果他们不接受,我们会在一周内曝出他们与旗下签约明星签订'阴阳合同'偷税漏税的丑闻,到时他们股价暴跌,想找人接盘只怕都没人愿意了。"

龙在天话音刚落,在场诸人无不讶然,大家没想到大老板近年来深居简出,但耳目却如此灵通,杀伐决断更是一如从前,都不由得既惊又惧。

龙日胜更是心中震惊,自己原只想借这个事将老头子从食堂引开,同时给他出个难题,众人难决之时再将自己想好的对策和盘托出,没想到一宗牵扯上百亿的收购项目,老头子不费吹灰之力便解决于股掌之间,自己的对策完全派不上用场,看来自己还是低估了老头子的实力。

"还有别的事吗?"

"没有了。"

"那好,今天的会议就到此为止吧。"说完龙在天站起身来,突然想到什么,又对龙日胜说了句:"以后像新成立 F12 特别项目研发组之类的事情,要提前跟我报告声,不要擅作主张。"他的声音虽然不大,但语气中却隐含着不容置疑的威力。龙日胜赶紧点头称是。

龙在天起身离去后,龙日胜做了个散会的手势,众高管也都纷纷离去。

顷刻间,偌大的会议室内只剩下龙日胜一人,他阴沉着脸,拍了下手,一名光头黑衣男子从门外走了进来,此人正是乌鸦。

"老板,有何吩咐?"

"不要再让我看到老头子和萧珮在一起。"

"明白。"

龙在天开会的时候,齐天和萧珮正在工作室里闲谈。

"你今天在公司里成名人了,好几个同事都向我打听你是谁呢!"

"怎么,就因为和大老板聊了几句?"

"你可别不当一回事,总公司里几千号人,能有机会和大老板搭上嘴的可还真没几个。"

"这样的机会我才不稀罕呢。"

"你说你不稀罕,刚才为什么要主动迎上去呢?"

"你凭什么说我是主动迎上去的?"

"呵呵,瞎子都看得出来,大老板一现身,大伙就像老鼠见了猫一样,连屁都不敢放一个,就你大模大样地迎了上去。"

"你们是不是觉得我有什么企图呀？"

"我倒没这样想,只不过公司里已经有人传,说你想搏出位,以引起大老板的注意。"

"谁传的？我这就找他说理去！"

"算了,哪里都免不了这些流言蜚语,别放在心上。"

"不说这些破事了,今天下午你有没有什么安排？"

"没有,随时听候大小姐差遣。"

"那好吧,反正今天下午没事,你到我家里,帮忙做搬运工吧。"

"没问题。"

御香阁,一间超大卧室,地上堆放着十余个大号行李箱。

齐天打量了一下房间,见一整面墙都是入墙衣柜,还有半面墙是鞋柜,房间内除了洗手间外还有一个各种设施一应俱全的豪华试衣间。

"你卧室里用得着这么多衣柜、鞋柜吗？"

"女人的衣服和鞋子永远都不够放,再说了,这不是我的卧室,这只是我暂时用来放衣物的衣帽间罢了。"

"这里不是你家吗？"

"这别墅是我奶奶早年置的产业,我回国后在这里暂住一阵子,这不,我在国外的行李才刚托运过来,还没来得及收拾呢。"

齐天"哦"了一声,就没再说什么。

"别傻站着呀,帮我把这几个箱子搬一搬。"萧珮一边说,一边指挥齐天搬箱子、拿行李,自己则将拿出来的衣服、鞋子、杂物收好,分门别类地放进衣柜、鞋柜和储物柜里。

花了半天工夫,十余个行李箱大都清空了,整整齐齐放在角落里。

收拾完后,萧珮见齐天满头大汗,身上衣服湿得前心贴后背,笑道:"你身上都是汗,要不去浴室里洗一洗吧?"

齐天道:"这不太合适吧?"

萧珮道:"我奶奶又不在家,你冲个凉怕什么?"

齐天还在犹豫,萧珮不由分说便将他推进了浴室,递给他一件崭新的浴袍,道:"你在游戏里老想着占我便宜,怎么,现在还怕我偷看你洗澡吗?"

齐天被她说得面红耳赤,不好再说什么,只得从了。

浴室内有一个豪华浴缸,齐天嫌坐浴放水麻烦,于是打开花洒,直接冲洗。旁边的架子上放了大大小小十来个瓶子,上面都是英文,齐天仔细辨认了一下,找出沐浴露,抹到身上后,水一冲,不仅洗出了一身的泡泡,空气中还弥漫着一股奇异的香味,既似郁金香,又似兰花,让人如痴如醉。

浴室墙上有一块小小的液晶显示屏,齐天好奇,触摸了一下,不小心碰到某个按键,音乐响了起来,美妙动听,宛若天籁之音,只是歌词好像是法语的,一句都听不明白。齐天摇了摇头,心想女人家洗个澡也搞这么多花样。

冲完凉后,齐天见自己的衣服都是湿漉漉的还没干,犹豫了一下,还是穿上了萧珮给他备好的雪白浴袍。

20

齐天从洗手间出来后,萧珮看着他焕然一新的样子,忍不住扑哧一笑。

"你笑什么?"

"我想起一句话,'男人洗完澡后,会变帅一些。'"

"你是觉得我平时穿着太随意了吗?"

"是有一点儿,你要是好好打扮一下,还是可以迷死不少小妹妹的。"

"能迷倒你吗?"齐天说话之时,身体距离萧珮已不到一尺的距离。

萧珮闻着齐天身上那股熟悉的沐浴露香味,看着他含情脉脉的眼神,一时不由心魂俱醉。

空气中充满了甜蜜的味道,两个被柔情蜜意冲昏了头脑的人拥吻在了一起。

"珮儿……"一个老人的声音传来,将热吻中的两人惊醒。两人循声望去,只见一位年约七旬、满头银发、精神矍铄的老太太出现在门口。

萧珮又惊又喜道:"奶奶,你怎么来了?"

老太太道:"本想昨天赶过来为你庆祝生日,没想到出了点儿小插曲,耽误了一天,"停顿了一下,看着齐天道,"这位是?"

萧珮赶紧介绍道:"这是齐天,我的好朋友。"

齐天此刻尴尬得只想找个地缝钻进去,眼见老太太一双眼睛像打量犯人似的盯着自己,只能硬着头皮说:"奶奶您好!"

老太太不客气地说:"我是萧珮的奶奶,不是你奶奶,没什么事,你可以走了。"

齐天愣了一下,明白人家是下逐客令了,顿时脸上挂不住了,急忙拿了衣物,转身就走。

萧珮想要叫住他,但看了下奶奶的脸色,一个"哎"字还没叫出来便烂在嘴里。

"这是你男朋友吗?"

"嗯。"

"他是做什么的?"

"他是我的拍档,现在和我一起在公司里做游戏内容测试。"

"他不适合你！"

"奶奶,我都二十四了,你不要干涉我的私生活,好吗？"

"你这脾气真是……"

萧珮不想奶奶就这个话题再啰唆下去,于是打断道:"奶奶,我今天见到龙在天了。"

"哦！"老太太脸色为之一变,问道:"你怎么遇到他的？"

"中午我在公司食堂里吃饭,碰到龙在天来巡视,他见到我,还把我叫过去问了几句。"

"他跟你说了些什么？"

"他问我叫什么名字,在哪个部门,进公司多久了,习不习惯。我都如实回答了。"

"他还跟你说了些什么？"

"他还说了句'我好像在哪里见过你',你说这不可笑吗？这之前我从来没有见过他,他怎么可能见过我呢？"

老太太没有回答萧珮的问题,眼睛看着远方,似乎陷入了沉思。

"奶奶,你怎么了？"

"没什么,只是想到一些往事。"

"奶奶,这龙在天是您故交吗？您让我读电影专业,回国去龙吟影视娱乐集团求职,又让我想方设法接近龙在天,到底是为什么呀？"

"我怀疑你爸妈的死和他有关。"

老太太的话如同晴天霹雳,炸得萧珮目瞪口呆,半天工夫她才回过神来,惊愕道:"奶奶,我爸妈不是在车祸中意外去世的吗？怎么会牵扯到龙在天身上？"

"我也只是怀疑,这中间的曲折甚多,以后我会找时间从头到尾地说给你听。不过,你现在要做的,就是想办法将龙在天约出来,和我见一面。"

"好的,奶奶。"

"还有,和那个傻小子尽量保持距离,我不希望你重蹈覆辙。"

"重蹈什么覆辙?"

老太太挥挥手,没有回答萧珮的问题,径自回房间去了,只留下萧珮呆呆地站在原地回想自己的身世。

萧珮的奶奶名叫萧蕙妍,出身于名门望族,其父亲曾是宋美龄的至交好友,为人仗义疏财、交游广阔,在经商方面也颇具生意头脑,早在二十世纪六十年代便已是美国身家过亿的华人富豪。萧蕙妍作为含着金钥匙出生的富家小姐,不但没有富二代常见的"骄娇"二气,反而还继承了父亲在经商方面的天赋,小小年纪便参与到家族生意的经营中来,后来因为父亲身体有恙,更是提前中断研究生学业,全权接手了家族生意。

一般来说,女强人在事业上越成功,感情上往往越坎坷,萧蕙妍也不例外。她在读书阶段的追求者不在少数,但能入她法眼的却寥寥无几,难得有一两个互有好感的,交往一段时间后,在萧蕙妍的强大气场下,男方只有知难而退。因而一个才貌双全、家世显赫的富家千金依然是待字闺中,这可急坏了萧蕙妍的父亲,到处托人打听合适的青年才俊,介绍给自己的宝贝千金。

可是还没等萧老太爷见到乘龙快婿的影子,萧蕙妍在结束纽约大学斯特恩商学院为期半年的工商管理研修班后,竟已悄无声息地怀了孕。萧老太爷大为震怒,见女儿自始至终不愿说出"肇事者"是谁,也不肯打掉腹中胎儿,一气之下,病情加重,溘然长逝。

怀胎十月后,萧蕙妍生下了一个男婴,取名萧乘风,他便是萧珮的父亲。作为一个肩负事业和家庭双重重担的单亲妈妈,顶着世俗的眼光,萧蕙妍不仅独力将儿子养大成人,而且将家族生意做到了入选哈佛商学院 MBA 教材成功案例的地步。与之付出的,却是她二十多年的青春韶华。

和母亲一样,萧乘风也是年纪轻轻便在商业领域展现出的过人天赋,大学期间,他一边读书,一边协助母亲管理家族生意。与母亲在感情方面的坎坷不同,萧乘风的爱情之旅出乎意料地顺利。一九九〇年七月的一个晚上,萧乘风在学校电影院里观看新上映的影片《人鬼情未了》时,身边一个华裔女生哭得梨花带雨,萧乘风见对方没带纸巾,于是递了几次纸巾,这番绅士举动的结果,便是两人有了第一次约会。命中注定,两人不是被中国月老系了红绳,就是被丘比特的神箭射中,于是很快便坠入了爱河,并步入了婚姻的殿堂。几年后,作为两人爱情的结晶,萧珮呱呱落地了。

自萧珮出生后,随着中国市场在萧氏家族生意中的比例越来越大,萧乘风将事业重心放在了中国内地,和妻女长期定居大陆。所以,萧珮虽然出生在美国,但却是在广州长大的。

在萧珮的记忆里,她的童年是幸福的,当同龄的孩子们节假日在上各类补习班时,爸妈带着她去骑马、滑雪、打网球;当同学们寒暑假去做卖报纸、卖雪糕等所谓的社会实践时,爸妈带她去美国的总部工厂里现场感受现代化的工业流程;当好友生日请大家去吃必胜客时,爸妈从纽约打"飞的"回来为她开生日宴会……

但是,人生总是充满了意外,萧珮的童年在十岁那年戛然而止——二〇〇四年十二月二十三日,圣诞节前的一个晚上,当时正在法国巴黎度假的萧乘风夫妇,不幸遭遇了一场车祸,双双遇难!

噩耗传来,萧珮感觉一夜之间,仿佛从天堂坠入了地狱。她无法相信,她最亲爱的爸爸和妈妈,就这样和她永别了,甚至都没有来得及给她留下一句话。仅仅一夜之间,她就从一个父母含在嘴里怕化了、捧在手上怕摔了的千金宝贝,变成了一个没爹没娘的孩子。她实在无法接受这一切!

如果不是因为奶奶，萧珮自己无法挺过那段生命中最黑暗痛苦的时光。作为萧氏家族的掌门人，萧蕙妍乍闻噩耗如遭晴天霹雳，她不知道自己到底是做错了什么，竟要被老天爷如此惩罚，仿佛是被命运诅咒了一般，自己孑然一身走完人生路也就罢了，临到老来居然痛失爱子，要去承受人世间最残酷的白发人送黑发人的痛苦。但是现实容不得她一直悲伤，她只能强忍悲痛，奔赴异国他乡办完了儿子儿媳的后事，随即火速赶回广州照顾唯一的孙女。眼见萧珮瘦得不成人形，每日以泪洗面，萧蕙妍当机立断，带着孙女转学美国，希望换个环境让她改善一下心情。

花了两年多的时间，萧珮才逐渐从低谷中走出来，慢慢接受了残酷的现实，但是她的性格却不再像从前那么活泼开朗，看似阳光的外表下隐藏着一颗敏感而脆弱的心。

七、英雄救美

21

齐天回到住处，一头倒在床上，一动不动。

下午，萧珮的奶奶的突然出现，将他从美梦中惊醒。现在回想起来，他是在一个错误的时间、错误的地点，做了一件错误的事情，更不用说身上穿着的那套浴袍。可以想象得到，任何一个长辈在家中突然撞见这一幕，心情都不会好到哪里去。作为萧珮最亲的亲人，自己给她奶奶留下的却是这样一个有些难堪的第一印象，想想便不由得懊悔起来。

齐天这一躺便不知躺了多久，窗外的天色渐渐暗了下来。

"发什么呆呢？"阿强进来拿水果刀，见齐天一副魂不守舍的样子，问道。

齐天本来没心情搭理他，但见阿强一副春风得意的样子，随口问道："怎么，走桃花运了？"

"嘿，还真被你说中了，兄弟我今天相亲，和一位美女相谈甚欢。"

"说来听听。"

"我有个朋友，说他妹妹最近因为失恋了情绪低落，想让我这个辅修过心理学的青年才俊去给他妹妹开导一下。"

"于是你就趁人之危，乘虚而入。"

"我是那种人吗？我压根不想接这种破事，可我那朋友把他妹妹的生活照给我一看，我就动心了。"

"很漂亮吗？"

"就算照片P过,本人也绝对是个美女胚子,长得有点像日本影片《今夜,在浪漫剧场》里的那个什么……"

"绫濑遥?"

"对,就是那个什么绫濑遥!"

"你们怎么谈的?"

"我朋友把他妹妹的微信给了我,我和她加为好友后,昨晚我不吃、不喝、不睡,陪她聊了一宿,使尽平生功力说得她心头小鹿乱撞,终于答应出来和我见面。"

"别嘚瑟了,快说说今天见面的经过。"

"她约我今天下午三点在一家星巴克喝咖啡,我准点赶到,发现她已经到了,手里拿着一本书正在翻看。坐下来后,一开始她没说话,气氛有点儿尴尬,我就问她看的是什么书,她拿给我一看,原来是本日文书,叫作《2017年最大的素数》,共719页,整本书只印了一个数字,即$2^{77,232,917}-1$。这是目前为止人类发现的最大素数。"

"这种书有什么意义呢?"

"我也是这么想的。就在这时,小姑娘问我,觉得这本书怎么样?"

"你怎么说的?"

"我本来想说,把这么无聊的书会印出来,只有日本人做得出来!但话到嘴边忍住了,心想她既然翻看这本书,肯定不是这么认为的,于是说这本书很有创意。小姑娘又问我,怎么个有创意法?我绞尽脑汁,想出了三条理由,说得她心服口服。"

"哪三条理由?"

"第一,这本书可以作为手账或笔记本来使用。第二,这本书因为全部都是数字,也可以作为密码本来使用。第三,这本书足够厚,所以必要时也可以拿来当板砖用。我这么信口开河地瞎掰了一通,把那姑娘逗得乐不可支。"

"看来初次见面,人家已经对你颇有好感了。"

"那还用说。今天聊得相当投机,临走前她向我借手机用。"

"做什么?"

"我也觉得奇怪。手机给了她,她用我的手机发了一条短信,然后还给我后,说自己有急事,也不让我送,就先走了。"

"她这是为什么?"

"我也莫名其妙,于是拿起手机看,结果在发件箱里,看到她用我的手机,给一个陌生号码发出的短信:'吴佳薇小姐,很高兴认识你,诚意约你本周三在天河东路名仕阁法国餐厅见面。'"

"她这是给谁发的短信呀?"

"你听我说完就明白了。我当时正琢磨着,结果手机收到一条短信,正是那个陌生号码回的:'好的,周三见。吴佳薇。'"

"哦,原来那小姑娘就叫吴佳薇,她这样做还真有意思。"

"我当时喜出望外,可马上意识到一个问题。"

"什么问题?"

"她约我周三见面,可没说具体时间呀,到底是中午还是晚上?"

"是呀,难道她忘了?"

"不是,我回过神来一看,发现她把那本书落在座位上了。"

"那你周三带给她呗。"

"我拿起书,随手翻了一下,结果发现了秘密。"

"什么秘密?"

"她给我的时间提示,在书的第 528 面,上面用签字笔圈了 4 个数字,按顺序依次是 1,8,3,0。"

"哈哈,我明白了,她约你周三晚 18:30 见面。看来这本书还真成了你们两人之间的信物了。"

"你说得对,明天我得把这本书带在身上。"

阿强走后,齐天继续沉浸在自己的孤独世界里。他想起了萧珮,下午他狼狈离开后,不知她情况怎样。

齐天正胡思乱想着,突然手机响了一下。他拿起来一看,原来是萧珮发来的一条微信:"对不起,今天让你受委屈了!"

齐天只觉得一下子阴转多云,心情好了不少,赶紧回了条微信:"我还好,只是下次再也不敢在你家洗澡了!"

萧珮又回了条:"呵呵,你应该庆幸上次在我家过夜时没有撞见我奶奶!"

齐天笑了一下,回道:"早知道上次运气那么好,我就该做点什么了。"

这一条发出去后,萧珮就再也没有回应了。齐天看着手机发了半天呆,突然听到肚子"咕咕"叫了两声,意识到自己还没吃晚饭,于是起身做饭去了。

22

5月29日中午,齐天和萧珮在食堂吃饭的时候,无数道好奇的目光朝萧珮投了过来。

"你现在成公众人物了。"齐天打趣道。

"那这算是我在职工食堂吃的最后一顿饭了。"萧珮叹了口气说道。

这时,萧珮的手机响了一下。萧珮拿起来看了半天,皱着眉头回了一条短信。

齐天见她面有不悦,问道:"怎么了?"

"郁洁为上次的事情向我赔礼道歉,希望我能原谅她,并约我今晚见面。"

"你原谅她吗?"

"我也不知道该不该原谅她,这件事她确实做得人过分了,叫她毕竟是我十几年的闺蜜。"

"那你答应她今晚见面了?"

"答应了,因为我想亲耳听她给我一个解释。"

"要不要我陪你一起去?"

"不用了,这是我和她两个人之间的事,我能处理好。"

接下来的时间,萧珮也没心情吃饭了,草草吃了几口就结束了午餐。临别前,齐天问了萧珮晚上要去的地方,道别后,目送着她坐上那辆红色迈巴赫绝尘而去。

晚上七点,二沙岛鹿泉西餐厅。

萧珮到了后,发现西餐厅里竟没有其他客人,只有郁洁站起身来向她致意。

"怎么,这里被你包场了?"一见面,萧珮就毫不留情地嘲讽道。

"我只想我们姐妹俩静静地谈谈心。"郁洁低声下气道。

"看来傍大款的滋味不错哟,都有钱把这里包场了!"

"珮珮,我知道我对不起你,不管你怎么说我都可以,只希望你能原谅我。"

"如果这都可以原谅的话,那这个世界上就真没有什么不能接受的丑恶事情了!"

听到萧珮这样无情的挖苦,郁洁咬着嘴唇,眼泪都要流下来了。萧珮见了,有些心软,但想起那晚的一幕,狠心扭过头去。

就在这时,郁洁突然"扑通"一声跪了下去,抱住萧珮的大腿,抽泣道:"珮珮,我对不起你,你打我骂我都可以,只要你能消消气!"

萧珮一时间不知所措,看着跪在自己面前的郁洁哭得涕泪纵横,想起和她相交十几年的友情,不由心头一软,低下身将她扶了起来,取出纸巾帮她拭去了脸上的泪水。

"原谅我,好不好?"郁洁哭着说道。

"我们坐下来谈吧。"萧珮扶着郁洁在椅子上坐好。

这时,侍应生将郁洁提前点的两杯饮品端了上来,萧珮面前那杯是她惯常喝的蜂蜜百香果汁。

"那天晚上,你是不是去向鸿鹄家了?"萧珮单刀直入道。

"是的。"郁洁低下了头。

"那你和他上床了?"

"我一开始并没有这个想法,但是后来……"

"他一用强,你就从了,是不是?"

"也不是,他只是说,他想要的话,大把的女人都愿意在他面前宽衣解带,不缺我这一个,说完就要走。我当时也不知怎么就鬼迷心窍了,就,就给了他。"

"那你现在不在他身边,过来见我干吗?"

"我本以为他会把我当女朋友,可是没想到第二天,他就让我滚,我问他为什么那天晚上要约我去他家,他说不过是为了气你罢了,现在目的已经达到,我对他也没什么价值了!"说到这里,郁洁似乎再也忍不住心中的酸楚,失声痛哭起来。

萧珮听得又好气又好笑,想狠狠数落郁洁两句,却又说不出口。这时,萧珮放在桌面上的手机振动了起来,萧珮一看,是齐天打过来的,想着等会儿再回给他,便没有接。看郁洁哭得如此伤心,萧珮只能一张又一张地递纸巾过去给她擦拭泪水。

半天工夫,郁洁才慢慢平静下来,双手握住萧珮的右手说:"珮珮,我现在才知道,你对我有多么重要,我知道错了,我们重新做回好姐妹,好不好?"

看着郁洁一脸乞求和可怜的表情,萧珮想起了无数往事,心中百感交集,一时间不知该拒绝还是同意。

郁洁见状,突然右手抓起面前一把刀叉,搭在自己左臂腕上,颤声道:"珮珮,你要是不肯原谅我,我现在就给自己一刀!"

这一下事发突然,萧珮大吃一惊,她知道郁洁性子执拗,自己如不答应,她就真的有可能血溅当场,于是赶紧说道:"你别做傻事,我原谅你了!"

郁洁听她一说,喜出望外,放下刀叉,拿起面前的水杯说:"你要真原谅我了,我们就碰一杯,以后继续做好姐妹。"

话已至此,萧珮只好拿起面前的果汁,和郁洁碰了一下杯,喝了一大口。

果汁入口,萧珮感觉味道微微有异,她也不及多想,继续问道:"你接下来有什么打算?"

郁洁脸上闪过一道诡谲的笑容,说:"接下来我会带你见一个人。"

萧珮诧异道:"你要带我见谁?"话音未落,只觉肩膀被人拍了一下,扭头一看,顿时大吃一惊,出现在自己身旁的不是别人,正是一脸不怀好意的向鸿鹄。

萧珮惊道:"怎么是你?"想要站起身来离开,却觉手脚酸软,竟连起身的力气都没有了。

"你们好卑鄙!"萧珮知道自己中了算计,说完这句只觉头晕眼花,不由自主地倒了下去。

向鸿鹄扬了下手,两名黑衣男子过来,一左一右将萧珮抬了起来。

23

鹿泉西餐厅门口停车场一角停放着一辆加长版的黑色林肯,向鸿鹄指挥着两名手下将不省人事的萧珮抬上后座。

想着阴谋得逞，美人此刻只能任由自己摆布，向鸿鹄不由放声狂笑。就在这时，一旁的灌木丛中突然跳出一个人来，一记重拳狠狠打在向鸿鹄面门上。向鸿鹄猝不及防，只觉得眼冒金星，做过整形的鼻梁似乎都要塌掉了，脸上黏糊糊的似乎都是血。顿时又惊又怒，忙呼手下过来救驾。

片刻工夫，两名手下护住向鸿鹄，另外两名手下已经和一名青年男子厮打了起来。这名青年男子不是别人，正是齐天。原来，午餐时齐天听萧珮讲了晚上要和郁洁见面，便隐隐有些担心。回住处后，齐天无端端地感觉右眼皮一直在跳，于是给萧珮打了几个电话，结果一直没人接听。齐天实在放心不下，于是按照萧珮所说的地址，打车找了过来。他本想进西餐厅里找萧珮，却被门口保安拦了下来，说今天餐厅被股东包场，外人谢绝入内。齐天越想越觉得不对劲，于是躲在停车场旁的灌木丛中，静观其变。结果没多久，便撞见了萧珮被劫持上车的这一幕，顿时按捺不住，冲出来给了向鸿鹄迎面一拳。

此刻，齐天已和向鸿鹄的手下打得不可开交，虽然他年轻力壮、血气方刚，可在两名职业打手的围攻下，很快便落了下风，倒在地上被人拳脚相加。

"给我往死里打！"向鸿鹄抹了一下鼻孔涌出来的鲜血，气急败坏。

就在这千钧一发的时刻，突然，闪出一名白衣男子挡住了两名黑衣打手的拳脚，只见他动作快得出奇，整个人仿佛雷霆霹雳一般锐不可当，不过眨眼工夫，两名黑衣打手已经倒在地上哀号。

向鸿鹄见势不妙，急忙招呼另两名手下上前拖住来人，自己赶紧上车，准备溜之大吉。可还没等他启动车辆，另两名手下也已倒在地上，一双铁钳般的大手牢牢钳住了他的脖子。

"别，别杀我，你要多少钱，我都给你……"向鸿鹄苦苦哀求道。

白衣男子冷笑了一声,将向鸿鹄拎出来,像扔抹布一般扔在地上。向鸿鹄头部着地,当场昏死过去。

齐天从地上爬起来,这才认出白衣男子正是给萧珮开车的那名专职司机,见他从林肯车中抱出萧珮,赶紧上前帮忙。两人将萧珮抬上迈巴赫后座后,丢下一地"人渣",绝尘而去。

"她不会有事吧?"见萧珮依旧昏迷不醒,齐天担心地说。

"看样子她是被人下了迷药,休息半天应该就可以恢复过来。"白衣男子一边开车,一边说道。

"请问阁下大名?"齐天生平第一次见到身手如此了得的人物,不禁大为钦佩。

"我是萧珮小姐的专职司机陆彪,你叫我阿彪好了。"陆彪停顿了一下,又说,"小姐没看错人,你小子还真是条汉子!"

陆彪这么一说,齐天顿时有些不好意思,讪讪道:"可惜我不会功夫,今天要不是彪哥你出手相助,我和萧珮都难逃一劫!"

"不会功夫不要紧,关键是要有一份侠义心肠。今天小姐进去后,我在外边巡场时看到这辆林肯车,之前我见过,记得是向鸿鹄这混蛋的车,当时就觉得不妙,于是一直暗中观察,后来见你到了,我便忍了一会儿,没急着先出手,倒是让你受委屈了!"

齐天一听,暗叫惭愧,心想:原来自己过来后的一举一动都已被陆彪看在眼里,如果自己当时心中胆怯,不敢现身救人,只怕会被这位大哥瞧不起。

二十分钟后,车到了御香阁。齐天和陆彪一起,把萧珮扶了出来。想到萧珮的奶奶必定在家,齐天不由心中生畏,于是推说天色太晚不便登门,目送着陆彪和英国管家将萧珮搀扶进去后,自己才缓缓离去。

第二天上午,萧珮没有来公司,齐天有些担心,给她发了条短信:"你没事吧？"

没一会儿便收到萧珮回复的短信:"札木合,谢谢你救了我！"

齐天笑了笑,回了条短信:"为了你,札木合愿意赴汤蹈火！"

这条短信发出去后半天不见动静,齐天正觉得奇怪,却见手机响了一下,拿起一看,正是萧珮回的短信:"我奶奶说要答谢你,邀请你今晚来家里吃便饭。晚上六点,不见不散！"

齐天脑子里闪过了无数个念头,但最终只发过去两个字:"遵命。"

晚上齐天赶到御香阁时,英国管家早已恭候在外,见了他满脸堆笑,在前带路,将他带到餐厅。餐厅中央是一盏宝光四射的水晶吊灯,下面放着一张可容十余人就餐的长条餐桌。

主人还没到,齐天正犹豫着要不要入座,这时一老一少两人走了过来,正是萧老太太和萧珮。老太太穿着一身深蓝色长礼服,尽显雍容华贵；萧珮穿着一身水绿色小礼服,贴身剪裁的设计更显出她的娇俏可爱。

"昨天真是谢谢你了！"萧珮感激道。

"没什么。其实更应该谢彪哥,要不是他出手,我都没办法把你救出来。"齐天道。

"那是他的职责,倒是你,危急关头敢冲上去救人,确实不简单。"萧老太太赞道。

"不用谢！萧珮是我的好朋友,我绝不能让她受到伤害！"齐天道。

"只是好朋友吗？我怎么听珮儿说,你是她男朋友。"萧老太太道。

齐天正不知怎么回答,萧珮也已经羞红了脸,忙拉奶奶的胳膊道:"奶奶,你扯这些干吗？"

"好好好,不说这些了,我们上桌就餐吧。"听萧老太太这么说,齐天才松了口气。

众人坐下后闲聊,一盏茶的工夫,菜便上齐了,分别是龙井虾仁、清蒸鳜鱼、佛跳墙、法式焗蜗牛和上汤白菜。

萧珮见齐天有些放不开,伸筷给他碗里夹了个虾仁,说道:"这道龙井虾仁是我奶奶的拿手菜,不过现在她老人家轻易不下厨了,今天我还是托你的福,才能吃到呢!"

萧老太太轻拍了下萧珮脑袋,说道:"你这丫头,吃个饭怎么这么贫嘴?"

众人边吃边聊,与上次初见面时的拒人于千里之外不同,此番萧老太太神色和蔼可亲,对齐天嘘寒问暖,加上萧珮在一旁不时说些俏皮话,饭桌上的气氛倒也轻松活泼。

八、卧虎藏龙

24

正当齐天心情慢慢放松的时候,萧老太太突然来了句:"小齐,你爸妈是做什么的?"

齐天愣了一下,答道:"我很小的时候,父亲就因病去世了。我母亲以前在老家一所中学当老师,去年刚退休。"

萧老太太点点头道:"唉!你父亲去世那么早,你母亲一个人把你拉扯大,实在不容易啊!"

"是的。"

"不过你好在母亲还陪着你,珮儿这孩子命苦,十岁的时候,她父母就因为一场意外事故去世了,我就成了她在这个世界上唯一的亲人。"

萧老太太这番话一说,席间气氛一下子变得沉重起来,萧珮想起了不幸去世的父母,难过得低下了头。

齐天正咀嚼着萧老太太话里的深意,突然仆人又端了一道菜上来,只见雪白的方瓷盘上放着十几块切得整整齐齐的肉片,既不似牛肉,又不似猪肉。

萧珮问道:"奶奶,这是什么菜呀?"

萧老太太笑道:"这是五香马肉,尝一尝味道怎么样?"说着,给齐天和萧珮碗里分别夹了一块。

齐天从来没有吃过马肉,但盛情难却,只好尝了一下,觉得口感较粗,吃起来有一点儿费力,除此之外似乎也没什么特别之处。

萧珮吃了一口,觉得味道不太中意,嘟起嘴道:"奶奶,你给我们吃这个干吗?"

萧老太太冷笑道:"这马是向鸿鹄家养的那匹'狮子王',我让人把它宰了,割了半条腿回来,叫厨房做了这道菜。"

"啊?"齐天和萧珮都惊得叫出声来。齐天没想到萧老太太竟是如此睚眦必报的厉害人物。而萧珮对奶奶的处事手段虽然并不陌生,但"狮子王"是向家视若拱璧的宝马良驹,曾在亚洲顶级赛马大奖赛上获得过多个冠军,没想到奶奶竟然不动声色间便让人将它宰了,料想此时此刻,向家上下必定乱作一团,此事如传出去,只怕是一场轩然大波。

"我本想将向鸿鹄和郁洁这对狗男女,一人卸条胳膊下来,给珮儿出口恶气,没想到这两个家伙跑去香港了。找不着正主,只好拿这马先抵下债,余下的账,慢慢再算!"

萧老太太轻描淡写的一番话,却让齐天听得惊骇不已,虽然他早已猜到这位老妇人不是寻常人物,但却也没想到她是如此霹雳手段。

正当齐天忐忑不安的时候,萧老太太突然对萧珮说:"珮儿,你去楼上我房间床头柜里,把我那只派克笔拿下来。"

"好的。"萧珮说着,起身走开。

这时餐厅只剩下萧老太太和齐天两人,在老人审视的目光下,齐天不禁坐立不安。

萧老太太突然发问道:"你想和珮儿继续发展下去吗?"

齐天心头一惊,却还是硬着头皮说:"是的。"

"恕我直言,你们两个门不当户不对,珮儿从小娇生惯养的,跟你在一起并不合适!"

齐天只觉得一股无名火起,从小到大他曾被无数人看轻,却没有一次像今天这样让他如此愤怒。他强行压住心中的怒火,说道:"萧夫人,我知道以我目前的状况,确实高攀不上你们萧家,但是我相信一句话,'宁欺白发翁,莫欺少年穷'!"

萧老太太盯着眼前这个倔强而硬气的少年,一时间神色恍惚,仿佛看到了另外一张年轻而英俊的面孔,也是那么倔强而硬气。沉默了良久,她从身旁的小包里取出一张支票,放在齐天面前:"离开珮儿,这些钱就是你的。"

齐天扫了一眼支票上的数字,刹那间脑海里如万马奔腾,但他定了定神,还是缓缓将支票退回去,低声而坚决地说道:"对不起,我做不到!"

"奶奶,你们在聊什么呢?"萧珮走过来问道。

"哦,刚才我小小考验了一下齐天。"萧老太太随手将桌上的支票递给了萧珮。

萧珮拿过支票,咋舌道:"哇!2000万,奶奶,你出手可真大方!"

"2000万!"齐天听到这个数字,只觉得脑袋嗡嗡震了一下,差点儿失态。

萧老太太从萧珮手中拿过笔,打开笔帽,仔细端详了一会,长长叹了口气。终于,她合上笔帽,将钢笔轻轻放在齐天面前说:"既然支票你不肯收下,那我就送你一支幸运之笔吧。这支笔伴随我多年,几次让我逢凶化吉,现在转赠与你,希望也能给你带来一点儿好运!"

齐天见萧老太太的神情,便知这笔是她心爱之物,不欲掠美,正想婉拒,却见萧珮在一旁向他连使眼色,示意他赶快收下,只好一边接过,一边连声致谢。

接下来的时间,萧老太太神色和缓不少,萧珮更是笑颜如花,齐天则是全程面带微笑地坚持完这顿"压力山大"的饭局。

临别时,萧珮将齐天送出大门外,见他有些魂不守舍,嗔道:"呆子,想什么呢?"

齐天回过神来,应道:"你奶奶气场太强了,我紧张得现在还没缓过劲儿来。"

萧珮扑哧一笑,道:"我奶奶是这样的性子,你别介意,其实她人挺好的。哦,对了,那支笔你可一定要保管好,千万别弄丢了!"

"它有什么特别的吗?"

"那支笔是当年我爷爷送我奶奶的定情信物,我奶奶珍藏在身边四十多年了。"

"这么贵重的东西,她送给我干吗?"

"傻瓜,你自己回去琢磨吧!"

"哇!2000万的支票,你没思想斗争一下,就毫不犹豫地退回去了?"听了齐天的讲述,阿强一脸不可思议的表情。

"我当时没细看,少看了一个0。"齐天一副生无可恋的样子。

"哈哈哈哈!笑死我了,原来你把2000万看成200万了,难怪拒绝得那么干脆!"阿强笑得直不起腰来。好不容易停止大笑,他又问道:"如果你看清楚是2000万的话,还会拒绝吗?"

阿强这一问,齐天也不知如何回答。他确实很喜欢萧珮,以至于这段时间晚上做梦都经常会梦见她。可是他也知道,自己对她还没有爱到情深入骨的地步,甚至如果重新让他在2000万和萧珮之间做一个选择的话,他说不定会选择2000万。因为,对于曾经在底层打拼过,也曾尝过失业滋味的他来说,太清楚金钱的重要性了;而对于他和萧珮的未来,他内心深处充满了忐忑,毕竟他知道,公主和穷小子喜结连理的故事只可能发生在童话里。

睡觉前,齐天在床上拿着那支派克笔,翻来覆去看了无数遍。虽然钢笔的原装外盒都不在了,但钢笔本身却保管得相当完好,在床头灯的照耀下熠熠闪光。齐天上网搜了一下,知道这是一支二十世纪六十年代生产的派克75"西沉"限量款钢笔,作为世界上第一款限量钢笔,相当罕见。

齐天仔细打量着钢笔,突然发现在笔帽内侧,有两个小小的字母"L.Y"。这两个字母不像机器镌刻出来的那般工整,似乎是人手工刻出来的。齐天琢磨半天也想不明白,只觉得倦意沉沉,于是收好钢笔,熄灯睡了。

25

接下来的两周时间里,齐天和萧珮又经受了"白银时代"的一系列考验:在《真实的谎言中》中,齐天变身为超级特工,为了拯救被绑架的萧珮,与恐怖分子展开了惊心动魄的斗争;在《诺丁山》中,萧珮和齐天,一个是好莱坞的大明星,一个是普通的书店小老板,两人上演了一场浪漫的爱情故事;在《唐伯虎点秋香》中,齐天变身为风流倜傥的江南第一才子唐伯虎,为了接近秋香,不惜卖身华府为奴;在《卧虎藏龙》中,萧珮和齐天分别扮演玉娇龙和罗小虎,演绎了一场碧血黄沙、情天恨海的爱情悲剧……

两人的配合日益默契,在游戏测试中逢山开路、遇水架桥,大多数关卡都能顺利通过,不过随着测试难度的加大,游戏中总会有一些意外的事件发生:

在《叶问》中,齐天变身为一代宗师,好不容易在狱中完成了一个打十个的英雄戏码,没想到刚出监狱门,日本军官竟然又派了三十多个日本武士围上来,面对黑压压的一片,齐天怒从心头起,恶向胆边生,不管三七二十一,从怀中取出"咆哮霸王龙",打开开关丢出去,眨眼间,一只十几米高的霸王龙从天而降,顿时将一群武士吓得作鸟兽散。齐天赶紧抓住机会逃出生天。

在《王牌特工》中,齐天变身为特工小子,费尽九牛二虎之力救出被困狱牢的萧珮公主,两人正要深情长吻,不料狱中警铃声大作,数十名狱卒围了过来。危急关头,萧珮顾不上多想,从怀中取出飞毯,念动咒语,飞毯立刻铺展开来,华丽升空,带上两人,在一众狱卒目瞪口呆的注视下飘然而去。

不过最惊险的还是在《和平饭店》中,当萧珮给身受重伤的齐天急救时,突然黑暗中射出一颗子弹,击中了萧珮的左胸,萧珮缓缓倒地。一个黑影狞笑着走出来,眼看一场悲剧无法避免,谁知萧珮竟然抄起地上的枪,一枪结果了暗算者的性命。原来她随身穿着那件护体宝衣,子弹没有对她造成伤害。眼看地上的齐天已是奄奄一息,萧珮一不做二不休,从怀中取出月光宝盒,将时光倒流回两分钟前……

"白银时代"的十场测试,齐天和萧珮终于都通过了,付出的代价是用掉了光爆弹、咆哮霸王龙、飞毯、护体宝衣和月光宝盒五件装备。

这天上午,齐天和萧珮来到公司,任星宇笑着迎过来说:"恭喜你们,顺利通过了'白银时代'的十场测试。"

萧珮撇撇嘴道:"我们测试得这么辛苦,公司也不给点奖励吗?"

任星宇道:"有什么物质奖励能入我们萧大小姐的法眼呢?"

萧珮道:"如果公司愿意投资让我拍一部电影,我还是很乐意的。"

任星宇打趣道:"那齐天肯定是当仁不让的男主角了,只是不知道我们萧导介不介意男主角和女主角的激情戏。"

齐天见话题越扯越八卦,赶紧插口道:"咱们说正事吧,今天上午我们还要测试吗?"

任星宇道:"今天不用测试了,不过上午十点,在1608会议室有个特别会议需要你俩参加。"

齐天问道:"什么会议?还有哪些人参加?"

任星宇迟疑了一下,说道:"具体什么会议、有哪些参会人员,我也不清楚,我只知道,卫斯福教授主持会议。"

"卫斯福教授!那我可以找他签名吗?"一听说自己的偶像会参会,齐天不由得喜出望外。

"卫教授性子有些古怪,你到时可要悠着点儿。"见到齐天兴奋的样子,任星宇连忙提醒道。

齐天和萧珮提前十分钟到了1608会议室,只见一张可容三十余人就座的环形会议桌前空无一人。两人心里纳闷,难道这么大的一间会议室,等会儿就只有三个人开会吗?

时间刚到十点,只听"咔嚓"一声,会议桌一头天花板上突然降下一个铂金色的金属圆柱,两人吓了一大跳。金属圆柱落地后,上面一扇拱门缓缓打开,接着一个一头蓬松白发的怪老头笑呵呵地走了出来,不是别人,正是在国际科研领域大名鼎鼎的卫斯福教授。

见到大神这般闪亮登场,齐天和萧珮都看得目瞪口呆,卫斯福教授似乎很享受这种出人意料的感觉,拍了拍巴掌,将两个看呆了的年轻人唤醒过来。

"卫,卫教授,很,很荣幸见到您!"见到偶像,齐天激动得说话都有些结巴了。

"哈哈,你们这对组合不错嘛,'白银时代'的测试居然轻轻松松就全部过关了。"

"那是我们运气好罢了。"萧珮谦虚道。

卫斯福摸了摸头上的乱发,笑道:"很好!很好!"说着,大马金刀地坐到了会议桌的主位上。他清了清嗓子,说道:"大家好!我是卫斯福,是'VRM-2046电影世界'游戏项目的总负责人。首先,恭喜各位通过了'白银时代'的考验!"

卫斯福这么一说,齐天顿时有些不解,侧身在萧珮耳边道:"怎么我感觉他说话的口气，好像不只是对我们俩讲的？"

卫斯福似乎看出了齐天的疑惑，伸手按了一下桌面上的一个银色按钮，只听"啪"的一声，三道光柱打在会议桌上，两道光柱中分别是一男一女两个年轻人，另一道光柱中则是两个青年男子。众人面面相觑，都是一副疑惑不解的表情。

卫斯福又伸手按了一下桌面上的一个金色按钮，众人只觉眼前一亮，会议桌一头的墙壁上出现了一整面墙的全息显示屏，屏幕上分成了 36 格画面，每一格画面中都有一到两名选手在"青铜时代"测试中的情景。其中，编号为 15 的画面中正是齐天和萧珮。

26

看到众人惊诧莫名的表情，卫斯福笑道："'VRM-2046 电影世界'是龙吟影视娱乐集团近年来大力研发的重点项目，而对于试片人的筛选则是项目能否成功的关键所在。为了郑重其事，在海选阶段，公司从应征的上千名应试者中选出了 36 组选手进入测试环节。"

光柱中一名身着黑色作战服的彪形大汉不忿道："卫教授，我还以为自己是唯一被录用的应试者，现在你告诉我有这么多人入围，是不是消遣我来着？"

另一道光柱中一名身着紧身 T 恤和牛仔热裤的俏丽女子也抱怨道："卫教授，我是来应聘试片人职位的，怎么现在搞得像是把我们圈起来比赛似的？"

第三道光柱中的那对青年男子没有说话，但表情都是掩饰不住愤怒。

卫斯福摆摆手道："大家少安勿躁，请听我解释。之所以事先没有告诉大家有这么多入围的应试者，一方面，是想让大家不要以竞赛的心态参加测试,而是以一颗平常心来参加测试,这样更容易发挥出自己的真实水平,也有利于我们得到可以横向对比的最准确可靠的测试数据;另一方面,前面两个阶段的测试,相当于单机版的游戏,大家各自为战就行了,但第三个阶段的测试相当于多人在线版的游戏,更具有挑战性,当然也有特别丰厚的奖励,所以有必要跟大家说清楚。"

卫斯福这一番解释后,众人的脸色都和缓了一些,卫斯福又接着说道:"第一阶段'青铜时代'的测试,包括各位在内,一共有 16 组选手过关,淘汰率为 55.56%。"

卫斯福话音未落,全息显示屏上的 36 格画面变成了 16 格,每一格画面中都显示着一组选手在"白银时代"测试中的情景。其中,编号为 15 的画面中依然是齐天和萧珮。

见众人目不转睛地看着显示屏,卫斯福摸了摸头上的乱发,继续说:"随着测试难度的不断加大,淘汰的选手越来越多,等到第二阶段'白银时代'测试完后,只有 4 组选手过关,也就是在座的诸位,淘汰率为 75%。在这里,我想大家也有必要互相认识一下,所以不妨由我来做个介绍。"

众人面面相觑,不知卫斯福教授葫芦里装的是什么药。

"1 号选手郑耀威,外号'铁甲威龙',在动作片、功夫片和枪战片的闯关测试中表现突出,青铜和白银的通关成绩分别为 8.5 分、7.0 分。"随着卫斯福的介绍,光柱中的那名彪形大汉站起身来,向众人抱拳行礼。只见他站起来就像铁塔一般,浑身肌肉虬结,乍一看就像从银幕中走出来的施瓦辛格。

"6 号选手司空静,外号'茜茜公主',在青春片、爱情片和恐怖片的闯关测试中表现突出,青铜和白银的通关成绩分别为 9.5 分、8.6 分。"介绍声中,光柱中的那名俏丽女子站起身来,对着众人抛了个飞吻。萧珮见了,轻轻"呸"了一下。

"15号选手有两位,分别是齐天和萧珮,外号'神雕侠侣'……"听到这里,齐天不禁哑然失笑,心想自己和萧珮怎么被人取了这么个外号。

这时,萧珮凑到他耳边道:"你的雕在哪里?"

齐天坏笑道:"雕不就在我身上吗?"

萧珮会意过来,在他大腿上狠狠掐了一下,齐天痛得差点儿叫出声来。两人这一闹腾,卫斯福后面的话便没听进去,只是在最后站起身来向众人致意了一下。

"28号选手也有两位,分别是程少龙、程少虎兄弟,外号'绝代双骄',在喜剧片、悬疑片和惊悚片的闯关测试中表现相当出色,青铜和白银的通关成绩都是10分。"卫斯福话音未落,众人一片惊呼,这对孪生兄弟的成绩是目前各组选手中最好的,"青铜"和"白银"都拿了满分,太令人不可思议了!迎着众人惊叹的目光,这对孪生兄弟一起站了起来,身高、相貌、气质几乎毫无区别,一样的英俊帅气,令人赞叹不已。

介绍完四组选手后,卫斯福又接着说道:"在'青铜时代',主要是测试选手对电影情节的熟悉程度;在'白银时代',电影原有情节已经出现一些变数,这时主要测试的是选手随机应变的处置能力,和临危不乱的心理素质;而到了'黄金时代',已经没有固定的电影情节模式,所有选手面对的是一个开放式的电影魔幻世界,里面存在无限的可能性。"

"那我们到底要怎么做,才能通过'黄金时代'的测试?"司空静问出了众人心中共同的疑问。

卫斯福笑了笑说:"简单来说,你们在游戏中要想尽办法找到'黄金宫殿',在宫殿里有一把黄金权杖,谁能拿到黄金权杖,谁就是唯一的赢家,将可以获得龙吟影视娱乐集团奖励的'头号玩家超级大奖',奖金高达一千万美元。"

"一千万美元!"除了萧珮外,所有选手都瞪大了眼睛,兴奋之情溢于言表。

这时,萧珮突然插嘴道:"如果我们不想继续参与这个测试,想选择退出呢?"她这两句话语惊四座,大家都用疑惑不解的目光看着她,齐天急得忙扯她的衣袖。

卫斯福又摸了摸头上的乱发,说道:"如果有人想选择退出也没关系,根据之前签订的协议,可以领取这个月的薪水提前走人。当然剩下的选手夺冠的概率就更高了。"

卫斯福这么一说,所有人的目光都集中在萧珮身上,萧珮看了看齐天,见他一脸的焦急和恳求,叹了口气,没说什么。

卫斯福见众人都没说话,点点头道:"很好,既然大家都决定继续参与测试,那我也祝大家能够马到成功。从下周一起,'黄金时代'的测试就正式开始了,测试只有一次,时间为 24 小时,这对你们的体力和脑力都是极大的考验,你们有信心吗?"

除了萧珮外,所有选手都异口同声道:"有!"

卫斯福伸出右手食指,在空中挥了一下说:"大家要记住一点,最终的赢家只有一组选手!"

"这不公平!"郑耀威站起身,愤愤不平道,"15 号和 28 号选手都有两个人,这对我和 6 号选手来说,明显不公平嘛!"

卫斯福笑着拍了拍手道:"你说得很对!出于比赛的公平起见,凡是单人参赛的选手,都可以去'富贵城堡'里选取一件装备自由使用,额度不超过 3000 金币。"

"太好了!"郑耀威兴奋得要跳起来,对于他这种喜欢单打独斗的选手来说,多一件趁手的装备,作用远远大于多一个队友。

卫斯福见众人再无其他意见,于是说道:"很好!今天的会议到此为止,祝各位好运!"说着,他伸手按了一下桌面上的银色按钮,只听"啪"的一声,会议桌旁的三道光柱突然消失,三组选手消失得无影无踪,偌大的会议室里又只剩下他和齐天、萧珮三人。

"你们可以走了。"卫斯福淡淡地说。

"卫教授,您能帮我签个名吗?"齐天拿出一本1998年出版的《人工智能的未来》,怯怯地递到卫斯福面前。这本书是卫斯福二十年前的代表作,曾被誉为是一部划时代的科学著作。

卫斯福捧着书,百感交集,他看着齐天,问道:"你怎么会有这本书?"

齐天说:"我高中时看了这本书,非常喜欢,当时就觉得作者是个天才,如果能有机会见一面就好了,没想到今天,梦想终于成真了!"

卫斯福笑而不语,拿出一支钢笔,在书的扉页上刷刷刷地写了几行字:

齐天小友惠存

人生就像一场电影,只是没有彩排和NG,永远都是现场直播。

卫斯福

九、兄弟反目

27

齐天和萧珮离开后,空荡荡的会议室里只剩下卫斯福一个人,他长长地叹了口气,这一声叹息中似乎藏着无尽的萧索和落寞。

突然,"咔嚓"一声,天花板上又降下一个铂金色的金属圆柱。金属圆柱落地后,上面一扇拱门缓缓打开,接着一个一身阿玛尼套装的中年男子走了出来,不是别人,正是龙吟影视娱乐集团的老板龙日胜,他手里拿着一支粗大的雪茄,一脸得意。

对于龙日胜的突然出现,卫斯福似乎并不惊讶,反而有些无动于衷。

龙日胜吐了一口烟圈,说道:"卫教授,你看哪组选手能夺冠?"

卫斯福没好气地说:"现在这款游戏还不太完善,之前的内部测试中,没有人能够闯关成功,甚至还发生过意外事故,说明这款游戏存在严重的漏洞。我不知道你为什么急着让普通人加入测试,难道让他们当小白鼠吗?"

"哈哈哈哈!"龙日胜狂笑了半天才停下来说道,"卫教授你还真是个实在人,你要知道,时间不等人,金钱更不等人!你知道我为这款游戏砸了多少钱进去了吗?50亿呀!都两年过去了,你还跟我说游戏不完善,你当我是在做慈善吗?"

"龙日胜,你不要用这种口气跟我讲话,我不是你的下属!"

"卫斯福,你忘了当初我是怎么帮你的吗?当年要不是我替你摆平了你儿子醉驾撞死人逃逸的事情,你现在就会每个月去监狱里送牢饭!"

"龙日胜,你不要欺人太甚,我答应你的事,自然会办到,你也不要挑战我的底线!"

"好好好,我知道,你盼着父子团圆,这个容易办到,只要你一个月内将完成通关测试的游戏版本拿出来,你们父子俩就可以团圆了。"

看着龙日胜所乘的太空电梯消失在天花板上,卫斯福愤怒地拍了一下桌子,一枚硬币从桌上弹了起来,飞到了半空中,仿佛一颗子弹在空中起舞。

从会议室回到办公室,萧珮一路都没有说话。齐天见她脸色不太好,怕自讨没趣,也一直没开口。

任星宇有事走开了,两人一个坐着发呆,一个无聊地翻着本电影书,气氛有些尴尬。

终于,齐天忍不住开口问道:"你今天为什么提出来放弃续参加测试呢?"

"你不觉得我们被人耍了吗?一开始龙吟集团就没有告诉我们实情,我们都以为自己是唯一被录用的应试者,现在突然冒出来这么多人围选手,还不由分说让我们进行比赛,你觉得这很好玩吗?"

"卫教授不是已经解释过了,之所以事先没有告诉我们,主要是想让我们不要以竞赛的心态,而是以一颗平常心来参加测试,这样更容易发挥出自己的真实水平。"

"你真相信他说的话?"

"就算他说的不是真的,但继续参加测试对我们来说并不是坏事,至少有机会拿到那一千万美元的'头号玩家超级大奖'嘛。"

"我看你是被那一千万美元大奖给迷住了吧!"

萧珮说话的语气中充满了嘲讽和不屑,齐天顿时被她的态度激怒了,大声说:"萧大小姐,我知道你不在乎这一千万,但是我在乎!

你从小出生在富贵人家,没有尝过贫穷的滋味,一个年薪百万的工作你不放在眼里,一个千万美元的大奖你也毫不稀罕,但是你要知道,这个世界上所有的人,并不是个个都有你拥有的那些优越条件,有的人仅仅是活着,就已经耗尽了所有力气。"

看到齐天激动得难以自持的模样,萧珮一时间沉默了,半晌工夫她才回了句:"你觉得有了这一千万,你就能出人头地吗?"

"对于你们有钱人来说,这一千万算不了什么,但是对我齐天来说,这是我人生的第一桶金,我想用它向你奶奶来证明我自己。"

"证明什么?"

"证明我配得上你!"

齐天这句话完全出乎萧珮的意料,她一时间愣住了,不知道该说什么好。

过了一会儿,萧珮回过神来,似笑非笑道:"你这算是表白吗?"

齐天道:"不算,但是你已经让我无法自拔!"

"你陷得再深点,会让人更喜欢!"

萧珮话音未落,齐天的嘴已经贴上了她的唇,他和她就像所有恋爱中的男女一样,在热吻中抵达了另一个浪漫迷离的梦幻世界……

在公司食堂吃完午餐后,萧珮接了通电话说家里有点事要先回去,齐天把她送上车,回到办公室,本想看会儿书,结果心神不定,半天都看不进去。

看来今天不太适合工作和学习,想到这里,齐天打算回住处好好休息一下,顺便想想到底如何应对下周的终极测试。

齐天住的是和阿强合租的一个两房一厅的小户型,两人各自一个单间,关起门来成一统,客厅、厨房和洗手间共用。作为同居密友,两人的生活习惯可谓截然相反:齐天有一点轻微的洁癖,房间里的东西都收拾得干干净净、整整齐齐,每周都要打扫两次卫生,除自己房间外,连客厅厨卫也一并打扫,便宜阿强做了个甩手掌柜;与齐天相比,阿强就是典型的邋遢汉子,经常不修边幅,一脸络腮胡子往往留个把月才剃,房间里的东西从来不收拾,剃须泡、鞋油什么的找不到了就直接找齐天借,至于齐天做菜阿强蹭饭吃更是家常便饭。有时齐天也觉得纳闷,他们俩生活习惯相差这么大,居然能在同一屋檐下生活四五年,想想还真是奇迹。

齐天打开大门后,见客厅空无一人,心想阿强应该上班没回来,不料却听见从自己房间传来一阵奇怪的声音。

28

齐天有些纳闷,自己早上出门时明明没有关门,怎么现在房门紧闭,里面还有动静,反而阿强房间的门是敞开的,里面空无一人。

"难道家里进了贼?"想到这里,齐天心头一紧,赶紧从厨房拿了根空心钢管抄在左手,右手拿出钥匙轻轻打开房门。

门一打开,齐天顿时大吃一惊,只见房内一男一女正在床上打得火热。齐天用巴掌在房门上拍了两下。

听到声音,阿强这才反应过来,他朝齐天摆摆手,又加快了自己的动作。

此时此刻,齐天也无可奈何,只好走到客厅,打开电视,郁闷地看了起来。

十分钟后,两人终于出来了,那女孩穿着一身白裙,长得斯斯文文,年龄不过二十来岁。这种情况下显然不适合相互介绍,齐天目不转睛地看着电视屏幕,假装没看见。

阿强送完女孩回来后,见齐天脸色铁青,马上赔笑道:"兄弟,实在不好意思,今天陪佳薇吃完饭后,她说想来我住的地方看一看,我就带她来了。你也知道我那房间实在太脏了,我就带她去你房间里聊天。"

"聊天你们用得着聊上床吗?"

"哎呀,这个情到浓处,很难控制得住嘛!"

"你们动作倒挺快的,才认识一周就上床了。"

"你可别说,我们还真的是一见钟情,认识一周不是问题,兄弟我这次拍拖可是奔着结婚为目的去的。"

"好了,你不用多解释了,这一周你不要再带她过来,下周我会搬出去住,到时你们俩夜夜笙歌都没问题。"

"兄弟,你搬出去干吗?"

"我不搬出去,难道天天隔着墙听你们叫床吗?"

"兄弟,我就借你的房间用一下,你别这么小气,好吗?"

"我小气?好,今天就把话挑明了,徐少强,我忍你很久了!咱俩合租四年多,你打扫过一次卫生吗?没有!你下过一次厨吗?没有!这些我都忍了,现在,你带个女人在我床上打炮,你当我是哪门子的兄弟?"

"齐天,今天这事是我不对,但你扯那些扫地做饭的事有意思吗?那些又不是我逼你做的!你要把话摊开讲也行,你说你没工作那一个多月你吃的是啥,要是没我帮忙,你早就喝西北风去了!再说了,你现在这工作是怎么找的,还不是我帮你留意的。做人不要忘恩负义呀!"

"好,今天话说到这个份儿上,咱们也别扯东扯西,总之不管从前怎样,今天大家都算扯平了。这几天我先去找房子,找好后下周我就搬出去住,以后咱们井水不犯河水!"

"行啊,你现在翅膀硬了就瞧不起兄弟了!好,以后你走你的阳关道,我走我的独木桥!"阿强说完后,转身将房门重重地一摔,气呼呼地走了。

齐天倒在床上,脑子里一团乱麻。大学四年,他和阿强是一个系的,阿强住他隔壁宿舍,记不清两人是怎么成为好兄弟的:是阿强喝多了在女生宿舍楼下表白未果,醉倒在地后被齐天和舍友抬回来那次;还是齐天在校门口买切糕被老板狠宰一刀走不了人时,阿强路过拉了一帮朋友冲上去仗义解围让齐天脱身那次。总之,照阿强的说法,两人是患难的兄弟、过命的交情。

毕业五年,两人到广州后几乎天天住在一起,喝酒、看球、撸串、泡吧、唱K……除了拍拖外,其他的事情两人都是秤不离砣,彼此都已经习惯了对方的存在。最难忘的一次是3月16日那天,齐天从黄埔区一家公司面试完回到家已经八点多了,回来后发现阿强为他准备了一个生日蛋糕,齐天这才想起当天是自己的生日。那一晚,两个老男孩就着蛋糕喝啤酒,阿强对齐天说:"兄弟,今天你过生日,我不知道送什么好,想了半天,就想出一首小诗送给你——人海茫茫少知己,因缘识君明我心。英雄虽无用武地,却有惺惺相惜情!"就在那一刻,齐天认定了,阿强这个好兄弟,值得交一辈子!

但是没想到世事难料,两个好兄弟今天彻底闹翻了!

齐天正在床上辗转反侧,突然手机响了,一看是萧珮打过来的,赶紧接通。

"晚上有空陪我赴个饭局吗?"

"什么饭局?"

"我有个师兄叫路浩,正在筹拍一部电影,到处拉投资,之前找我帮忙,我就友情赞助了一点,勉强算个出品方。他今晚约了个老板,在饭桌上谈投资的事,叫我帮忙撑撑场子,我碍于情面,就答应了。"

"那我去干吗?"

"你不是对电影圈的事很感兴趣吗?这些都是圈内人,你刚好可以了解一下内幕。再说了,我不会喝酒,你去了,可以帮我挡挡酒。"

"好吧。"

"晚上六点,我的车过来接你。"

挂了电话后,齐天摇了摇头,交了一个白富美的女朋友,有时候真是感觉怪怪的!

29

吃饭的地方叫"醉八仙",是一家没有菜牌、需提前两周预约的私房菜馆,地方很隐蔽,在沿江路的一个闹中取静的小区内。

齐天和萧珮赶到的时候,饭桌上已经坐了两人,左边一人个子不高,体型微胖,长了张颇具喜感的脸;右边一人个子高高瘦瘦,戴着副黑框眼镜,头发不多,一看就是用脑过度导致的。

"师妹,好久不见,你越来越漂亮了!"一见到萧珮,左边那人眼睛一亮,满脸堆笑地迎了过来。

"师兄,你也越活越精神了!"萧珮笑道。

"这位兄弟是……"和萧珮打完招呼后,路浩看着齐天问道。

"这是我男朋友齐天,现在龙吟影视娱乐集团做游戏研发。"萧珮介绍道。

"幸会幸会,能够让我们萧大小姐青睐有加的,一定是人中龙凤!我一定要多亲近亲近。"路浩一边说,一边双手紧紧握住齐天递过来的右手,这股热情劲儿齐天有点消受不了。

"师兄,这位朋友是……"萧珮提醒道。

"哦,这位是我的新片《此情可待》的编剧闻沐兄弟,他可是圈内出了名的才子,好几部票房很好的卖座片的剧本都是他操刀的。"

"路兄谬赞了,实在不敢当!"闻沐站起身来,拱了拱手。

正主儿还没到,几个人就先坐下来,天南海北地闲聊起来。萧珮和路浩是老交情了,两人聊起大学同学近况,聊得不亦乐乎。齐天和闻沐初次见面,一时不知该聊什么话题。齐天怕冷场,随口问了句:"刚才听路导说你们新片叫作《此情可待》,这是一部爱情片吗?"

齐天这句话顿时打开了闻沐的话匣子,他马上接过话滔滔不绝地讲了起来:"我这个片子呀,是现在最流行的大女主戏,讲的是广东警官学院毕业的三个年轻人之间的爱情故事。郑可昕和夏雨轩是警校同班同学,郑可昕一直暗恋夏雨轩,却因夏雨轩有个身患白血病的初恋女友和郑可昕擦肩而过。失落的郑可昕入职后认识了在刑警大队的师兄黄楚星,与之相爱结婚。他们的结合缘于彼此的吸引,却终于黄楚星的背叛。正当郑可昕面临着情感抉择时,却传来黄楚星在执行任务时中弹身亡的噩耗。郑可昕最终怀着黄楚星的孩子勇敢地生活下去……"

齐天一副认真倾听状,心里却想:"又是一部狗血爱情片!"

闻沐讲得兴起,最后还来了个总结陈词:"我这个片子反映了什么呢?简单来说,就是——爱,不是生活的全部。可是,爱,却影响着生活的全部!"

"好啦,大才子,你别逮人就谈你的剧本。"路浩打断了闻沐的长篇大论,又转身对齐天道:"兄弟,你想在我这片里演哪个角色?"

齐天以为自己听错了,一时愕然,不知如何回答。

萧珮见状,笑着解释道:"我刚和师兄聊起来,说你是个电影发烧友,对电影的台前幕后很感兴趣,师兄就答应让你在片子里演个小角色体验一下。"

路浩补充道:"除了男一男二,其他的角色都没问题。"

齐天凑近萧珮耳边问:"这样合适吗?"

萧珮道:"这片子我算是投资方之一,你在里面演个小配角,不算什么事儿。"

齐天点点头,对路浩说:"路导,我没学过表演,能出镜吗?"

路浩一摆手道:"这个不是问题,你看周迅、张柏芝、彭于晏这些大明星不都没学过表演嘛!关键在于个人的悟性和导演的调教。"

齐天道:"那就多谢路导了!"

这时,路浩的手机响了,他接通后,忙不迭地说:"好的,好的,我马上出来接您。"挂机后,他对众人说:"你们继续聊,我出去接下牛老板。"说完转身出门。

萧珮对着闻沐问道:"这牛老板是什么来头?怎么之前我从没听师兄提起过。"

闻沐道:"这牛老板还是我介绍给路导认识的,听说他二十年前是山西的一个煤老板,靠着经营小煤矿发了家,前些年他赶在政府整顿小煤矿之前改了行,跟朋友合伙做起了房地产,又赚了不少钱,这几年房地产也不好做了,他见影视产业风生水起,又开始涉足电影行业了。"

萧珮感叹道:"这还真是一个神奇的煤老板!"

齐天好奇地问道:"可是那么多的投资人,你们为什么偏偏要找煤老板呢?"

闻沐叹了口气道:"兄弟,我干这行干了十几年,经历了各种各样的投资人,从煤老板,到地方政府,再到互联网企业,到头来发现最好打交道的还是煤老板。"

"为什么呀?"齐天和萧珮异口同声道。

闻沐道:"因为煤老板从不干预创作,他们不会像某些地方政府那样,恨不得你把剧本通盘变成给他们唱赞歌,也不会像互联网企业那样,一会要你植入一打广告,一会要你根据平台要求,必须启用一些演技不在线的流量明星做主角,总之一堆狗屁要求。煤老板的要求很简单一般都是塞关系户去演某一个角色。"

齐天和萧珮听得哑然失笑,没想到外界名声不怎么好听的煤老板,在影视圈内反倒成了大受欢迎的香饽饽。

三人聊得正欢,这时门开了,路浩带着两位客人走了进来,一位是五十来岁的男子,肚子中部凸起,一身绣着如意纹的橘黄色定制唐装,脖子上戴了根手指粗细的大金链子,金光闪闪,富贵逼人。不用说,这就是传说中的牛老板。他身旁是位浓妆艳抹的女子,乍一看颇有点像林志玲,不过个子矮了五厘米,罩杯大了一码而已。

屋内三人站起相迎,路浩连忙给大家做介绍。牛老板倒没什么架子,和众人一一握手致意,不过随他一起来的所谓行政助理黄雅倩小姐却坐在一旁,拿出个小镜子左顾右盼,看自己的妆容有没有乱。众人心知肚明这女子是牛老板的外室,素质本就不高,所以也不和她一般见识。

十、一醉方休

30

人齐了,开始上菜。先上了四道凉菜,分别是水晶鸭舌、如意鱼卷、蜜汁云腿和九味通脊。接着是八道热菜,分别是金华鲍鱼、黄焖鱼翅、宫保飞龙、五香鹌鹑脯、桃仁鸭方、猴蘑菜胆、鸡油鲜芦笋和虫草炖鸭。

每道菜一上来,路浩都先给牛老板和黄雅倩分别夹一筷子。牛老板吃了几口后赞道:"小路,你找的这地方不错,味道挺特别。"

路浩道:"这家私房菜馆的大厨,以前是在人民大会堂掌过勺的名厨,退休后被高薪聘用过来,所以这桌上的菜有些是国宴席上的菜式。"

牛老板笑道:"原来如此。"

席上,路浩准备了两瓶飞天茅台,两位女士都不喝酒,于是四位男士觥筹交错、你来我往,不过半小时工夫,便喝光了一瓶茅台。

牛老板几杯酒下肚,脸涨成了猪肝色,他歪着脑袋对萧珮道:"萧小姐这么年轻漂亮,怎么不在你师兄的片子里演个角色呢?"

没等萧珮回应,路浩已经抢在前面答道:"我师妹和我一样,都是学导演专业的,喜欢拍片,对参与表演倒没什么兴趣。"

牛老板点点头道:"嗯,这样也好,演艺圈的水是很深的,不管是女演员,还是男演员,如果没有为艺术而献身的勇气,就很难出头的。"

路浩赶紧附和道:"那是,那是,还得要有像牛老板您这样愿意为国产片贡献力量的大佬鼎力支持,我们电影人才能拍出更好的作品。"

这时,在一旁倾听已久的黄雅倩突然来了句:"路导,小妹我也曾在艺术学院混过几年,刚刚听你们聊起这部电影的故事,很有兴趣,想自荐出演女一号,不知路导肯不肯给个机会?"

黄雅倩此言一出,路浩和闻沐面面相觑,一时不知如何回答。齐天倒是知道其中缘由,刚才他听闻沐提起过,投资人尤其是煤老板,作为投资的条件,一般都会要求让他们的"小蜜"在片中演一个角色,对于有经验的导演来说,多半会给这些关系户安排女二号或女三,但极少安排女一号这样重要的角色。因为对一部不是为了洗钱或玩票的正常电影来说,男一号和女一号还是要有一定的演技要求的,毕竟这年头,没几个观众会为一部主角演技不在线的片子买单。可是道理虽然摆在这里,但现在关系户已经开诚布公提出要演女一号,你让导演如何是好?

饭桌上的气氛一时变得有些尴尬,牛老板皮笑肉不笑地说道:"小路,你是不是觉得这个要求有点过分呀?"

路浩赶紧应道:"不是,不是,这个要求一点都不过分,只是有一个小小的问题,在这部片子里,女一号有一场被歹徒强暴凌辱的戏,这场戏尺度非常大,容易被娱乐媒体拿来大做文章。像黄小姐这样冰清玉洁、气质高雅的女士如果接演这样的角色,恐怕对个人形象多少会有一些影响。"

齐天听路浩用"冰清玉洁""气质高雅"这两个词来形容黄雅倩,强行忍住没有笑出声来。

黄雅倩似乎还有些不甘心,急忙说道:"我还是想演女一号,尺度大一点没关系,为艺术而献身的勇气,我还是有的。"

牛老板摆摆手道:"小路说的有道理,女演员拍戏,尽量不要接那些尺度太大的,要不然对个人生活会有影响,你看李丽珍、陈宝莲、汤唯这些不都是活生生的例子吗?"

黄雅倩不高兴地嘟起了嘴。路浩赶紧安慰道:"其实我们这部片子里的女二号戏份也不少,更适合黄小姐本色出演。并且我会让闻大编剧为黄小姐量身打造戏份,一定会相当出彩的。"

听路浩这么一说,黄小姐这才阴转多云,脸色缓和过来。

路浩又拿起酒杯,对牛老板道:"适才听了牛老板高论,佩服不已,我敬您一杯!"

牛老板伸手推开路浩递过来的酒杯,说道:"小路,这部片子你想我投多少?"

路浩低声下气道:"我这片子是个小成本制作,预算是一千二百万,我师妹作为投资方之一,投了二百万,现在还差一千万。"

牛老板哈哈笑道:"小路,你是想我做大头,给你投个一千万,是不是?"

路浩道:"牛老板,我们这片子是现在市场上最受欢迎的爱情片类型,剧本又是闻大编剧这样业内知名的写手操刀,担纲出演的也都是实力派演员,片子出来后肯定会卖座的,您的投资绝对是有高回报的。"

"小路啊,虽然我们是初次见面,但是闻编剧曾多次向我提起过你,还给我看了你之前在那个什么电影节上获奖的短片,所以我毫不怀疑你的才华。只是我们之前毕竟没有合作过,我对你还不够了解,再说这一千万也不是个小数目,我也希望合作伙伴能让我放心。"

"牛老板,您说,需要我怎样做,您才放心?"

"我这个人呢,喜欢在酒桌上交朋友,常言道,酒品见人品,在我看来,喝酒爽快的人,才是真正干大事的人。"

"牛老板,我明白您的意思了。"路浩说完,把侍应生叫过来,吩咐他去找一个三两左右的大酒杯过来。

片刻工夫,侍应生将酒杯拿了过来。路浩二话不说,将酒杯倒满,拿起来对牛老板道:"牛老板,今天见到您,我是三生有幸,这杯酒敬您,希望我们合作愉快。您随意,我干杯!"说着将自己手中三两左右的大酒杯,和牛老板手中三钱左右的小酒杯碰了一下,然后一饮而尽。这一杯下去,路浩连打了几个嗝,忙喝了几口茶水,这才缓过劲来。

牛老板点点头道:"好,是条爽快汉子!"说着也将自己杯中的酒喝了。

路浩又拿起茅台,先给牛老板斟满酒,接着又给自己的大酒杯满上。萧珮见他脸色变得通红,担心道:"师兄,别喝了,再喝你就醉了!"

路浩借着酒兴说:"一醉解千愁!牛老板是我命中的贵人,我今天是舍命陪君子,就算喝醉了也无妨。"说着,拿起大酒杯,又敬向了牛老板。

牛老板也不多说,和路浩碰了下杯,两人都将酒干了。不过,牛老板一杯酒不过三钱,一口下去倒也云淡风轻;路浩一杯酒却有三两,他分几口喝下去后,脸上已有痛苦之色,显然这第二杯高度白酒灌下去,他腹中已经是翻江倒海。

这时,不要说萧珮,连齐天和闻沐都颇为担心,拦住路浩,怕他再喝下去会出事。

路浩将三人推开,打着酒嗝道:"我没事,今天我要陪好牛老板,你们谁要是拦着,可别怪我翻脸!"三人见他这般酒劲上来天王老子都不认的样子,只好让开。

路浩再次拿起茅台,先给牛老板斟满酒,接着又颤巍巍地给自己的大酒杯满上,倒完后一瓶茅台堪堪见底。

路浩身子摇摇晃晃,闻沐赶紧站起来扶住他。

路浩拿着大酒杯,口齿不清道:"牛,牛老板,我不是那种拿着投资人的钱去玩票的所谓艺术家,我,我就是一个没名气的小导演,但是我做人有原则——拿人钱财,与人消灾!总之,我拍片,您放心,绝对不会让您吃亏！"

牛老板见路浩已经满嘴跑火车了，拿起酒杯和他碰了一下，说："好，为我们合作愉快干杯！"

两人都将酒干了。这一杯下去后，路浩脸色发青，身子发虚，似乎坐都坐不稳。萧珮见状，赶紧吩咐齐天道："我师兄喝多了，你快扶他去洗手间醒醒酒。"

齐天扶着路浩起身，路浩一边挣扎一边说："我没事，我没事，再给我来两杯。"

齐天不由分说，强行拖扶着路浩去了洗手间。刚进门，路浩已然控制不住，身子往前一扑，趴在一个洗手池上，"稀里哗啦"狂吐起来。这一吐足足吐了五分钟，几乎将胆都吐出来了，洗手池填了半池子，秽气冲天，进出如厕的客人无不侧目。

好不容易等到路浩吐完，齐天帮他清洗了一下，见他清醒不少，已无大碍，于是扶着他回去。

31

回到房间后，饭桌上却已不见牛老板和黄小姐的身影。路浩大着舌头问道："牛，牛老板呢？"

闻沐答道："牛老板刚刚接到一个电话，说公司里有点急事要赶回去处理，匆匆忙忙就先走了。"

路浩急道："那投资拍片的事呢？"

闻沐道："牛老板走之前说了，投资拍片的事就这样定了，明天下午三点，你去他们公司签约。"

路浩这才松了一口气，一屁股坐在椅子上。这时，侍应生将萧珮点的醒酒用的蜂蜜水拿了过来，萧珮递给路浩，看着他咕噜咕噜一口气喝了半杯,脸色开始由青泛红,慢慢恢复正常。

萧珮道:"师兄,喝酒哪有像你这样喝的?简直不要命了!"

路浩苦笑道:"师妹,你师兄一没背景,二没财力,想拍片哪里找钱去?还不是只有装孙子到处求爷爷告奶奶地讨呗。我出来这么些年,算明白一个道理——钱难挣,屎难吃!所以牛老板只要肯投资,别说陪他喝三大杯酒,就算认他做干爹我都行呀!"

萧珮长叹了一口气,没有再说什么。

闻沐拍了一下路浩肩膀道:"导演,我记得剧本里没有什么女一号被歹徒强暴凌辱的戏,这到底是哪冒出来的?"

路浩哈哈笑道:"我要不这么说,那牛老板肯同意让黄小姐演女二号吗?"

闻沐恍然大悟后又说:"那黄小姐参演后发现剧本里没有你说的那场戏,有意见怎么办?

"这还不简单,你不是金牌编剧吗?你就给女一号加一场戏,深夜归来被歹徒盯上,意图强暴,正好被男一号撞上,于是英雄救美,这不就结了吗!"

"高,实在是高!"闻沐话音未落,却见路浩已经趴在桌上,昏昏睡去。

"我师兄喝醉了,等会用我的车先将他送回家吧。"萧珮说完,齐天和闻沐一左一右,搀扶着烂醉如泥的路浩走出去。

陆彪已将迈巴赫停在门口,齐天和闻沐费了老大的劲将路浩弄进轿车后座。闻沐上去坐好,齐天正要上去,萧珮拦住他,然后对陆彪道:"彪哥,我和齐天在江边散散步,麻烦你把我师兄送到家后再过来接我们吧。"

陆彪道:"小姐,你千万注意安全!"

萧珮道:"有齐天陪着我,没事的。"

看着迈巴赫呼啸而去,齐天和萧珮漫步走到了江堤上。此时正值六月中旬,羊城已是盛夏季节,不过傍晚的江边,习习凉风驱散了空气中的暑热,让人感觉十分惬意。

两人并排走着,齐天见萧珮微微低着头,似乎在沉思着什么,夜风拂起了她的长发,仿佛拨动了齐天心中的琴弦。齐天忍不住牵住了萧珮的左手,握在手中只觉温软滑腻,顿时心中一荡。

萧珮妙目流盼,向齐天望了一眼,说道:"傻瓜,你在想什么?"

"我想起了一句话:当你找到一个真正特别的人时,就能闭嘴享受片刻的沉默。"

"我让你无法自拔了吧?"

"你让全人类都无法自拔了!"

仿佛为了验证这句话,此时此刻,作为全人类的唯一代表,齐天一个深吻印在了萧珮的唇上。这个吻如此美妙而悠长,以至于经过他们身畔的每一个行人都投去了好奇和羡慕的目光。

良久,两人才从甜蜜的吻中醒过来,彼此深情地凝视,在对方的眼眸中似乎可以看到那个深陷爱河的自己。

突然,萧珮想到了什么,对齐天道:"帮我个忙,把我衣服上的这粒扣子揪下来。"

萧珮今天穿的是件杏黄色的连衣裙,上面有三粒装饰用的大扣子,萧珮用手指着中间那粒。

齐天虽然不明其意,但知道这位大小姐精灵古怪,行事向来出人意料,于是领命而为。只是这扣子缝得比较结实,他又怕用力太大扯坏了衣服,一时间弄得满头大汗。

萧珮见了,呵呵笑道:"我现在要是大叫一声'非礼啦',你可就跳进珠江也洗不清了。"

齐天道:"哪有被流氓非礼还这么笑呵呵的。"说话间,终于将扣子揪下来。这粒扣子是木质的,形状既似桃形,又似心形,上面有着紫檀一样的纹理。

萧珮接过扣子,又打开包翻找,找出一条红绳。她把扣子穿了过去,又用力打了个结,于是一条 DIY 手工项链在她手中诞生了。

"低下头。"萧珮吩咐道。

齐天乖乖低下头,配合萧珮将项链套在自己脖子上。

"好了,今后你就是我的人了!"

"你是想用这条项链将我套住吗?"

"是的,让你永远离不开我!从现在开始,你只许对我一个人好;要宠我,不能骗我;答应我的每一件事情,你都要做到;对我讲的每一句话都要是真心话。不许骗我、骂我,要关心我……"

萧珮还没说完,齐天已经把她的话接了下去:"你开心时,我会陪你开心;你不开心时,我会哄你开心;永远都会觉得你是最漂亮的;梦里我也要见到你;在我心里只有你!"

此时,月光如水,照在这一对恋人身上,时间仿佛都凝固了。

两人相依相偎了许久,直到江堤边已经见不到其他的行人,只有一旁的树荫道上还停候着一辆忠实的迈巴赫……

32

工作室里,萧珮拿着本《奥斯卡内幕》的书在翻阅,齐天戴着头盔,手里拿着根棒球棍一样的东西在挥舞比画。这玩意是龙吟影视娱乐集团新发明的感应模拟器,主要用于游戏选手日常训练,选手只要带上头盔,就可选择枪战、格斗、体育竞技等不同模式,随后眼前会出现相应的画面,此时手中的感应模拟器便可以作为对应的枪械、兵刃或体育器材使用。

萧珮见齐天正对着空气用力挥舞着感应模拟器,完全忽视了自己的存在,不禁有些微微着恼,随手拿起桌上的一个弹力球,朝齐天扔了过去。

弹力球在空中划出了一条美丽的弧线,眼看就要碰到齐天的脑袋,就在这时,齐天脑袋一侧,轻轻躲过。正当弹力球快要落地的时候,齐天右脚一勾,将球勾到半空中,随即右手一个"摘星揽月",将弹力球稳稳抓住。

齐天放下感应模拟器,摘下头盔,对萧珮道:"刚才你向我扔球,把我吓了一大跳。"

"怎么,一个弹力球就把你吓成这个样子?"

"你知道吗,刚才我在游戏中正和敌人交战,突然莫名其妙飞来一个球,我第一反应就是有炸弹,赶紧侧头躲开,然后准备滚到一边趴在地上,没想到游戏画面马上消失,我这才反应过来是你在和我开玩笑。"

"呵呵,刚才你要是真的吓得趴在地上,那就好玩了!"

"你还笑,看我不好好收拾你!"齐天故意做出凶恶的样子,朝萧珮扑过去。萧珮咯咯一笑,闪到一边,两人在工作室里玩起了老鹰捉小鸡的追逐游戏。

门口传来一阵咳嗽的声音,两人赶紧停止嬉闹,循声望去,却是任星宇站在门口,一脸尴尬的表情。

"星宇哥,什么事?"萧珮问道。

"龙总要见你们,让你们马上过去!"

"龙总要见我们?"齐天和萧珮一脸惊讶的表情。

"是的,现在,马上跟我走!"任星宇一副不容置疑的口吻,随即示意两人赶紧跟他走。

任星宇带着两人坐电梯去了顶楼,出电梯经过安保门后,穿过长长的通道和空中走廊,来到顶楼的露天平台。这块平台面积大约有四个篮球场大,正中停了一架霸气十足的空中客车 AS365 直升机,高速旋转的螺旋桨激起的气流吹得众人头发都乱了。

三人走上前时,直升机舱门打开,还没等起落架放好,一名个子足有一米九、满脸络腮胡的大汉直接从机舱跳了下来,右手挥了一下,算是朝三人打了个招呼,然后对着齐天和萧珮说:"二位请跟我上飞机吧。"

萧珮看了眼齐天,表情有些犹豫。

齐天道:"这回可不是向鸿鹄的强邀,而是大老板的邀请,再说有我呢!"

萧珮笑了笑,在齐天的搀扶下上了飞机。

两人坐稳后,直升机开始起飞了,只见露天平台上的任星宇在向两人挥手致意,渐渐地他的人影越来越小,逐渐消失在视线中。

直升机上除了驾驶员外,只有络腮胡一人,他看也不看两人一眼,只顾着一边嚼口香糖,一边用手指拨弄着一个 Zippo 打火机,打火机像硬币一样在他手中翻来滚去。

齐天见萧珮脸色苍白,豆大的汗珠从额头上流下来,关切地问道:"你怎么了?"

"我坐直升机不习惯,有点头晕。"

齐天双手捧着萧珮的脸,柔声道:"看着我,别害怕,我就在你身边!"

萧珮"嗯"了一声,可脸上还是掩饰不住的紧张和害怕。

齐天急中生智,从身上拿出一支笔来,说道:"我给你表演一个小戏法吧。"说着将笔夹在中指和无名指间,以拇指为轴心,连续360度转了十几圈,这一下看得萧珮目不转睛,连声叫好。

萧珮乐道:"太好玩了!你再给我表演一个。"

齐天微微一笑，将笔在四只手指之间任意旋转，并不使用拇指作平衡，一会儿顺时针转，一会儿逆时针转，这支笔就像被施了魔法一样，在他手上轻盈旋转着，时而如蜻蜓展翅，时而如金猴舞棒，一连串眼花缭乱的动作看得萧珮喜出望外，连一旁的络腮胡都停止了玩火机，目瞪口呆地看齐天的表演。

正当观众看得如痴如醉之际，齐天手中的笔突然弹向空中，落下时，齐天食指、中指轻轻一抄，夹住笔后绕着食指又将其连续旋转了几十下，最后轻巧地将笔收于掌中。

萧珮和络腮胡看呆了，一会儿才反应过来，连忙鼓掌。

萧珮道："你怎么会这一招？太好玩了！"

齐天道："我读初中时，有阵子班上很流行转笔，我当时心血来潮，还特意练了一段时间，可能是我的手腕灵活性比较好吧，上手特别快，也学了不少花样，到现在我无聊的时候还会随手转一转。"

"那你和我在一起的时候，怎么不早点将这手绝活亮出来呀？"

"和你在一起时，没有无聊的工夫呀！"

"讨厌！现在越来越油嘴滑舌了。"

一对小情侣眼看就要进入打情骂俏的模式，一旁的络腮胡不合时宜地插嘴道："小兄弟，你能不能教教我怎么转笔呀？"

齐天本不想接这茬，可见络腮胡一脸恳切的表情，实在不忍心拒绝，于是坐过去，手把手地教了他两个最简单的技巧。

络腮胡虽然外表粗豪，但学起东西来却相当认真，不到一盏茶工夫，他已经掌握了基本的动作要领，虽然转笔之时经常掉下来，但剩下的只是需要多加练习了。

齐天见络腮胡如此沉迷转笔，说道："练习转笔最好用特制的专用笔来练，我这支笔是自己做的，用起来效果还不错，送给你吧。"

络腮胡一听大喜，一边说："这怎么好意思呢？"一边却将转笔放入口袋。

可能是觉得自己这样有些失礼，络腮胡摸出个指虎钢套，递给齐天道："兄弟，我不喜欢欠别人的人情，这个小玩意送给你吧。"

齐天还想推辞，络腮胡道："兄弟，你要是不收，就是看不起我雷镇了！"

齐天无奈，只好收下。这个指虎做工精良，虽然黑黝黝的看上去不太起眼，但拿在手上颇有分量，价值比他送的转笔贵多了。看来这络腮胡也是个性情中人。

十一、龙影山庄

33

又过了几分钟,直升机开始降落了。齐天留意了一下,发现直升机开到了广州市东北郊的帽峰山附近,将要降落的位置似乎是一个占地甚广的山庄,可以看到里面有如画的楼台水榭,甚至还有一个面积不亚于高尔夫球场大小的马场,十几匹赛马徜徉其间。

直升机缓缓降落在山庄入口旁的停机坪上。雷镇打开舱门后,齐天扶着萧珮从起落梯上慢慢走下来。

还没等两人看清楚周遭形势,两位仪表大方、体态婀娜的旗袍美女款步迎上前来,柔声道:"请问您二位是萧珮小姐和齐天先生吧?欢迎来到龙影山庄!"说罢纤腰一拧,在前缓缓带路。

这一路竟走了十来分钟,途中穿过一个类似于主题公园的场所,只见里面有摩天轮、海盗船、游乐场,有电影院、动物园、攀岩墙,此外还因地制宜摆放了数百个电影角色模型,有酷似真人的卓别林、克拉克·盖博、格里高利·派克、奥黛丽·赫本、英格丽·褒曼、玛丽莲·梦露、胡蝶、夏梦、李小龙、成龙、李连杰、周润发、周星驰、张国荣、梁朝伟、林青霞、张曼玉、巩俐等电影明星,也有1:1比例大小的超人、蝙蝠侠、蜘蛛侠、钢铁侠、美国队长、绿巨人、雷神等英雄,甚至还有数十只仿佛从《侏罗纪公园》里跑出来的恐龙,最大的足有十层楼高。萧珮看得十分开心,一会儿瞧瞧这个,一会儿摸摸那个,像个孩子一样好奇。齐天看着这些东西,突然想起了当年迈克尔·杰克逊斥巨资打造的梦幻岛庄园,心想难道这位身价千亿的龙总也是一个童心未泯的人吗?

还没来得及多想,旗袍美女已经带他们走到一栋气势雄伟的大楼前。只见这栋大楼造型别致,形似一台巨大的电影摄影机,楼身上有七个金光闪闪的大字"世界电影博物馆"。

进入大堂后,两人只觉眼前一亮,还没反应过来,就被一个透明玻璃罩一样的圆形光球笼罩起来,接着眼前呈现出各种绚丽多彩的景象:一会儿是在《碧海蓝天》中遨游海底,领略蓝色海洋无限风光;一会儿是在《壮志凌云》中驰骋长空,穿越云层追星逐月;一会儿是在《阿波罗13号》中畅游太空,感受浩瀚宇宙星河璀璨……

两人正沉浸在美妙的电影世界里如痴如醉,突然"砰"的一声,光球破灭,所有的梦幻景象全部消失,眼前出现一个一人来高、蓝色全金属外壳的机器人。只见它眨着两只铜铃般的大眼睛,先用略显僵硬的姿势鞠躬致意,然后伸手示意道:"两位贵客,我家主人有请!"说完身子一侧,在前缓缓带路。

坐电梯上了三楼,经过一段长长的走廊,来到第十八展厅,门口铭牌上刻着"电影道具展览厅"几个大字。进去后,机器人招呼两人坐下后,说道:"两位贵客请稍等片刻,我家主人正在赶来。"说完欠了欠身,先行告退。

等候的工夫,两人先将厅内的陈列打量了一下,只见这个展览厅面积七八百平方米,里面摆放了大大小小数千件展品,有冷兵器类的刀枪剑戟、斧钺钩叉,有中世纪贵族穿用的衣帽鞋袜,有手表、火机、钢笔、雨伞等日常用品,甚至还有用金丝银线绣着五爪金龙的皇帝龙袍。

"你看!这件好像是李小龙在《死亡游戏》中穿的那件连体服。"齐天指着一件带有黑色条纹的黄色连体服大叫道。

"是呀，真的一模一样！"萧珮感叹了一下，突然间看到一样东西，有如触电，惊叫道："你看，这不是玛丽莲·梦露在《七年之痒》中穿过的那条白色连衣裙吗？"

"还有这件，好像就是基努·里维斯在《黑客帝国》中的黑衣装束！"

"最贵重的恐怕是这件，好像是《泰坦尼克号》中露丝佩戴的那款'海洋之心'钻石项链！"

两人正对着一件件展品啧啧称叹，突然一个苍劲浑厚的声音传来："贵客光临，有失远迎！"

齐天和萧珮循声望去，只见一位身材高大、须发如银的老人已出现在门口，正是龙在天，他身旁侍立着那个蓝色机器人。

齐天和萧珮急忙迎上前去。一番寒暄后，龙在天笑道："你们觉得这里的展品如何？"

齐天道："这里都是和经典影片有关的物品，真是让人大开眼界！"

萧珮好奇道："请问这里的展品都是电影拍摄时的道具实物吗？"

龙在天道："那当然，这里全部都是当年拍摄时所使用的实物，不少还是我派人从拍卖会上拍下来的。"

齐天和萧珮听了不禁咋舌，能够将这数千件与经典电影有关的道具收入囊中聚于一室，其间所耗费的人力、物力、财力，非一般人所能想象。看来这位龙总还真是一位不折不扣的电影发烧友。

龙在天见萧珮突然一副欲言又止的样子，笑道："你有什么问题想问我吗？"

萧珮指着展厅正中央单独摆放的一个透明水晶橱柜，说道："这里的展品都是大有来头的宝贝，可是恕我眼拙，却看不出这件道具服出自哪部电影？"齐天顺她手指方向,见水晶橱柜中立着一个酷似真人的衣架模特,身上套着一件普通的黑色大衣,模特脖子上还围着一条红色格纹围巾。这水晶橱柜居于展厅的黄金位置,其中摆放的展品必定是主人家最珍视的物品,只是这件衣服看上去平平无奇,萧珮和齐天都看不出它的来历。

龙在天道:"这是美国影片《爱情故事》中女主角的服装,这部影片对我有着特殊的意义,所以我把这套衣服买下来放在这里。"

萧珮一愣,还想多问两句,却见龙在天摆了摆手,于是话未出口赶紧打住。齐天见龙在天表情变得有些凝重,知道他不欲就这个问题多谈,急忙转移话题道:"请问龙总找我们过来,有什么事吗？"

龙在天道:"我听说,你们和另外三组选手,都先后通过了'青铜时代'和'白银时代'的测试,下周就将接受'黄金时代'的终极考验。我想了解一下,你们的准备到底如何？"

齐天正要回答,却被萧珮抢先道:"龙总,请问您为什么不召见另外三组选手,偏偏只叫我们过来了解情况呢？"

萧珮这突然一问显然有些不太礼貌,不过龙在天不以为意,摆摆手道:"我本来是想把你们都召集过来,结果一了解才知道,另外三组选手,一人在北京,一人在伦敦,剩下那对双胞胎在洛杉矶,一时半会都赶不过来,只有你们两个在广州。"

齐天和萧珮交换了一个眼神,心中都有些吃惊,没想到这次龙吟影视娱乐集团招聘试片人,竟然是在全球范围内海选,看来还真下了不少本钱。

见两人没有作声,龙在天开门见山道:"对于'黄金时代'的终极考验,你们有把握吗？"

齐天和萧珮面面相觑,不知如何回答,测试越到后面越难,并且其他几组选手也都实力强劲,两人并无必胜把握。

犹豫了一下,齐天答道:"我们知道最后的测试一定非常艰难,但是我们会拼尽全力一搏!"

龙在天哈哈笑道:"年轻人,我看好你们!"

"看好我们?"齐天和萧珮不约而同道。

"我看过你们几组选手前期的表现情况,相较其他三组选手,你们两位一开始的表现并不突出,但是越到后面配合越默契,进展越顺利,可以说是渐入佳境。尤其是齐天,在每次场景变换前几乎都能做到料敌机先,在危险发生时也能从容应对。年轻人能做到这样,很不简单!"

"谢谢龙总夸奖,实在不敢当。"齐天被夸得有些不好意思,侧过头看萧珮,见她一脸笑容,似乎比夸奖她还要高兴。

"你和我一样,名字里都有个'天'字,我是飞龙在天,你是齐天大圣,有什么不敢当的?"

听龙在天这么一调侃,齐天摸了摸后脑勺,觉得这位龙总毫无大老板的架子,顿时饱受鼓舞,脱口道:"龙总,有您这句话,我们一定竭尽全力,争取闯关成功!"

"好!只要你们闯关成功,除了可以得到一千万美元的奖金外,我还可以满足你们一个小小的愿望,比如环游世界、拍摄电影什么的。"

齐天一听喜出望外,脑子里闪过了无数的念头,不过还没等他开口,萧珮已经抢先应道:"既然是小小的愿望,那么我可以邀请您到我家吃个便饭吗?"

"哈哈哈哈!十几年来,你是第一个提出这种要求的人,你就不怕你男朋友吃醋吗?"

"呵呵,是我奶奶很想见您,但她出行不便,所以只好邀请您到家里来。"

"哦,你奶奶是谁?"

"我奶奶叫萧蕙妍。"

"萧蕙妍？我没有听过这个名字。你奶奶为什么想见我？"

"我也不知道,也许她是您的粉丝吧!"

"哈哈哈哈,这个愿望我可以满足,只要你们闯关成功!"

看到萧珮和龙在天开怀大笑的样子,齐天不禁暗自摇头,没想到萧珮居然就提了这么一个无厘头的小小的愿望,而龙在天竟然也毫不在意地答应了,如此率性而为的大佬真是从所未见。这一老一小还真是一路人!

34

宾主三人相谈正欢,突然一位身着黑色西服的助理匆匆走进来,在龙在天耳边轻声说了几句。

龙在天眉头一皱道:"这点事他都办不好吗?"说罢又对齐天和萧珮道:"我有点急事要去处理,你们二位先在这里参观一下吧。"

齐天和萧珮连说不用客气,起身送龙在天出门。

看着龙在天的身影远远离去,萧珮突然说:"你觉得这位龙总人怎么样?"

"我从未见过如此平易近人的大老板,对我们两个后生辈的年轻人也如此客气,真不愧是做大事的人!"齐天语气中不乏仰慕之意。

"怎么,人家才说几句话就把你给折服了?"萧珮语气中略带讥讽。

齐天顿时有些不悦道:"人家作为龙吟影视娱乐集团的大老板,对我们两个公司的小员工礼待有加,你觉得有几个人能做到这一点?"

"我总觉得他今天见我们是另有目的。"

"什么目的?"

"我也没想明白，只是觉得这么一个日理万机的大老板，仅仅为了了解我们终极测试的准备情况就把我们叫过来，未免太小题大做了！"

"也许是龙家三少爷看上了你，所以大老板把你叫过来，看看未来儿媳到底怎么样。"

"去你的！狗嘴里吐不出象牙来。"

这对小情侣刚进入打情骂俏模式，那位助理就走进来，道："两位贵客，公司有些急事，现在龙总已经驱车前往现场处理，他临走前交代我要招呼好二位。"

齐天和萧珮交换了眼神后，齐天道："不用麻烦你们了，既然龙总有要事处理，我们待在这里也不太合适，我们还是先行告退吧。"

助理挽留了一番，见两人去意已决，于是将两人送到停机坪，目送两人登上直升机。

看着直升机升上高空，助理用手机拨通了一个电话："老板，我是山鸡，那两人已离开龙影山庄。"

龙日胜"嗯"了一声，挂断了电话。他脸色阴晴不定，似乎是在思索一个棘手的难题。一会儿，他拍了下手，一名光头黑衣男子从门外走了进来，正是随时候命的乌鸦，只见他一脸惊惶恐惧，额头汗珠滚滚。

乌鸦"扑通"跪在地上，颤声道："老板，属下办事不力，罪该万死！"

龙日胜不耐烦道："上次我说过，不要再让我看到老头子和萧珮在一起，你是怎么办事的？"

"这次龙总是临时起意，用他的私人直升机直接将两人接过去的，属下接到消息时，已经阻拦不及。"

"没有什么事情会随随便便发生，都是计划的一部分。你办事不力，知道后果吧？"

"属下知罪!"乌鸦说着,右手拿着一把寒光四射的匕首,对着自己左手小指划了下去,刀光闪处,顿时鲜血淋漓。乌鸦忍着痛说:"老、老板,要不要属下将萧珮直接干掉?"

"不用了,现在动她,目标太大,会引起老头子怀疑,不如在游戏里……"说到这里,龙日胜停顿了一下又说:"你先下去吧。"

"是,老板。"乌鸦连滚带爬地出去了。

龙日胜拿起桌面上一张照片,上面是一家三口的合影,一副其乐融融的样子。照片上的夫妻俩看上去不过三十来岁,郎才女貌,甚是般配。夫妻俩中间站着一个八九岁的小女孩,一副天真可爱的模样,相貌竟和萧珮有几分相似。

龙日胜冷笑两声,将照片揉成一团,狠狠地丢向了墙角的垃圾篓。

直升机将齐天和萧珮送回公司。回到工作室后,想到下周将要面临的艰巨考验,两人不敢怠慢,交流了几句后,便各自投入了紧张的备战中。一个翻阅电影书籍,一个用感应模拟器进行训练,很快,一天的时间便过去了。

下班前,萧珮接到一个电话,是她的闺蜜阿娇约她晚上一起吃饭逛街。萧珮知道齐天对逛街没兴趣,于是独自去赴约了。齐天在公司食堂随便填了下肚子便回住处了。

房间墙角放了一排纸箱,都是齐天准备打包装运行李用的。看看屋里放得整整齐齐的物品,齐天叹了口气,打开一个纸箱,先装起书架上的书来。

屋里的东西看上去不多,装起来却发现不少,光书架上的书便装了五个大纸箱。齐天累得汗流浃背,坐在椅子上休息。突然肩膀被人拍了一下,回头一看,正是阿强。

阿强蹲下身,一脸歉意道:"兄弟,这次的事是我做得不对,你别放在心上,成吗?"

"没事,都已经过去了。"

"那你干吗还要搬走呢,我们这些年不都住得好好的吗?"

"天下无不散之筵席,就算是亲兄弟,也迟早要分家的。"

阿强沉默了片刻,又说:"走,我们出去吃个消夜吧。"

石牌东路,肥仔烧烤。一张简陋的小桌上摆着几张盘子,上面是三十串羊肉、十串掌中宝、半打生蚝、两串茄子、两串藕片和一份烤鱼,地上还摆着一打珠江纯生。

兄弟俩你一杯我一杯,往事在酒精的发酵下一一浮上脑海。

"你还记得这家肥仔烧烤吗?"

"当然记得,我们俩来广州的第一天,就是在这里吃的消夜。一晃五年了,很多店都已经关门了,没想到这家店还在。"

"你还记得钟琴吗?"

一提起钟琴,齐天不禁愣了一下。钟琴是他高中时的同班同学,读书时两人彼此都有好感,只是一直没有捅破那层窗户纸。高考后,两人去了天南海北的两个城市,联系也慢慢少了。到广州的第二年,齐天进了一家广告公司做文案,那也是他干得最久的一份工作,在公司待了近三年。

一天,齐天接到钟琴电话,说她考上了深圳海关,准备过去报到,经过广州想和他见一面。当晚,齐天把在广州的几个高中同学都叫上,还拉上阿强作陪。吃完晚饭后,一帮老同学余兴未减,于是去了这家烧烤档接着吃消夜。那天晚上,钟琴似乎喝多了,齐天将她送回酒店。临别前,钟琴抱着他不肯松手,口里不断念着:"齐天,你能陪我去深圳吗?"她抱得那样紧,好像生怕齐天会从她怀里跑掉。那一刻,美人在怀吐气如兰,软语温存动人心扉,齐天把持不住,"我愿意"三个字几乎就要说出口。但是最后关头,理智的堤坝却挡住了感情的洪水,齐天最终还是拒绝了钟琴的请求,黯然离去。第二天上午,齐天赶去酒店,想为钟琴送行,却发现她已经不辞而别。从此这件事在齐天心头留下了永远的遗憾。没想到今天,阿强又拿来旧事重提。

"钟琴结婚了。"阿强道。

普普通通一句话立刻在齐天胸中掀起了惊天狂澜,他急忙问道:"什么时候的事?我怎么不知道?"

"就昨天,我看微信朋友圈知道的。"

齐天吃了一惊,赶紧让阿强将微信朋友圈调出来看。果然,昨天钟琴在朋友圈更新了微信,九宫格内是她的结婚照片。新郎是个中年男人,看上去比钟琴大不少,体型微微有些发福,但显得成熟稳重,两人在一起倒也琴瑟和谐,想来她应该是找到了自己的幸福吧!

齐天又打开自己的手机看钟琴的朋友圈,发现里面一片空白,看来是被她屏蔽了。齐天心中五味杂陈,只觉得堵得慌,拿起面前倒得满满的啤酒杯,一饮而尽。

阿强陪了一杯酒后,说道:"看开点,你现在不也挺好的,人家豪门千金,爱你爱得一往情深,哪里去找这样的好事呀?"

齐天叹了口气道:"萧姵对我很好,只是我觉得自己配不上她。"

"别看低自己,你只不过现在时运不济罢了,兄弟我看好你,以后迟早会出人头地!"

"来,干一杯!"两人端起酒杯碰了一下,各自干了。

"我总觉得,和萧姵在一起有种不真实的感觉,就好像活在梦里面,有时特别害怕这个梦会破灭掉。"

"你想多了吧!我觉得,因为你的女朋友是个富家小姐,所以才给你造成了巨大的心理压力,你希望有机会能够证明自己配得上她。"

"也许是这样吧。"

"来,金麟岂是池中物……"

"一遇风云便成龙!"齐天不假思索接上阿强的句子。此前,两人中有一个遭遇挫折低谷,另一个来安慰时便常会提起这句话,这次也不例外。

35

六月二十五日,星期一。

一早,齐天和萧珮就到了工作室,做着测试前的准备。感觉有点像参加高考,两人从对方的脸上都能看到,一半是忐忑,一半是期待。

见齐天似乎有些心神不定,萧珮打趣道:"紧张什么?大不了没通过,我养你!"

齐天轻轻捏了下萧珮的鼻子道:"我不想被你奶奶瞧不起!"

"加油!"萧珮伸出右手握成拳头。

"加油!"齐天也伸拳和萧珮右拳顶了一下。一旁的任星宇见了,双手握拳做了一个鼓劲的动作。

九点整,显示屏上出现了卫斯福教授的身影,只见他表情严肃,沉声道:"各位选手,现在进入'VRM-2046电影世界'的终极考验——'黄金时代'阶段的测试,第一个拿到黄金权杖的人,将成为最后的赢家!"

齐天和萧珮对视了一眼,点了点头。只听卫斯福教授接着说道:"在24小时的测试时间内,只要有选手拿到黄金权杖,测试就宣告结束。测试期间,选手可选择在非交战状况的任意时段退出一次作中场休息,只需按下左手腕带报警器上的蓝色按钮即可,中场休息时间为二十分钟,可进食自备的简单食物及饮水,但不得通过任何方式查阅资料,更不得擅离现场,违者作弃赛论处!"

停顿了一下,卫斯福教授又郑重其事道:"在这里,我要提醒一下各位,'黄金时代'是目前为止虚拟游戏在仿真和冒险层面所能达到的巅峰,作为参赛选手,你们不要把这仅仅当成是一个普通的游戏,而要把它当成真实残酷的现实世界来对待!"

萧珮在齐天耳边道:"卫教授说这话是什么意思?"

齐天低声道:"我的理解是,游戏很残酷,取胜很艰难!"

萧珮吐了吐舌头,没说什么。

宣读完比赛规则后,卫斯福教授停顿了一下,目光深邃得仿佛在凝视深渊。终于,他一字一句地说出了最后一句:"下面我宣布,比赛开始!"

齐天和萧珮已戴好头盔,在靠背椅上坐好,准备就绪。任星宇做了一个是否开始的手势,两人回以 OK 手势。任星宇点点头,按下了控制屏上的绿色"开始"按钮。

"黄金时代"开始了!

齐天和萧珮进入游戏界面后的第一件事是选择"制服模式"。此前,他们在"青铜时代"和"白银时代"测试时都没有这一选项,系统自动默认为原电影情节里的角色着装。但"黄金时代"有所不同,因为没有固定情节,所以选手可以选择自由着装。"制服模式"分为三种:古装、时装和原装。其中,古装又分为中式古装和西式古装两大类。而中式古装又分为汉服和民国装等。每一类里面都有几十种服饰可供挑选,看得人眼花缭乱。

齐天看萧珮选得不亦乐乎,而时间却在一分一秒地过去,急忙打断道:"我们不要在这上面浪费时间了,就选原装吧。"

萧珮虽然心有不甘,却也知道他说的在理,只好噘着嘴巴按下了"原装"选项。

一道白光闪过,两人睁眼一看,发现彼此身上虽然都穿着原来的服饰,但是却置身于一片荒野上,四周芳草萋萋、怪木参差,触目所及不见人烟,遥望远方,东南方向数里之外似有屋舍。

齐天道:"那边有屋必然有人,我们往那个方向去,找到人再打听如何去'黄金宫殿'。"

萧珮点点头。两人赶紧大步流星地往东南方向而去。

走了一个时辰,眼看离那屋舍不过百步之遥,萧珮突然笑道:"你看,有间客栈。"

齐天不以为然道:"这么明显,我当然知道是客栈了。"话音未落,却也不由自主地笑了,原来那酒楼造型的屋舍门口匾额上正是四个乌金大字——有间客栈。

进了客栈大堂,只见里面黑压压竟聚集了七八十号人,这些人有男有女、有老有少,有外貌粗豪的北方汉子,也有高鼻深目的外国人,衣着服饰也各不相同,古装、时装穿什么的都有。大堂内人声鼎沸,有的在交头接耳、窃窃私语,有的在席地而坐、猜拳行令,更多的则是在大堂中央围了个里三层外三层,不知在做什么,只听到里面传来一阵阵喧闹声。

齐天叫过来一名店小二,问道:"请问这些人都是来做什么的?"

店小二道:"客官有所不知,本店是方圆百里之内唯一的一家客栈,也是去五十里外'黄金宫殿'的必经之地,这些客人都是在此歇脚,兑换装备后再去'黄金宫殿'寻宝。"

齐天诧异道:"怎么兑换装备?"

店小二道:"你们身上不是有剩余的金币吗?全部拿出来,就有一次掷骰子的机会,凭借掷出来的点数,可以领取对应的装备。"

齐天还想再问,店小二已被旁边一名五大三粗的光头和尚扯过去问其他的事了。

萧珮皱着眉头道："这些人难道全部都是参赛选手吗？不是只有我们四组人马吗？"

齐天道："有两种可能性，一种是只有我们四组参赛选手，其他的都是系统里面的干扰角色，不会对我们有太大的影响；另一种是这些人也是参赛选手，那我们的夺冠机会就更小了。"

"那我们怎么办？"

"只能走一步看一步了。"

齐天和萧珮好不容易从人群中挤了进去，只见里面三十多人围着一张大圆桌，桌上放着一个黑色的骰子筒，可以听到里面骰子滚动的声音，众人的目光全部集中在骰子筒上，其中最关切的是一个身形像铁塔一般的大汉，他穿着明朝武官装束，一身盔甲，头上扎着发髻，满脸虬髯，颇有豪杰之气。

"这不是郑耀威吗？"萧珮贴近齐天耳边道。

"是呀！他换了一身装束，连发型、胡子都变了，快认不出来了。"齐天道。

骰子筒里声音停了，显然里面的骰子已经不再滚动了。这时，一名身着绸布大褂、下巴上一绺鼠须的矮胖子伸出手来，在众目睽睽之下揭开了骰子筒。

"哇！"旁观众人一阵惊呼，只见桌面上居然是三个六。三个骰子能够一把掷出三个六这个最大的数来，其概率可算微乎其微，难怪众人会大为惊叹。

郑耀威喜出望外，大声道："哈哈！我这个数是最大的，对应的装备也应该是最好的吧？"

那矮胖子显然是客栈掌柜，只见他笑着点了点头，拍拍掌道："来，将参将大人的宝马牵过来。"

片刻工夫，两名伙计牵着一匹骏马走了过来，只见这马身高八尺,浑身上下赤红如火炭,无半根杂毛;从头至尾长约一丈,行走之时龙行虎步,有腾空入海之势。

众人无不喝彩,有好事之徒伸手过去想摸马屁股,那马长啸一声,声如虎啸龙吟,众人无不心头一震。

两名伙计将骏马牵到郑耀威面前,胖掌柜道:"此马名为赤兔胭脂兽,能日行千里夜行八百,那'黄金宫殿'距此地五十余里,常人步行需六七个时辰,参将大人有此宝马,大半个时辰即可抵达。"

郑耀威闻言大喜,情不自禁伸出手去抚摸赤兔脖颈,那赤兔似乎知道眼前这位是自己的新主人,俯首帖耳,甚是乖巧。

十二、好酒之徒

36

在众人的一片艳羡声中，郑耀威得意扬扬地跨上宝马，口里"驾"了一声，赤兔胭脂兽脖子一扬，犹如腾云驾雾一般，载着自己的主人冲出大堂，只见门外尘土飞扬，一人一马很快消失在众人的视野中。

刚才将店小二扯过去的那个胖大和尚摇头道："他奶奶的，这小子骑着宝马，半个时辰就到'黄金宫殿'，等我们辛辛苦苦赶到时，只怕黄花菜都凉了。"

旁边一个留着山羊胡子的道士说："那也未必，我听说这通往'黄金宫殿'的路途上有三道关卡，每道关卡都充满艰难险阻，只有万中无一的天选之子，才能过关斩将闯过去。"

道士这么一说，顿时将众人的目光都吸引了过来，几个人不约而同道："那三道关卡是怎么回事？"

道士似乎觉得自己说漏了嘴，赶紧说："我也是听人说的，算不得数。有道是磨刀不误砍柴工，咱们大伙赶紧兑换装备才是正事。"趁着众人议论纷纷的工夫，那道士身子一矮，从人群中溜了出去。

齐天沉思了一会儿，对萧珮道："那道士说的很有可能是真的，等会儿我们去'黄金宫殿'的途中只怕少不了一番恶战。"

萧珮听了毫无反应，齐天见她目光直直地看着对面，顺着她的目光看过去，只见圆桌前站着一个身材修长的年轻人，头戴牛仔帽，身穿破洞牛仔裤，上身劲装马甲，脚上高筒马靴，腰上围着一圈绳索，典型的西部牛仔打扮。仔细一看,这个牛仔容貌俏丽,眉目含春,却是改作男装打扮的司空静。

胖掌柜将骰子筒放到司空静面前,司空静二话不说,一手抄起骰子筒,在空中挥舞起来。她这姿势漂亮至极,正当众人看得目眩神迷之际,她已经"啪"的一声,将骰子筒扣在桌上。

隔着盖筒,可以听见里面骰子急速旋转的声音。一会儿,骰子筒里的声音终于停了,显然里面的骰子已经不再滚动。这时,胖掌柜伸出手来,轻轻揭开了骰子筒。

"哇!"旁观众人又是一阵惊呼,只见桌面上三个骰子居然是四、五、六。虽然没有三个六那么罕见,但一把能掷出这样一个大顺子来,也极为难得。

司空静似乎对这个结果也颇为满意,笑道:"掌柜的,把我的宝贝装备拿上来吧。"

胖掌柜满脸堆笑道:"一帆风顺,好兆头!来,将司空小姐的神物拿过来。"

片刻工夫,两名伙计一前一后走了进来,后面伙计手中捧着一张文盘,盘中放着一样物事,上覆红布,看不出来是什么东西。

两人站定后,前面一名伙计轻轻掀开红布,只见文盘中放着一把长不逾尺的短剑,剑未出鞘,通体乌黑,观之平平无奇。

众人一片哗然,司空静不怒反笑道:"给别人的是宝马良驹,给我的却是这么一把短剑,掌柜的,你可真会看人下菜碟呀!"

胖掌柜也不多言,左手抓住短剑,右手缓缓拔剑出鞘,就这么一瞬间的工夫,所有的喧闹声都消失,在场众人即便没有看到那一闪而过的精光,却也都觉得心头一寒,一股杀气逼人而来。

"此乃上古神兵鱼肠剑,无坚不摧,削铁如泥。"胖掌柜说着,拿剑在圆桌上划了一下,也没见他如何用力,剑刃已没入桌中大半,显然此剑确是锋锐无匹。胖掌柜又道:"司空小姐,你以为如何?"

司空静见状大喜,拱手道:"掌柜的,适才我言语鲁莽,还请恕罪。这把剑,我要了!"

胖掌柜从桌面上抽出宝剑,缓缓插入剑鞘。司空静双手接过宝剑,道了声谢后,小心佩在腰间,随后,迎着众人羡慕的眼光,扬长而去。

萧珮叹口气道:"他们俩运气真好,一个抽到宝马,一个抽到宝剑,我们要是有这样的运气就好了!"

齐天伸出右手和萧珮左手十指相扣,柔声道:"没关系,我们俩是双剑合璧,天下无敌!"

萧珮笑了笑,和齐天贴得更紧了。

两人点了点身上剩余的金币,萧珮是十五枚,齐天是十枚。给了账房先生后,两人却被告知只有一次上桌摇骰子的机会。

萧珮不忿道:"我们两个人都有金币,为什么只给一次机会。"

账房先生斜眼道:"你们两个人是一起的,如果摇两次,岂不对其他人不公平?"

萧珮还要辩解,齐天在她耳边道:"规矩如此,咱们别多做纠缠。"说着拉着她走到圆桌边。

还没等两人拿起骰子筒,一名壮汉已抢在两人身前,抓住骰子筒摇了起来,不是别人,正是那个胖大和尚。萧珮正想发作,被齐天按住。

这和尚性子似乎颇为急躁,筒中骰子还没停止滚动便揭开盖筒。众人目光全部集中在这三个滴溜溜乱转的骰子上,好不容易等到三个骰子停下来,顿时嘘声四起,原来桌面上三个骰子分别是一、六、四。

旁观众人中一个尖嘴猴腮的汉子插嘴道:"呵呵!一六四,一路死,真有意思!"话音未落,胖大和尚一把将他揪起来,厉声道:"奶奶的,敢取笑洒家,你活得不耐烦了!"

胖掌柜赶紧打圆场道:"鲁大师息怒,赶路要紧,不要为这些俗务耽误了大事。"说着,拍拍掌道:"来,将鲁大师的神物呈上来。"胖大和尚随手一挥,那多嘴汉子便像口袋一般被扔到一边,半天爬不起来。

两名伙计进场后,众人大笑不已,原来两人手上并无一物,只是后面伙计肩上竟站着一只猴子。这猴子身长一尺有余,浑身青灰,一会儿挤眉弄眼,一会儿抓耳挠腮,跳上跳下,活泼异常。最奇特的是,它额头正中竟然有一块黑色月牙状的斑块,乍一看颇像一只眼睛。

胖大和尚怒道:"掌柜的,这就是你说的神物?"

胖掌柜点点头道:"不错,此猴名为三眼灵猴,能预知吉凶,能挺身护主……"

胖掌柜话未说完,胖大和尚打断道:"他奶奶的,一只破猴子,还能挺身护主?"说着,袍袖一挥,猴子也不要了,便欲转身离去。

就在这时,那猴子腾空而起,身子已跃到胖大和尚肩头,显然它已知道了这是自己的主人。

胖大和尚猝不及防,急忙抖肩。那猴子落地后,依然毫不放弃,继续死皮赖脸地缠着他。胖大和尚左甩右甩都甩不掉,无奈之下只好任由这顽皮猴子扯着自己的袍袖,一脸不情愿地大踏步出门而去。

萧珮道:"这猴子好可爱呀,我都想要一个。"

齐天道:"那你去摇骰子吧,说不定能抽中一只猫猫狗狗什么的。"

"那好,我去摇了。"说着,萧珮拿起了桌上的骰子筒。

37

众目睽睽之下,萧珮有模有样地摇起了骰子筒,摇了几下便扣在桌上,轻轻揭开盖筒。三个骰子还转了一会儿,停下来时,场内一片嘘声,原来桌面上三个骰子分别是一、二、一,既非顺子,又非豹子,点数又小,实在是够衰的。

萧珮懊恼道:"这把手气真不好,点数还没刚才那和尚多呢!"

齐天安慰道:"没关系,咱们不靠装备靠实力。"

胖掌柜手一扬,道:"来,将两位少侠的佳酿呈上。"

听到"佳酿"二字,齐天还以为自己听错了,不料一会儿工夫,两名伙计走进来,后面一人手里拿着一个竹制提篮,里面装着两个瓷瓶,瓶身上写着"剑南春"三个字。顿时全场哄堂大笑,前面三人抽到的,要么是日行千里的骏马,要么是削铁如泥的宝剑,再差的也抽到一只聪明伶俐的猴子,轮到这对璧人,居然只抽到两瓶酒,实在让人忍俊不禁。

萧珮脸上一阵红一阵白,显然心中气恼无比。偏偏这时,那尖嘴猴腮的汉子似乎忘了刚才多嘴挨打的教训,又凑过来叨叨了句:"这两瓶酒莫非是将敌人灌醉用的?"众人一听,顿时大笑不止。

萧珮火冒三丈,一记无影脚朝那汉子踢去,这一脚又快又狠,正中那汉子腰间,汉子顿时倒在地上杀猪般叫了起来。

胖掌柜一脸正色道:"两位少侠抽到的这'剑南春',是小店窖藏了二十年的上品好酒,窖香浓郁,浑然天成,多少好酒之徒欲尝一口而不可得,两位切莫等闲视之。"

萧珮正欲出言相讥,却被齐天打断,他说:"多谢掌柜美意!"说着,一手接过装酒的竹制提篮,一手拉着萧珮便往外走。他知道此刻萧珮心情不爽,若再多停留片刻,说不定会多生事端,不如早点走人。

刚从人群中走出没几步,齐天突觉右脚被什么东西缠住,驻足一看,吃了一惊,只见一人趴在地上,一手抓着自己的裤腿,一手拿个酒杯,口里喃喃道:"酒,给我酒喝。"再一细看,见此人金发碧眼,竟是个外国人,只是一头乱发遮住了大半边脸,胡子拉碴,身上衣服破烂不堪,加上满嘴的酒气,显然是个酒鬼。

齐天还没来得及说话,两名店小二走过来,一左一右架起那个酒鬼就往外拖,口里还骂道:"死酒鬼,没钱上牌桌,就知道找客人讨酒喝。"

不料拖到大堂门口,那酒鬼死命用脚抵住门坎,不肯出去,他力气倒也不小,用起蛮劲来,两名店小二也无可奈何,众人看了哈哈大笑。

齐天见了,不禁动了恻隐之心,于是走上前,拦住店小二,对那酒鬼温言道:"兄弟,我请你喝酒。"

酒鬼斜了他一眼,道:"我要喝你刚刚拿到的好酒。"

齐天哑然失笑,说:"好!"见酒鬼已将酒杯递了过来,于是打开一个酒瓶,给他倒上满满一杯。顿时,一股香气扑鼻而来,两人不约而同说了句:"好酒!"

酒鬼将杯中酒一饮而尽后,又变戏法似的从怀中摸出另一个酒杯,说:"你这人倒也不错,来,咱们碰一杯!"他这般反客为主的行径,倒好像这酒是他的一般。只是他拿出来的酒杯上面一层污垢油腻,也不知多久没洗,拿来请人喝酒,实在让人下不了口。

萧珮忍不住,凑到齐天耳边道:"这人八成是个疯子,咱们别理他,赶快走吧。"

齐天摇摇头,又对那酒鬼道:"恭敬不如从命,谢过了!"说着,给两个空杯斟满酒,自己拿了一杯,和那酒鬼碰了一下杯,然后一饮而尽。

那酒鬼愣了一下,显然也没料到齐天如此爽快,于是将自己的杯中酒也干了,叹道:"这满屋饭桶,也只有兄弟你配和我酒鬼卡奇喝上一杯。"他这一句竟是将这满屋上下人等都骂上了,不过众人只当是酒疯子胡言乱语,都在旁边取笑作乐。

那酒鬼还想拉着齐天痛饮,萧珮在一旁实在忍不住了,扯着齐天衣袖道:"你到底走不走,你再不走,我走了!"

齐天无奈,只好起身,见那酒鬼眼睛直勾勾地盯着那瓶开了封的酒,知道他还想喝,于是拿出来放到他面前说:"卡兄,我有事在身,不能陪你多喝,这瓶酒就送给你吧。"

那酒鬼一边说:"这怎么好意思呢?"一边却毫不客气地将瓷瓶塞入怀中,好像生怕别人会来抢似的。

齐天向他拱手作别,便和萧珮匆匆出门了。

"你也真是的,一个烂酒鬼,你和他胡扯什么?浪费时间!"萧珮埋怨道。

齐天郑重其事道:"我见那酒鬼虽然落魄,但身上掩不住一股豪杰之气,不像是一般人!"

萧珮道:"怎么,你还想和他义结金兰吗?"

齐天笑了笑,没吭声。

出了客栈门,两人也不知该如何前往"黄金宫殿",但见三三两两的江湖豪客,都是往东北方向进行,心想跟着众人走应该没错,于是一路朝着东北方向而去。

走了半个时辰,一路艳阳高照,路上又无树木遮阴,两人汗流浃背。

突然,萧珮笑着说:"你看,前面有棵大树。"

齐天一看,果然前面百步之外有一棵大树,树下似乎还有几个人。两人赶紧加快脚步走过去。

走近一看,树下坐着两个人。一个正是那胖大和尚,手里拿着把蒲扇扇风,旁边那只猴子在他身边上蹿下跳,片刻不得安生。另一个却是个乞丐模样的人,样子竟比客栈那酒鬼还要潦倒几分,蓬松杂乱的爆炸头上发长过尺,脸上胡须丛生,完全认不出本来面目,只能从他的蓝眼睛和高鼻梁看出不是中土人士,身上衣衫破烂不堪,脚上一双起皮开裂的牛皮靴破得露出脚趾头。最奇特的是,这乞丐面前竟然放着一块一磅左右的小蛋糕,蛋糕中间还插着一根小小的蜡烛。看样子,像在给自己过生日。

"乞丐也过生日吗?"萧珮凑近齐天耳边道。

"乞丐也是人,为什么不能过生日?"齐天回了句,不知为什么,他突然想起阿强为他准备生日蛋糕的那天晚上的情景,心中隐隐有些酸楚。

38

那乞丐盯着蛋糕发了一会儿呆,似乎想到什么,从怀中摸出一个勺子,将蛋糕分成四块,将其中一块放入一个脏兮兮的盘子里,对着那胖大和尚道:"大师,过来吃块蛋糕吧。"

那胖大和尚摇了摇头,一脸嫌弃的表情。不料他身边的猴子对那块蛋糕似乎颇感兴趣,几个箭步窜上前,伸爪去抓。

那乞丐也觉得好玩,将蛋糕给了猴子。猴子拿到蛋糕,便往嘴里塞,一口下去,脸上眉开眼笑,显然这蛋糕滋味不错。正吃得开心,突然被人一脚踢得连翻几个跟斗,原来是那胖大和尚看得不爽,一脚踢了过来,口里还骂骂咧咧道:"他奶奶的死猴子,害得洒家被人耻笑不说,现在居然还讨要饭的蛋糕吃,真是活腻了!"

猴子起身后已是鼻青脸肿,显然和尚这一脚力道不轻。猴子性子发作,冲着和尚龇牙咧嘴,大声叫嚣,虽然听不明白它说什么,但也看得出它对自己的主人愤怒到极点。

胖大和尚也不甘示弱,站起身来冲着猴子骂道:"你这畜生,洒家又没要你,是你自己要跟着我,他奶奶的,现在咱们一拍两散,你给我有多远滚多远!"说着,拍拍屁股,甩袖就走。

猴子见那和尚真的走了,一时不知如何是好,蹲在地上,怏怏不乐。

萧珮见状,于心不忍,走到乞丐面前道:"这位大哥,能向你讨一块蛋糕吗?"

乞丐笑了笑，分了块蛋糕放入一个盘子，递给萧珮。

萧珮接过盘子，伸手招呼那猴子过来吃蛋糕。猴子犹豫了一下，终究抵不住蛋糕的诱惑，连蹦带跳窜上前，抓过萧珮手中的蛋糕就往口里塞，一副猴急的吃相，看得众人捧腹大笑。

这时，乞丐又分了块蛋糕放入一个盘子，示意萧珮过来吃。萧珮一脸为难地看着齐天。齐天知道她的心思，上前接过乞丐手中的蛋糕，说道："兄弟，谢谢你的蛋糕！"说着，张嘴便吃了起来。一口下去，感觉这蛋糕滋味甚美，不禁伸出大拇指朝那乞丐点了个赞。

乞丐见他毫不介意，吃得津津有味，不由得喜上眉梢，拿起剩下的一块蛋糕也吃了起来。片刻工夫，两人便将蛋糕吃得干干净净。

齐天吃完后，抹了下嘴，突然想到一事，朝那乞丐道："兄弟，今天是你生日吗？"

乞丐点点头，目光中颇有萧索落寞之意。齐天心下恻然，拿出剩下的那瓶剑南春，递到乞丐面前，道："兄弟，今天吃了你的生日蛋糕，我也没准备什么礼物，这瓶酒送给你！"

乞丐一惊，以为齐天是在开玩笑，再一看，见他的表情确实是出于真心实意，顿时大为感动。当下二话不说，接过酒，三下五除二开了酒瓶盖，一仰头，凌空便往口中倒酒，一大口下去后，痛快道："好酒！"

齐天见他虽然一身乞丐打扮，但举止做派洒脱不羁，不禁心中暗暗叫好。

乞丐喝了几大口酒后，精神一振，将酒瓶递到齐天面前道："如此好酒，怎能独饮？朋友，你也来几口！"

萧珮赶紧扯齐天的衣袖，示意他别喝。齐天笑了笑，心想："这位乞丐兄弟当我是朋友，请我喝酒，我如不喝，未免驳了人家面子。"当下不理萧珮的劝阻，接过酒瓶，也一仰头，凌空便往口中倒酒，一大口下去，感觉妙不可言，不由得也脱口道："好酒！"

那乞丐见齐天如此豪爽,不禁好感倍增,拉着齐天的衣袖,便欲和他喝个痛快。

齐天见萧珮起身欲走,于是对那个乞丐道:"兄弟,我有要事在身,不能陪你多喝,下次有机会我们再喝个一醉方休。"

乞丐点点头道:"青山常在,绿水长流,后会有期!"

齐天拱手道:"后会有期!"说着起身便去追已走出十几米外的萧珮。

追上萧珮后,齐天一把牵住她的手,不料萧珮一甩手道:"酒鬼你也陪,乞丐你也陪,你到底是来闯关,还是来陪人喝酒的?"

齐天陪着笑脸道:"那两位仁兄,我觉得都不是寻常人物,也许是英雄落魄吧,陪他们喝两杯,也是应该的。"

"你要这么喜欢喝酒,干脆和他们做伴,去做个醉醺醺的酒鬼乞丐好了。"

"我以前看金庸小说的时候,有段话特别喜欢。"

"什么话?"

"人生在世,会当畅情适意,连酒也不能喝,女人不能想,人家欺到头上不能还手,还做什么人?不如及早死了,来得爽快。"

"哦,原来你的理想就是喝酒想女人呀!"

"那倒也不是,不过当你抽到那两瓶酒时,我心里还是蛮高兴的!"

"高兴什么?一点用场都派不上!"

"我是想,如果游戏最后没能闯关成功,我俩找个地方好好喝一顿,其实也挺好的。"

萧珮正要出言讥讽,却见齐天一脸真诚地看着自己,不禁心中一动,两人手牵着手,深情对望,嘴唇越来越近。突然,"吱吱"两声打破了宁静,两人一看,却是那只猴子在面前跳来跳去,一会儿扯齐天的裤腿,一会儿对萧珮做鬼脸,面部表情既似可怜又似讨好,看样子好像是希望两人能够收留它。

这猴子本是那胖大和尚在客栈摇骰子抽到的，结果半路上便被和尚抛弃，成了丧家之犬，没想到此刻竟向齐天和萧珮求助。

萧珮道："这猴子这么可怜，我们不如收留它吧？"

齐天道："没问题，这猴子能傍上我们萧大小姐，那是它上辈子修来的福气。"

萧珮笑了笑，伸手在猴子额头上轻轻点了下，说："我们收留你可以，但你以后可不许调皮任性，要乖乖听话，好不好？"

猴子似乎听懂了她的话，连连点头，一副喜不自胜的表情。

萧珮又说："你身上毛发都是灰色的，以后我们就叫你'小灰'好了，小灰……"

萧珮一叫"小灰"，猴子马上点头哈腰地回应，显然它已明白"小灰"就是自己的名字。齐天和萧珮对望一眼，都暗暗称奇，心想这猴子果然聪明伶俐，不同寻常。

多了一只猴子做伴，路途上也没那么无聊了，一路上，只要见到果树，小灰三两下便爬了上去，摘上十几个果子下来给两人充饥解渴；有时到了三岔路口，不知该走哪条路，小灰一溜烟爬上最高的一棵树，登高望远，下来后便会指向其中一条路，口里还吱吱有词，齐天和萧珮自然明白所指这条路前面有人迹，于是顺路而行。

走着走着，前面出现一座大山，高耸入云，连绵数里。两人走近一看，见这山形状甚是奇特，山势陡峭，怪石嶙峋，最特别的是，山的正中间仿佛被巨斧劈开了一般，竟从上而下形成了一个深达数百米、笔直如削的山谷，去往黄金宫殿的必经之路正是从这山谷穿过。此刻，山谷入口处正聚集着数十名江湖豪客，围成一圈看着什么，交头接耳，议论纷纷。

十三、逢凶化吉

39

齐天和萧珮走上前,挤进人群想看个究竟。进去后,只见圈子正中央横七竖八躺着五六具尸体,这些尸体上都有一道长约尺余、深及寸许的伤口,有的甚至身首异处,地上鲜血淋漓。

萧珮只看了两眼便受不了,掉头冲出人群,狂吐不止。

齐天想找人打听情况,一眼看见身旁一个留着山羊胡子的道士有些眼熟,正是在客栈里见过的那位,知道他消息灵通,于是拱手道:"道长,请问您知道这些人是怎么死的吗?"

道士看了眼齐天,摸了摸胡子道:"这些人本是和我们一起想穿越山谷去黄金宫殿的,结果遭遇不测,死在这里。"

齐天问道:"他们遭遇了什么不测?"

道士犹豫了一下,道:"我们一群人来到山谷入口,正要进去,不料谷中冲出两个巨汉,都是身高一丈有余,面目狰狞,手持刀刃,见人就砍,凡是和他们交手的,未经一回合便被砍死。我们敌不过,只好退了回来,他们倒也不追赶,只是守着山谷入口。这里是'一夫当关,万夫莫开'的险要地势,被那两个巨汉守着,我们都困在此处束手无策。"

齐天道:"既然这巨汉守着山谷入口不让人过,那么我们从山上找条路翻越而过,如何?"

道士冷笑一声道:"此山高数百丈,山上寸草不生,陡峭难行,你就算能侥幸爬得上去,再翻山而下,只怕也要两天的工夫,如此一来耽误了时间,你纵然赶到黄金宫殿又有何用？"

齐天问:"难道就没有别的办法吗？"

道士道:"半个时辰前,一位参将大人经过此处,看到地上的惨状,向贫道问起来由。贫道告知他详情后,本想劝他一起联手对付那谷中巨汉,不想这位参将大人却调转马头走了。"

齐天问道:"他为什么要走？"

萧珮接口道:"他不想和那巨汉交手,决定骑马绕山而行,仗着宝马脚力迅捷,应该用不了几个时辰便可以绕过这座大山。"

道士叹了口气道:"姑娘所言极是,没想到堂堂朝廷命官,居然畏敌如虎,真是可耻呀,可耻！"

萧珮一听,忍不住笑出声来。齐天忙拉她衣袖,低声问:"你笑什么？"

"我没想到这个游戏设计得还挺有意思的。"

"咱们还是想想怎么过山谷吧。"

众人商量来商量去,都无计可施。就在这时,一阵轰鸣声由远而近地传来,接着,一辆重型卡车呼啸而至,停在众人面前,一个西部牛仔打扮的年轻人从车上跳了下来,不是别人,正是司空静。

道士见了喜出望外,对司空静道:"姑娘,前方山谷异常凶险,我等想搭乘一下你的车,可否行个方便？"

司空静秀眉一挑道:"哦,道长何出此言？"

道士一五一十将巨汉拦路行凶杀人的事讲了,末了恳求道:"姑娘,你让我等搭车,大家人多力量大,彼此也有个照应,等会过山谷时闯得过去自然是最好不过,即便闯不过去,我等人多势众,拼死一战,也未必打不过那几个壮汉。"

司空静笑了笑道:"道长客气了,见义勇为,正是我辈分内之事,你们上车吧。"说着,打开车厢后门。众人大喜,纷纷上车。齐天也拉着萧珮上去了。

见众人都坐好了,司空静朗声道:"不瞒各位,我这车是从'富贵城堡'里选取的装备,但是这车使用时间有限,只能再用十来分钟了,等会儿如果时间到了,我们还没穿越山谷,只怕免不了和那些巨汉一番恶战。"

道士扫视了一眼众人,慨然道:"生死有命,富贵在天,大不了跟那帮家伙拼了!"众人也纷纷应道:"跟他们拼了,跟他们拼了!"

齐天受此氛围感染,忍不住热血沸腾,正想跟着众人吆喝两句,却听见萧珮贴过来耳语道:"别跟他们瞎掺和,我看这司空静有问题。"

齐天正要问她何出此言,早被萧珮打断道:"别吭声,等会听我吩咐行事。"

司空静开动卡车,载着众人直往山谷入口开去。刚入谷口,只听"呼哧呼哧"几声响,两个一丈来高的巨汉从树林中冲出来,挡在卡车前方十几米处,手中挥舞着刀刃,口中叽里咕噜不知在说些什么。

众人一阵惊呼,纷纷抄起兵器。司空静毫不慌张,加大油门,对着那两个巨汉冲了过去。那两个巨汉也不躲闪,高举刀刃,对着卡车迎面杀来。

只听"哐当当"几声巨响,卡车剧震了几下,众人在车厢里摔成一团。从车窗往外看去,只见两个巨汉被卡车撞翻到一边,虽然没有筋断骨折,但倒在地上,样子也十分狼狈。

众人一片欢呼雀跃。不料就在这时,那个巨汉挣扎了几下,竟从地上爬了起来,抄起刀刃,凶神恶煞般朝卡车扑了过来。

众人大吃一惊,都没想到这两个巨汉竟是如此皮粗肉糙,被卡车撞了还能爬起来再战。就在这时,司空静一踩油门,卡车以最大马力开动起来,风驰电掣一般向前开去,那两个巨汉追赶不上,被越甩越远,渐渐消失在众人的视野里。

众人发出雷鸣般的欢呼声,无不称赞司空静英明神武、处置果断。萧珮"哼"了一声,不以为然。

卡车行驶了十来分钟,突然一个急刹车停住了,众人猝不及防,撞成一团,好不容易缓过劲来,忙问司空静是怎么回事。

司空静道:"我这车使用时间到了,现在已经无法开动,大家赶紧下车,我们尽快从这谷中出去,要不然等那两个巨汉追上来,可就糟糕了。"

众人一听也是,只好一个接一个地从车上下来。

齐天正要起身,被萧珮按住,递过一个瓷瓶道:"时间紧急,快喝两口。"

齐天虽不明其意,但知道萧珮素来心思缜密,于是接过瓷瓶,"咕噜咕噜"喝了两口,只觉得入口液体酸中带涩,味道颇为古怪。

萧珮拿过瓷瓶,自己也喝了两口。小灰见两人喝得起劲,也伸出手来讨要。萧珮笑了笑,说道:"给你喝可以,等会紧紧跟着我们,不许乱跑乱叫!"

小灰点点头。萧珮于是把剩下的一点全给小灰喝了。小灰喝得龇牙咧嘴,逗得两人忍俊不禁。

齐天问道:"这是什么?"

萧珮低声道:"这是之前我在'富贵城堡'里用金币兑换的隐身药水,一直没机会用上。这药水服下后,三分钟左右发挥效力,除了同服药水的人外,不会被其他人看到。本来这药水效力可持续半小时,不过我们三个人分了,估计药力只能维持十分钟。所以我们要尽快从这谷中出去。"

齐天和萧珮带着小灰下了车,众人也从车上下来。大家围在一起,等着司空静下车。不料就在这时,只听"轰"的一声,卡车突然发动起来,丢下众人一溜烟似的开走了。

众人顿时明白司空静故意将大家丢在山谷,自己开车先去那黄金宫殿了,群情激愤,破口大骂。

还是道士反应快,忙打住众人道:"各位,现在骂娘也无济于事,当务之急是从这山谷中赶紧出去。等会儿那两个巨汉说不定会杀出来,我建议大伙儿分成两组,八九人一组对付一个,我们人多,只要大家齐心,一定能够冲出去。"

众人纷纷点头称是。

40

还没等众人结好队形,只听"呼哧呼哧"几声响,五个一丈来高的巨汉从树林中冲出来,将众人围住。

众人大吃一惊,脸上均有惊惧之色,之前两个巨汉已让众人损失惨重,现在一下子冒出五个,如果山谷中还有帮凶,只怕大伙儿都无法逃出生天。

道士大声喊:"跟他们拼了!"他这么一喊,众人不论手中有无兵器,都振作精神,三四个一组,迎着巨汉冲上去。

齐天正要上前,却被萧珮拉住,她说:"你赤手空拳,上去也是送死。"她看了下左右,凑到齐天耳边低声道:"隐身药水已经发挥作用了,其他人看不到我们了。"

齐天一看,发现萧珮的身体只能看到一个大概轮廓,仿佛影子般隐隐约约。再看小灰,差一点儿连影子都看不到。

众人和几个巨汉已经杀成一团,虽然有人数上的优势,但那些巨汉一个个身高体阔好似丈二金刚,在人群中犹如切瓜剁菜一般,众人被杀得一败涂地,眼看用不了多久便要横尸野外。

齐天看得牙龇欲裂,虽想冲入战团,却也知道上去就是个送死,只好一手拉着萧珮,一手拉着小灰,从人群空隙中小心翼翼地走出去。

走出百步后,听到厮杀声已经停歇,显然众人已被巨汉杀得干干净净。齐天和萧珮对望一眼,都一脸骇然。齐天叹道:"要不是你的隐身药水,我们……"

话音未落,萧珮一把捂住齐天的嘴巴,不让他说话。齐天正纳闷,却见前方十步开外的一块大岩石后冒出一个脑袋来,接着一个身高丈二的巨汉站了出来,这巨汉个头比其他人还要高出不少,头戴铜盔,手持巨斧,霸气十足,他显然是巨汉们的首领,守在这里专门伏击漏网之鱼。

齐天和萧珮轻轻蹲下,大气都不敢出。那巨汉首领张望良久,不见异常,大笑三声,便大步流星地朝着手下走去。

等他走远后,齐天和萧珮带着小灰赶紧蹑手蹑脚地小步疾走,眼看巨汉已消失在视野中,两人忙加快步伐,三步并作两步地快跑起来。

不料跑了没多远,萧珮突然"哎哟"一声摔倒在地,原来她不留神被地上一根旁逸斜出的树根给绊倒了,膝盖上红肿了一大块。

"你要不要紧?"齐天一脸关心地问道。

"我没事,快点儿走,别让他们追上来。"萧珮在齐天的搀扶下站起身。

就在这时,只听远方传来一阵暴吼,循声望去,竟是那巨汉首领去而复返,距离两人不过百步之遥。两人心中凛然,知道隐身药水的效力已经过去,两人还是被那首领发现了。

时间紧急,那巨汉首领身高腿长,片刻工夫便可追上,齐天见萧珮走路一瘸一拐,没办法走快,当即伏下身,一把背起萧珮,拔腿就跑。

齐天知道此刻性命攸关,只要被那首领追上,就断无生还可能,耳听得身后的吼叫声越来越近,当下使出全身力气,不要命地狂奔。

跑着跑着,突见前方豁然开朗,不远处竟是一片绿油油的草地,显然出口就在前方。

齐天大喜过望,急忙冲了过去。不料就在这时,只听小灰"吱吱"两声尖叫,齐天心知不妙,身子伏低往左一闪,只听呼啸一声,一柄脸盆大小的巨斧从自己右耳边掠过,砸在旁边一棵大树的枝干上,顿时一截树枝断了下来。原来那首领追得急了,竟将手中巨斧扔了过来,幸好小灰报警,要不然齐天恐怕已是身首异处。

齐天来不及回头看,只知道死命狂奔,身后巨汉首领的脚步声仿佛近在耳边,同时感觉身后似乎有数十头犀牛冲过来,地面都在震动。眼见前方几步开外是一条丈余宽的小溪,过了小溪就是出谷的草地,齐天使出全身最后一丝气力跳了过去。

背着萧珮,齐天无论如何也跃不过这小溪,但不知怎的,他觉得身体里的小宇宙好像爆炸了一样,整个人仿佛变成了刘皇叔胯下的的卢马,竟然鬼使神差地跃过了小溪。落地时,他怕伤着萧珮,自己先扑倒在地做了肉垫,却也没觉得多么疼痛。

回头一看,只见那巨汉首领已到了小溪边,但看着这条丈余宽的小溪,他好像看到了禁区一样,马上停下脚步,没有蹚水过河,只是咬牙切齿地喊天骂地了一番,然后恨恨地看了眼一水之隔的齐天和萧珮,气呼呼地转身离去。看来,这条隔断山谷和草地的小溪,对于那些山谷中的巨汉来说,就如界标一样不可逾越。

齐天轻轻放下萧珮,两人四目对视,只见彼此都是汗流浃背、气喘吁吁。再回头望向山谷,悬崖峭壁,望之生畏,想想刚刚经历的死里逃生,不觉恍若隔世。

这时,"吱吱"的声音打断了两人的思绪,两人一看,却是小灰在小溪中央不停地拍水,一副惊慌失措的模样。

萧珮赶紧解开自己的腰带递给齐天。齐天心领神会,拿着腰带一头用力一甩,将带皮圈的另一头甩到小灰身前。小灰急忙伸出右爪,紧紧抓住腰带皮圈。齐天一扯,将小灰拖泥带水地从小溪中捞上来。

一上岸,小灰就打了个大大的喷嚏,然后不停地跳来跳去,想将身上的水抖干。萧珮看得忍俊不禁,齐天也感叹道:"刚才多亏了小灰提醒,要不然我脑袋都没了!"

萧珮道:"还好第一关闯过去了,接下来两关还不知道有多艰难呢?"

齐天道:"管他的,这一路上不管有什么妖魔鬼怪,咱们都要闯过去!"

"可惜我的脚受了伤,只怕会拖你的后腿。"

"没事,我就算背,也要把你背到黄金宫殿去。"

"咦,小灰呢?"

萧珮这么一叫,齐天才发现小灰不见了,正要起身去找,身旁树上一条藤蔓垂了下来,一只猴子顺藤滑了下来,正是小灰。

萧珮叱道:"你这个调皮鬼,跑哪里去了?"

小灰右爪抓着几片叶子,在两人面前晃动着,又用手指了指萧珮红肿的膝盖。

齐天心中一动,拿过那几片叶子,只见这叶子每片都有巴掌大小,叶片形似三叉戟,叶柄较粗,断截处可见白色的汁液。

齐天对小灰道:"你拿的这叶子可以疗伤吗?"

小灰似乎明白他的意思,鸡啄米似的点着头。

齐天大喜,将几片叶子叶柄的汁液都用力挤出来,均匀涂抹在萧珮瘀青红肿的左膝上。

"怎么样,感觉好点了吗?"

"凉丝丝的,就像冰敷一样,没想到小灰还是个猴大夫!"

说来也怪,这叶子确实功效非凡,擦在萧珮伤处,不过一炷香的工夫,瘀青已消去大半,原本肿得像馒头似的膝盖也渐渐消肿。萧珮在齐天的搀扶下,慢慢站起身来,走了几步,虽然走不快,但也不需要齐天背负行走。

烈日下,两个人搀扶着,缓缓而行,旁边一只猴子蹦蹦跳跳,一同朝着未知的前方走去。

41

走了一个多时辰,齐天见萧珮一脸疲惫,正想叫她停下来休息一下,突然听到小灰"吱吱"两声尖叫,齐天知道必有情况,赶紧停住脚步,四处张望,却不见异常,正在纳闷,猛然见到不远处的树林里似有红色的影子在晃动,同时一阵叫骂声传来,于是对萧珮道:"我到前面去看看,马上就回,你和小灰待在原地,不要乱动。"

"小心点!"

"我会的。"

齐天蹑手蹑脚地往前走,走近了才看得真切,原来那红影是一匹全身赤红的骏马,正是郑耀威胯下的赤兔胭脂兽。只是此刻不见郑耀威人影,反倒是一个胖大和尚正在用力拉扯着马缰,口里还骂骂咧咧道:"他奶奶的,都成了无主野马,还不听洒家使唤,真是找死呀!"不是别人,正是之前丢下小灰独自赶路的鲁大师。

那赤兔胭脂兽被鲁大师拉扯得急了,性子发作,奋起神力起身昂首,一下子将鲁大师掀翻在地,接着扬起前蹄,便往他身上踩踏过去。

鲁大师见势不妙,一个就地十八滚滚到一边,见赤兔胭脂兽鬃发尽起,一副凛然不可侵犯的模样,鲁大师知道此马性子暴烈,无法收归己用,只好摇了摇头,狼狈离去。

赤兔胭脂兽也不追赶，只是走到一边，低声嘶鸣，声音不胜凄凉，马首低俯，不停蹭着地上一人。

齐天走近一看，只见地上那人身着武官装束，一身盔甲，正是郑耀威，只是双目紧闭，躺在地上一动不动，生死未卜。

齐天大惊，俯下身去试他鼻息，不觉出气，显然已命丧黄泉。再看他身上，发现有五六处伤口，似乎是被不同口径的子弹所伤，穿透了护体铠甲，当场毙命。亏得这赤兔胭脂兽，载着主人尸体从枪林弹雨中逃到此处，却不知主人已殒命多时。

齐天看得不胜唏嘘，这时身后传来萧珮的声音，"你没事吧？"原来她见齐天去得久了，有些担心，于是带着小灰跟过来了。

"我没事，只是见他死得这么凄惨，有些不忍。"齐天说着，见旁边几步开外有一个坑，大小刚好容一个人躺下，于是弯下腰，拉着郑耀威尸身往坑边拖去。那赤兔马似乎明白他的心意，站立一旁，并不阻拦。

"你这是干吗？"萧珮问道。

"这哥们儿死得太惨了，我不想他暴尸荒野，想将他就地掩埋。"

"之前山谷外死了那么多人，你都没理睬，怎么现在起了这心思？"

"我怀疑前面死的那些人都是系统生成的，但这郑耀威确确实实是和我们一起参赛的选手，虽然他现在只是游戏中的死亡，但我还是有些受不了，将他掩埋，就当尽点儿心意好了。"

萧珮本想说他两句，话到嘴边还是打住了。她膝盖有伤，帮不上忙，只好在一边，静静看着齐天忙活。一旁的小灰似乎对赤兔产生了浓厚的兴趣，竟然伸爪去摸它的马尾。赤兔正没好气，左后腿一撩，狠狠踢了过来。

萧珮一惊，正要提醒小灰，不想这猴子机灵得很，见势不妙，早已闪到一边,让赤兔这一腿踢了个空。逃过这一劫后,小灰不停抓耳挠腮,显得惊惶未定。

放好郑耀威尸体后,齐天想往坑中填些浮土,苦于手边没有合适工具,正为难间,见郑耀威腰间有一柄腰刀,长约二尺有余,鲨鱼皮外鞘露出一小截刀刃,寒光隐现。于是拱手道:"郑兄,仓促行事,只能借你宝刀一用。"说完,轻轻解下宝刀。

刀一入手,颇觉分量,拔刀出鞘一看,只见寒光凛冽,夺人心魄,齐天脱口赞道:"好刀!"如此神兵利器,拿来填土埋坑用,实在是暴殄天物。齐天想了想,脱下身上外套,用刀切掉左边衣袖,然后收刀入鞘,又用衣袖裹好宝刀,再拿来作填土的工具。忙活了一盏茶的工夫,终于将郑耀威尸体掩埋好。齐天最后将刀插在地上,聊作简易墓碑。

做完这一切后,齐天低头向墓地拜了三下,说道:"郑兄,看在兄弟我为你入土为安的份上,希望你在天有灵,能保佑我们逢凶化吉,马到成功!"

齐天起身后,看了眼萧珮,见她正在抚摸赤兔的脖颈,柔声道:"你家主人不在了,我们已将他入土为安,你现在自由了,想去哪儿就去哪儿吧。"

赤兔似乎听懂了萧珮说的话,低头在她身上蹭了几下,接着四足跪下,马首轻摇,示意她骑上去。

萧珮喜出望外,看了眼齐天,齐天也是大喜,忙上前扶着萧珮上了马,然后自己也上了马,抓好缰绳。

两人坐稳后,赤兔站起身来,准备行路。这时小灰冒了出来,手里拿着个大苹果,递到赤兔面前,一脸讨好谄媚的笑容。

赤兔瞪了它一眼,鼻子在苹果上嗅了嗅,感觉没什么异常,于是张开嘴,毫不客气地大嚼起来,没几口便将苹果吃得核也不剩。趁着赤兔吃苹果的工夫,小灰一溜烟上了马,拱到萧珮怀里,一脸的淘气。

"这猴子真聪明,居然知道吃人家的嘴软,一个苹果就把赤兔给收买了。"齐天感叹道。

"我觉得还是你厉害,那和尚用蛮力都收不服赤兔马,结果你帮人家主人收尸掩埋了一下,这马就乖乖跟着你了。"

"我只是心有不忍罢了,没想那么多。刚刚看到赤兔追怀主人情状,我想到了一句话:畜犹如此,人何以堪?"

齐天说完,萧珮没有说话,陷入久久的沉默。齐天略觉奇怪,问道:"你怎么了?"

"我刚才突然发现,你真的是一个很善良的人!"

"哦,你怎么看出来的?"

"之前在游戏里,你不顾自己的安危也要去救我;我在餐厅被暗算昏迷时,你明知不敌歹徒,还是冲出来施以援手;还有这次闯关中,不管是陪酒鬼喝酒,还是为乞丐庆生,以及给郑耀威下葬,我发现你真的是心肠很好。"

"你是不是因为这个,所以才喜欢上我?"

"呸,你可不要蹬鼻子上脸,明明是你先喜欢上我的,好不好?"

齐天笑了笑,没说什么,只是双手环在萧珮腰间,抱得更紧了。小灰坐在最前面,轻轻扶弄着马鬃,似乎在找里面有没有虱子。远方苍山如海,脚下绿草如茵,这二人一猴骑马而行,岁月静好,仿佛这路途永无尽头。

十四、肝胆相照

42

虽然骑着赤兔马按辔徐行,却也比两人徒步行走快了不知多少。齐天左手拉着赤兔缰绳,右手挽着萧珮纤腰,眉梢眼角尽是佳人的鬓发飞扬,一时神魂颠倒,心想:英雄儿女并辔江湖也不过如此吧。

想入非非之际,突然听到小灰"吱吱"两声尖叫,齐天一惊,还没来得及收缰勒马,却发现赤兔已经停住脚步,嘶鸣了几声,声音中不胜凄凉。

齐天知道前方必有蹊跷,于是对萧珮道:"我和小灰下马,到前面去探听动静,如无异常,我们再一起行动;如果有不测,小灰回来报警,你就赶紧调转马头往回跑。"

萧珮急说:"那怎么行?我不能丢下你一个人跑!"

齐天道:"你膝盖的伤还没好,行走不便,骑马敌人追不上,我一个人目标小,也容易脱身。"

萧珮见齐天口气坚决,只好不情愿地答应了。

齐天带着小灰下了马,三步并作两步走在前面,一会儿突然看到一片金灿灿的稻田,穿过田间小径走了一里,又听到"哗啦啦"的水声,再往前一看,却是:一条大河波浪宽,风吹稻花香两岸。

眼前这河最窄处不过数百尺,但河水波涛汹涌、奔流不息,河上有一座石拱桥,宽度刚好可容一辆卡车通过,桥头旁一位须发皆白的老人正驻足凝视。

齐天走上前,向那老人作了个揖,恭恭敬敬道:"老伯,请问经过这桥可以去往黄金宫殿吗?"

老人看了齐天一眼,摇摇头道:"此桥过不得,过不得呀!"

齐天觉得奇怪,问道:"老伯何出此言?"

老人也不答话,从地上捡起一块拳头大的鹅卵石,贴着桥面一扔,石头骨碌碌地滚动着,刚滚到桥中心时,只听"砰"的一声,像是被子弹击中一样,石头被炸了个粉碎。

齐天大惊失色,道:"这是怎么回事?"

老人道:"这桥的对岸应该埋伏了几名枪手,凡是过桥的行人都会被冷枪伏击,非死即伤,根本走不到对岸。一个时辰前,我就见到一名武将骑着匹红马过桥,他想仗着骏马神速冲过火线,结果没到桥中央便被乱枪击中,还好他的宝马及时掉头将他拖了回去,现在也不知道是死是活。"

齐天一听,知道他说的必定就是郑耀威,不禁心下恻然。想了想,又有些不甘心,道:"老伯,如果我们不从桥面上走,从这河里泅渡过去,是否可以?"

老人哈哈笑道:"你从河里泅渡过去,难道枪手就不会打冷枪吗?更何况此地河水湍急,河中又有鳄鱼出没,即便是精通水性之人,也不敢轻易下河。"

齐天大失所望,愁眉苦脸道:"难道就没有别的办法吗?"

"我在此地观望了几个时辰,倒是见到一人顺利过了桥?"

"是谁?怎么过的?"

"是一名年轻女子,开着辆重型卡车,不管三七二十一冲了过去,过桥时枪炮声大作,硝烟弥漫,不过那卡车好像有防弹装置,居然也没怎么受损,硬是从枪林弹雨中冲了过去。"

齐天知道老人说的就是司空静，顿时更加烦恼，心想她凭着那辆重型卡车都闯过两关了，自己现在还困在这里一筹莫展。

正当齐天无计可施的时候，突然听到身后传来萧珮的声音："怎么了？"

齐天回头一看，见是萧珮骑着赤兔跟过来了，齐天将老人说的话一五一十地告诉了她。萧珮一听，好奇之心顿起，也从地上捡起一块婴儿拳头大小的鹅卵石，往桥上一扔。石头在空中划出一道美丽的弧线，还没落到桥面上，只听"砰"的一声，被一颗子弹击中，炸得尘土飞扬。萧珮不由吓得花容失色。

齐天见了火冒三丈，站在桥头旁大声道："桥上的朋友，鬼鬼祟祟地偷施冷枪，算什么英雄好汉？有本事就站出来，大家明刀明枪地干一仗！"

萧珮急了，忙对齐天道："你疯啦？小心人家现在就给你一枪！"

齐天道："我宁可明刀明枪地和他们较量一番，也不愿窝在这里等死。"

齐天话音未落，只听一阵轰鸣声响起，接着桥对面的树丛中开出四辆装甲输送车来，一左一右停在对面桥头旁两侧。接着，装甲输送车舱门打开，四十多名全副武装的士兵鱼贯而出，冲上石桥，整齐有序地排成两列。这些士兵虽然人数不多，但军容整齐、训练有素，加上装备精良、杀气腾腾，观之竟有千军万马移山撼海的气势，齐天和萧珮不禁目瞪口呆，连小灰都吓得直往萧珮身上拱。

突然，这两列士兵齐声"哗"的喊了一声，喊声惊天动地，闻者气为之夺。还没等两人反应过来，两列士兵将手中上了刺刀的步枪操练了起来，动作整齐划一，如臂使指，驾轻就熟，看得人赏心悦目。齐天顿时想起了影片《义海雄风》片头的仪仗队花枪表演，不禁频频点头。

一番令人眼花缭乱的表演过后,两列士兵突然齐声"杀"的喊了一声,立时一个个收枪在手,右手持枪把,左手持枪身,枪刺斜向上方,俨然成了一个人字形的刺刀阵,阵中间距恰可容一人通过。

这时,一名上尉军衔的军官从队列后走了出来,右手指着齐天,示意他过来。

齐天愣了下,正想上去,却被萧珮拦住道:"你想上去送死吗?"

齐天道:"我刚才说人家偷施冷枪不算英雄,现在人家把阵仗都亮出来了,我要是不敢上去,岂不让人笑话?"

萧珮急道:"你真要逞英雄呀?你要是死了,我怎么办?"

齐天摸了摸她的脸,道:"相信我,不会有事的。"说完一转身,义无反顾地走上桥。

走到离士兵队列还有十余步的时候,齐天已经可以清清楚楚地看到,那一柄柄刺刀刃上耀眼的寒光,那一个个士兵眼中逼人的杀气,不觉腿脚像灌了铅一样沉重,呼吸也变得急促起来。他定了定神,握紧拳头,脚步坚定地走了过去。

走到士兵队列前,齐天顿了顿,扫了眼前方寒光闪闪的刺刀阵,正要迈步走入,不料第一排的两名士兵突然同时收回步枪,接着第二排、第三排的士兵也先后时收回步枪,几乎随着齐天前进的步伐,队列中的士兵也由前向后如同波浪般整齐有序地收枪,让出一条迎宾的路来。

齐天心中大喜,脸上却不动声色,走到队伍尽头,只见那名上尉军官走到自己面前,面带恭敬之色,敬了一个军礼。齐天情急之下也有样学样,回了一个军礼。

那上尉军官礼毕后退在队伍一旁,也不说话。齐天心中惊疑未定,正要出言相询,却听到几声拍掌的声音,一个人影从树丛中走了出来,口中朗朗道:"兄弟不愧是英雄本色,胆气过人!"

43

齐天循声望去,只见此人身材高大,金发碧眼,一双湛蓝色的眼睛好像蕴含着无尽的忧郁,一身黑色西装似乎包裹不住身体中那个疲惫的灵魂。这身影是如此熟悉,齐天在大银幕上曾无数次领略过他的风采,顿时喜出望外道:"你是尼古拉斯……"

齐天话未说完,早已被对方一个手势打住,接着挥了挥手,一名士兵从身后走了过来,手上端着一个托盘,盘中放着一瓶拉菲和两个宽口玻璃杯。齐天看得一头雾水,不知对方想做什么。

这男子拿着酒瓶,给杯子都斟上酒,递了一杯给齐天,道:"这里过客匆匆,但只有兄弟你配和我酒鬼卡奇喝上一杯。"

齐天一听大惊,这声音如此熟悉,眼前这人不就是此前在客栈遇到的那个酒鬼卡奇吗?只是此刻的他已剃去胡须,修好鬓发,配上剪裁得体的西装,与之前落魄潦倒的酒鬼模样,简直判若两人!不细看,根本看不出来。

齐天心中装满了无数疑问,还没来得及问出口,已被对方打住:"兄弟你一路辛苦了,我这里没什么好招待的,给你来瓶82年的拉菲洗洗尘吧。"说着,端起酒杯。

听到眼前这位大牌影星用文绉绉的词讲着略显生硬的中国话,齐天强忍着没有笑出来,端起酒杯碰了下,仰首干了。

一杯下去,齐天满腹疑团,却又不知从何问起,这时卡奇又给两个杯子斟上酒,举杯道:"你我兄弟一见如故,来,再饮一杯!"

齐天又和他碰了一下杯,两人都一饮而尽。

两杯酒下去,胸中豪气顿生,齐天也顾不上那么多了,半开玩笑道:"兄弟,你是不是打算让我喝了这几杯送别酒,就让我长眠于此呀?"

卡奇哈哈大笑道："虽然我的职责是守护在此，不许闲杂人等过桥，不过此刻就破个例，兄弟赠酒同饮，我无以为报，只能让出一条路来作为答谢！"说罢右手一挥，在桥上列队的四十余名士兵如闻号令，纷纷迈着整齐的步子退下，井然有序地上了装甲输送车。随后，四辆车退回树丛中，四周又恢复了平静。

卡奇又拿着酒瓶，给两个杯子斟上酒，说道："来，最后一杯，祝你好运！"

两人碰了一下杯，又是一饮而尽。卡奇拍了拍齐天的肩膀，道："兄弟，我送你一句话，男人不能不喝酒，但是也不要像我一样做个酒鬼！"

齐天道："我记住了！"

卡奇笑了笑，拿着酒瓶，转身离去。齐天看着他孤独而落寞的身影消失在树丛中，心中百感交集。

回过神来后，齐天赶紧招呼萧珮和小灰过桥。赤兔走到桥中央时还少作停留，悲鸣了几声。齐天知道它是追念旧主，轻轻抚摸了一下它的颈项，等它情绪稍稳后才策马过桥。

萧珮一肚子的好奇，不停地问齐天刚才是怎么回事。齐天一五一十地说了，最后感叹道："没想到，把守石桥要地的首领，竟然是客栈碰到的那个酒鬼？天下竟有这等奇怪的事情？"

萧珮笑道："依我看呀，咱们进入'黄金时代'的测试后，碰到的奇怪事情已经够多了，之后说不定还有更离奇的事情呢！"

"那倒也是，不过我相信，我们一定能够顺利过关的！"齐天话音未落，小灰一个激灵爬到赤兔颈上，手里拿着个小木棍做了个孙大圣挥舞金箍棒的架势，将齐天和萧珮逗得笑了个前仰后合。

夕阳余晖下，这二人一马一猴被落日映照出一个巨大的影子，仿佛追日的夸父一样，朝着远方的希望坚定地走去！

走了不到一炷香的工夫,见萧珮面有倦色,齐天正想停下歇歇,突然听到小灰"吱吱"两声尖叫,齐天知道它准是发现什么异常,赶紧勒马停步,四处打量,却发现右前方三十米外有一条河沟,里面停着一辆熄火的重型卡车,正是司空静开的那辆。

　　齐天和萧珮交换了眼神,打马向河沟边走去。走近一看,只见这条河沟干涸已久,深约五米,卡车车身呈45度栽倒沟底,右侧贴地,车身及驾驶室车窗上满满都是被子弹击中的痕迹,可以想象这辆车当时从枪林弹雨中冲出去时的惨烈景象。卡车车头撞断了一棵枯树,断折的树干倒下来正好压在卡车左门上,那位生猛彪悍的女车手司空静小姐,此刻正在驾驶室里拼命拍打车窗,声嘶力竭地呼喊着救命。

　　齐天看了萧珮一眼,道:"这姑娘被困在里面了,你说我们救不救她?"

　　萧珮道:"她之前将我们丢在山谷中不管不顾,可以看出其心肠歹毒,现在这样也算是咎由自取。不过你做好人做惯了,不救她只怕你良心过不去。"

　　齐天笑道:"还是你了解我。"说着下了马,"噌噌噌"几步下了河沟,双手拉着断折的树干,想要挪开,不料使尽全身力气,树干竟纹丝不动。想想也是,瞧这树干重量足有数百斤,以他一人之力,确实难以搬动。

　　正当齐天犯难的时候,萧珮扔过来一条绳索,说道:"你用这绳子给赤兔套一个辔头,另一端再绑上树干,试试让马拉开树干。"

　　齐天喜出望外,赶紧依计从事。等到绳索两端都系好后,他一声令下,赤兔陡然发力,立时将树干拉到两尺开外。齐天抹了把额头上的汗,伸手打开左车门,只见驾驶室内的司空静鼻青脸肿,模样十分狼狈。

在齐天的帮助下,司空静费力地从驾驶室里爬了出来。齐天见她步履蹒跚,似乎腿脚受了伤,于是小心翼翼地搀扶着她沿着斜坡爬了上去。

上到平地后,齐天刚一松手,司空静就倒在地上,捂着小腿,痛苦地呻吟着。

萧珮冷冷道:"你怎么受伤的?"

司空静道:"我刚才开车冲过石桥不久,卡车可能使用时限到了,突然失控,一头栽下河沟撞到树上,我的左腿不知被什么撞伤了,现在都没法走路。"

萧珮见齐天的表情,知道他不忍心丢下这位姑娘,摇了摇头,道:"你既然走不了路,要不就和我一起骑马吧?"

司空静面有惭色,道:"那怎么好意思?"

萧珮不耐烦道:"要骑马就快上来,别啰唆了!"

齐天搀扶着司空静上了马,萧珮还是坐前面,司空静坐后面,齐天则拉着马缰做马夫。小灰骑在赤兔屁股上,盯着新来的这位不速之客,一脸好奇。

齐天拉着马缰才走出二十余步,突然听到身后传来"啊"的一声惊叫,回头一看,只见司空静左手箍住萧珮脖子,右手持着柄短剑对着萧珮胸口,剑刃寒光闪闪,正是那柄削铁如泥的鱼肠剑。

齐天大惊失色道:"你要干什么?"

司空静笑道:"齐公子,劳烦你跳到刚才那条河沟里,不然……"说着,剑尖离萧珮身子又近了一分。

齐天看得眼睛如欲冒火,他没想到这司空静竟是如此蛇蝎心肠,刚刚才救了她,她却要反咬一口。只是现在萧珮安危系于她手,齐天纵然不想跳也无可奈何,只能放下马缰,退到河沟边,恨恨地跳了下去。

司空静得意地笑了两声，又对萧珮道："萧大小姐，你这么如花似玉的一个美人，我还真舍不得伤害你，你乖乖下马去陪你的齐公子吧。"说着，左手一推，萧珮"哎哟"一声摔下马来。

还没等齐天从河沟里爬上来，司空静朗笑道："借你们的宝马一用，谢谢啦！"说着，双腿一夹，骑马扬尘而去。

44

齐天一身泥水地从河沟里爬上来，赶紧跑到萧珮身边，关切道："你没事吧？"

萧珮道："我没事，只是赤兔让她骑跑了，我们怕要落后她一大截了。"

齐天咬牙切齿道："这姑娘真歹毒，下次见面，绝对饶不了她！"

萧珮没好气道："只怕下次见面，你见了人家这般娇滴滴的模样，又忍不住怜香惜玉手下留情了。"

齐天咳嗽了两声，道："时间不早了，我们赶快赶路吧。"话音未落，只见前面忽然出现一个活蹦乱跳的身影，正是小灰，它手里还拿着一把短剑，是那柄鱼肠剑。

齐天又惊又喜，对着小灰道："你怎么弄到这把剑的？"

小灰拿着剑手舞足蹈地比画了一番，得意扬扬的样子像是从龙宫拿到了如意金箍棒的孙悟空。齐天和萧珮看了半天，明白了个大概：原来刚才司空静使诈夺马飞奔时，情急之下没留意到小灰正在她身后的马屁股上，趁她不备，小灰暴起发难，扯下她腰间的宝剑便跳下马来。

"小灰，你太厉害了！"萧珮将小灰夸了一番后，将鱼肠剑递给齐天道："丢了赤兔马，赚来鱼肠剑，接下来，你可不要再犯错误了。"

"是,公主殿下。"齐天一个抱拳作揖的动作将萧珮逗乐了。

两人算了算,距离"黄金宫殿"还有十余里路,时间倒还充裕,只是肚子却不争气地咕咕作响了,毕竟在游戏世界里征战了近十个钟头,现实世界里的肉身扛不住,也需要补充一点儿能量了。

齐天和萧珮商量了一下,在树林里找了个隐蔽的地方坐下,两人同时按下自己左手腕带报警器上的蓝色按钮,只觉地面仿佛震动了一下,接着眼前霞光万道,整个人就像腾云驾雾般升了起来……

"怎么样?闯关还顺利吗?"见两人醒来,任星宇问道。

"有惊无险地闯过了两关,还算顺利,先下线补充点儿能量。"齐天一边回答,一边解开身上的装备。

任星宇将两人一早带过来的食物饮料都拿了过来,铺了满满一张桌子。萧珮带的都是些比较少见的进口食品,什么法式手工马卡龙、白色恋人巧克力、土耳其软糖、伊拉克蜜枣、日式樱花果冻布丁等。齐天见了,有些不好意思,把自己带的德芙巧克力、士力架、云南玫瑰鲜花饼、精武鸭脖、东海堂面包什么的拨到一边。

萧珮留意到他的举动,打开一包精武鸭脖,一边津津有味地吃着,一边说道:"没想到你还带了鸭脖子,我最喜欢吃这个了!"说着,把土耳其软糖包装盒拆开,拿了一块递给齐天道:"来,你试试这个,挺好吃的。"

齐天接过,放到口里吃起来,只觉得入口柔软而有弹性,味道甜丝丝的,不禁连连点头。

萧珮见任星宇站在一旁看着,于是招呼道:"一起过来吃吧。"

任星宇道:"我刚吃过晚饭,现在吃不下。"

萧珮不由分说,拿起一小袋粉红色的马卡龙,说道:"请你吃这个。"说着,将马卡龙朝任星宇扔了过去。

任星宇赶紧接住,说了声"谢谢",将这袋法式小圆饼看了又看,没舍得吃，而是小心放到了口袋里。

齐天一边吃着点心，一边打开手机看，发现竟有三个未接来电，都是一个小时前阿强打过来的，还有一条短信也是阿强发过来的："十万火急！见信速回我电话！"

齐天印象中阿强素来是大大咧咧的性子，天塌下来也不当回事，没想到今天居然如此着急地要找他。齐天赶紧拨通阿强电话："喂，找我有事吗？我刚才公司做测试，不方便接电话。"

阿强心急火燎道："你找个没人的地方，我有急事跟你说。"

齐天说了声"好"，放下手机对萧珮道："你慢慢吃，我去下洗手间。"说着便出了工作室。

进了洗手间后，齐天拿着手机道："我现在旁边没人，你快说吧。"

阿强道："长话短说，我前两天接到一个报料电话，是一个叫周歆的女孩打的，说她哥哥周平在一家大公司做游戏测试，工作了不到两个月时间，突然在上班时间发生心肌梗死意外身亡。她说他哥哥一向身体健康，也没有什么家族遗传病史，不可能暴病身亡，一定另有原因，于是打电话向报社求助。我和她约了今天下午见面，结果见面后一聊，她说她不打算再将事情查下去了，我追问了半天才知道，那家公司给了她家三百万赔偿费，要求私了。她考虑到家中双亲卧病在床急需用钱，那家公司财大气粗也惹不起，最终还是选择了妥协。"

齐天诧异道："这事和我有什么关系？"

阿强道："那家公司就是龙吟影视集团，周平从事的游戏测试和你现在干的活很像，从他突发暴病身亡的情况来看，这里面可能隐藏着极大的危险，我担心你的安危，所以马上给你打电话。"

齐天道："谢谢兄弟！我来这边几个月了，一切都很正常，周平发病应该是个意外事件,你不用担心我。"

阿强叹了口气道:"世道险恶,人心叵测,兄弟你一定要多加小心!"

齐天感激道:"我知道了,你放心吧。"

挂了电话,齐天心事重重地回到了工作室。萧珮见到他一脸不开心的样子,问道:"怎么了?"

"没什么。"齐天犹豫了一下,还是没有说出缘由。

"来,喝点水吧。"萧珮递过来一支瓶装依云矿泉水。

齐天接过矿泉水,"咕噜咕噜"连喝了几大口后,说道:"公主,我们出发吧。"

萧珮笑道:"扎木合,看你的了!"

齐天道:"誓死保卫公主!"

十五、义薄云天

45

回到游戏场景中,一切都还保持着他们下线前的状态,负责看守行李的小灰看到两人现身,高兴得上蹿下跳,仿佛一个世纪没见面似的。

萧珮见了,对齐天道:"小灰真可爱,要是下线后能把它带到现实世界中就好了!"

齐天笑道:"到时你手里牵着只猴子,旁边还有个护驾的齐天大圣,那气派,可真不是一般人能有的。"

"你是齐天大圣,那我是什么?"

"你是如来佛祖,齐天大圣再厉害,也翻不出你的五指山。"

"这还差不多。"

两人一路说说笑笑,路途倒也不觉得如何辛苦。天色渐渐暗了下来,只是这游戏世界中的日月星辰似乎都经过特殊设置,虽是晚上,但一轮朗月高悬天空,明澈的月光照在大地上,尽管不像太阳那样光芒万丈,但也足够照亮两人前行的道路。

走了两个多时辰,突然,站在齐天肩头的小灰一个筋斗跳了下来,又蹦又跳的,一副喜不自胜的模样。齐天和萧珮顺着小灰指的方向望去,只见远方一座山峰上矗立着一座宫殿,在月光的照耀下,竟然隐隐闪着金光。两人又惊又喜,心中均想这不会就是要找的黄金宫殿吧,当即加快步伐,向着金光闪耀处走去。

走了一炷香的工夫,两人终于走到山脚下,抬头望去,只见宫殿遥在山顶,仿佛藏在云中若隐若现,反倒不像之前隔远了看得那么清楚。一条笔直整肃的台阶延伸而下,每级均是以条石金砖修砌而成,一眼望不到头。

萧珮懊恼道:"天呐!这台阶不知道有几千级,我怕是走不上去了。"

齐天单膝跪下,背对萧珮道:"你膝盖有伤,要不我背你上去吧。"

萧珮笑道:"算了,这么多台阶,你背我只怕走不到一半,就要累趴下了。我还是自己走吧,反正敷了那草药后,我膝盖也好得差不多了。"说着,径自沿着台阶往上走。齐天赶紧起身,追了上去。

依萧珮的大小姐脾气,平日里若是走这种山路,就算不要人背,也少不了要人抬轿伺候,可此时此刻,她知道齐天急着赶路,若是耽误久了让司空静等人抢先拿到黄金权杖,难免对他产生巨大的打击,所以她强撑着自己行走也不要齐天背。齐天见她一瘸一拐走得辛苦,赶紧用鱼肠剑削了一根拇指粗的树干给她做拐杖,自己在旁搀扶着她一起走。

又走了一个多时辰,两人终于走到了台阶尽头,来到山顶,顿时目瞪口呆,只见这山顶仿佛刀切豆腐一般,一个足球场大小的地方,除了一半是金碧辉煌的黄金宫殿外,另外一半竟然全是光滑如镜的空地,无遮无挡,不要说树木岩石,连个防护的围栏都没有。山风吹过,感觉人一不小心就会被风吹下山崖。

齐天倒吸了一口凉气,紧紧拉着萧珮的手,两人一步一小心地走近黄金宫殿。

黄金宫殿的大门紧闭,门前有一尊丈二尺高的黄金雕像,雕的是一身戎装、手持长矛的铠甲武士,面容冷酷无比。胯下一头怪兽,相貌奇特,狼头豹尾,虎背熊腰,张牙舞爪,气势汹汹。

萧珮看了好奇,忍不住伸手摸了一下雕像。只听"喀喇喇"几声,仿佛石头开裂一样,萧珮大惊失色,还没反应过来,齐天赶紧拉着她连退数步。只见雕像上的武士和怪兽仿佛被魔法激活了一样,竟然动了起来。那怪兽一双眼睛瞪得像铜铃似的,口中呼呼有声,似乎随时准备扑上来择人而噬。铠甲武士手中长矛指着两人喝问道:"来者何人?竟敢擅闯黄金宫殿!"

齐天抱拳作揖道:"我二人是来宫殿取黄金权杖的,还请阁下行个方便。"

铠甲武士哈哈大笑道:"都是为取权杖而来,你们可知道这里过路的规矩?"

齐天道:"什么规矩?"

铠甲武士道:"单人经过,留下一只手或一只脚,我可以放他过去;双人经过,留下一个人来,我可以放另一个人过去。"

萧珮好奇道:"你要留人的一只手或脚做什么?"

铠甲武士摸了摸怪兽头,道:"我可以不吃东西,但我这头饕餮可不能饿着肚子哟!"

萧珮惊道:"那留下来的那个人也要被它吃掉吗?"

铠甲武士冷笑道:"这个自然。走到这宫殿前的不过寥寥数人,能进去的只有两个,一个是位姑娘,砍掉自己一只手,我放她进去了;另一个是一对孪生兄弟中的老大,他把弟弟捅了一刀,留在这里,我也放他进去了。"

铠甲武士这番话说得轻描淡写,但齐天和萧珮听着却是惊心动魄。两人知道,那位能够狠心砍掉自己一只手的姑娘必定是司空静,而那场孪生兄弟骨肉相残的画面只怕更加触目惊心。

齐天和萧珮对望一眼,彼此都明白了对方的心意。齐天傲然道:

"如果我们不愿意留下一个人在这里呢？"

"很好,前面也有人不愿意接受我的条件,他们的下场就是被饕餮撕成碎片。"铠甲武士说罢,从饕餮身上下来,拍了拍兽头,说道,"去用餐吧。"

饕餮听到号令,虎吼一声,震耳欲聋,头颈鬃毛竖立,宛若钢针一般。齐天知道一场恶战在所难免,早就让萧珮退到远处,拔出鱼肠剑,准备应战。

适才那饕餮蹲伏在主人身下时,看上去身躯似乎也不算特别庞大,此刻它朝着齐天步步逼近,每走一步,身体仿佛都膨胀了几分,等到距离不足五步远时,齐天看得真切,眼前这只庞然大物身躯赛过了一只成年棕熊,只觉得一颗心怦怦乱跳,持剑的右手上汗水直淌。

正当齐天心中打鼓的时候,只听得那饕餮又是虎吼一声,两只前爪在地上一按,合身往上一扑,整个儿犹如黑云压城般扑了过来。

说时迟,那时快,齐天见那饕餮凌空扑来,情急之下伏地往前一个滑冲,生生滑到了饕餮身后,顺手利剑一挥,在饕餮屁股上划了一下。这鱼肠剑果真是削铁如泥的神兵利器,尽管这饕餮皮粗肉厚,被这利剑一划,立时落下尺余长的一条口子,伤口鲜血淋漓。

饕餮痛极,尚未转身便是暴吼一声,犹如一个晴天霹雳响起来,齐天被它这一吼震得耳朵嗡嗡作响,反应稍慢了半拍,冷不防饕餮腰胯一甩,一根铁棒似的尾巴横扫过来,正好打在他右臂上。

齐天如遭电击,右手一松,鱼肠剑脱手,落到饕餮身前。饕餮一只前爪踏在剑柄上,此刻想要抢回来简直是难于登天。

46

齐天手无寸铁,面对眼前穷凶极恶的饕餮,只能步步后退,连退数十步后,他用眼角余光发现,身后已是万丈深渊,退无可退。齐天看了眼萧珮,心想:我已经尽力了,等会那饕餮再扑过来,我就往这山谷中跳下去,这个游戏闯关应该就到此结束了。

齐天正胡思乱想着,却见一个黑影突然跳到饕餮头顶,饕餮猝不及防,"嗷嗷"惊叫几声后,爪子一拨,将突袭到头上的不明物体拨到地上。齐天定睛一看,发现竟是小灰,原来它护主心切,冲了出来。只见它被饕餮利爪所伤,伤口不停流血,只是流出来的鲜血并非殷红之色,而是泛着幽幽蓝光,情形十分诡异。

饕餮被小灰偷袭之下,额头受了些轻伤,眼见冒出来的竟然是只瘦小羸弱的猴子,更是恼怒不已,巨掌一翻,便欲将小灰按成肉泥。

齐天和萧珮不约而同地惊呼了一声,只是此刻都心有无力,眼看小灰就要命丧黄泉。就在这千钧一发的时刻,只见小灰身上突然冒出滚滚青烟,片刻工夫便将它全身罩住,难见踪影。

饕餮也被这突如其来的青烟弄得摸不着头脑,生怕有毒,赶紧退后几步。齐天和萧珮都瞪大了眼睛,注视着这一切。烟雾弥漫中,隐约可见一个黑影在舒展身体,体型不断膨胀,形貌难辨。

就在这时,只听铠甲武士厉喝一声:"大胆妖孽,竟敢装神弄鬼!"说着,左手拿着一面宝光四射的镜子照过来,霎时间一道金光闪过,穿过青烟。

金光所到之处,立时烟消雾散,众人这才看得分明,一只金刚一般的巨猿现身了,它身形竟比饕餮还要大上一号,巨口獠牙,样貌可怖,只有额头正中那块酷似眼睛的黑色月牙状斑块和一身灰色的毛发,还能让人认出这曾经是那只可爱的小灰。

萧珮惊道:"小灰它怎么变成这副模样了?"

齐天恍然大悟道:"客栈掌柜曾说此猴名为'三眼灵猴',能预知吉凶,能挺身护主,我现在终于知道是怎么回事了!"

就在两人说话的工夫,小灰和饕餮已经斗得难解难分。这两个,一个是史前怪兽,一个是上古霸王,斗在一起恰似天雷碰地火。此时明月当空,薄云方散,宫殿前杀机四起,广场上虎啸龙吟。一上一下,似云中龙斗水中蛟;一往一来,如岩下虎斗林下黑。一个是铜筋铁骨力大无穷,一个是如狼似虎八面威风。一个上纵下跳拳打脚踢不留情,一个张牙舞爪撕咬啃噬令人惊。声震山谷,却似暴龙战棘龙;血肉横飞,浑如地狱修罗场。

齐天和萧珮看得瞠目结舌,只见在饕餮疯狂的攻击下,小灰已渐渐落了下风,身上大大小小十几处伤口,不停流出深蓝色的血液,它的呼吸也越来越沉重,身子退踞在广场边缘,距离悬崖只有一步之遥,已是退无可退。

齐天看了一眼铠甲武士,只见他脸上现出残酷的笑容,显然已觉得胜券在握。

就在这时,只见饕餮张开血盆大口,仰天暴吼一声,随即一个虎扑,犹如泰山压顶般朝小灰扑了过来。萧珮吓得双手捂住了眼睛,不忍心再看。

说时迟,那时快,就在这电光火石的一瞬间,只见小灰突然侧身一避,躲过了饕餮的雷霆一击,接着趁其身躯尚未落地之际,以排山倒海之势往饕餮腰腹间一推,顿时将其推下了万丈悬崖。只听到饕餮的吼叫声不绝于耳,良久,山谷中才传来轰隆隆的坠地声。

不过一眨眼的工夫,小灰不仅绝境逢生,而且反败为胜,这一下看得齐天和萧珮目瞪口呆,几乎都不敢相信自己的眼睛。小灰也异常兴奋,直立起来,双爪握拳,拼命拍打自己的胸口,口里发出嘶哑低沉的吼声,仿佛在向全世界宣布:我是世界之王!

一旁的铠甲武士看得眼睛都要滴血了,自己的胯下神兽居然被这只不知从哪里冒出来的巨猿弄死了,怎能不让他怒火中烧!他原本算得上俊朗的脸因为愤怒而变得狰狞起来,震怒之下声音也显得格外刺耳:"我要让你们一个个死无葬身之地!"

话音未落,铠甲武士举着手中长矛,用矛柄在地面敲击了三下,口中念念有词。还没等齐天和萧珮反应过来,黄金宫殿的大门突然打开,一下子冲出来二十多条獒犬,只见这些獒犬个头虽没有饕餮那么大,但凶残暴戾之气犹有过之,并且一个个就像三天没吃肉的饿狼般目露凶光,令人不寒而栗。

齐天和萧珮看得触目惊心,两人明白,即便有小灰在旁边护驾,也绝对挡不住这么多獒犬狼群般的攻击,只怕用不了一时三刻,大伙儿都要命丧于此。

铠甲武士缓缓举起手中长矛,重重地往下一挥,一时间所有獒犬如闻号令,一个个如脱缰野马般争先恐后地冲了上来,眼见一场惨绝人寰的大屠杀已在所难免。

就在这性命攸关的时刻,只听"噼里啪啦"如同爆豆般的声音响起,随着一连串的火花四射,冲在最前头的七八条獒犬像是被子弹击中一样,纷纷倒下,身上都是拳头大小的伤口,血如泉涌。剩下的十几条獒犬见势不妙,四散躲开,想要逃命,却哪里来得及,随着又一连串的火花四射,也接二连三地倒在血泊中。

当最后一条獒犬奄奄一息地倒下后,随着硝烟散去,一个身着黑色风衣的男子如同天神般出现在众人面前,只见他身材高大挺拔,长长的风衣猎猎飞舞,苍白的脸上有一种难以形容的病态美,就像是漫画中走出来的人物。他右手拿着一支样子十分古怪的手枪,左手夹着根香烟,抽得只剩一半,整个人一副百无聊赖的样子,显得既帅气又颓废。

看到这位不速之客的模样,齐天忍不住喜出望外道:"你是基努……"

话还没说完,就被对方打断道:"你叫我康斯坦丁吧。"

齐天问道："你怎么在这里？"

康斯坦丁从怀里摸出一个扁平小酒壶，递给齐天道："刚才酒瘾犯了，想找个朋友一起喝，所以来找你了。"

齐天接过酒壶，突然想到一人，定定地看了康斯坦丁半天，惊叫道："你是请我吃蛋糕的那位兄弟！"此时此刻，齐天终于认出对方，只是一个是衣衫褴褛、胡子邋遢的落魄乞丐，一个是酷帅霸气的地狱神探，若非仔细辨认，简直看不出来两个竟是同一人！

47

康斯坦丁将右手食指竖起放在嘴边，做了个噤声的手势。齐天虽有满腹疑团，却也知此时此刻不便继续追问，当下打开酒壶盖，仰首喝了一口，只觉入口清淡爽口，微有烈焰灼烧感，正是典型的伏特加口味，道了声"好酒"，正要将酒壶还给对方，不料康斯坦丁突然用力将他一推。

齐天毫无防备，只觉得一股雄浑至极的力量将自己推倒在地，再看康斯坦丁，他连退几步，右手外形奇特的手枪已被一根长矛扎在不远处的地上，扭曲变形，显然已不能用了。

齐天立刻明白，定是刚才他和康斯坦丁交谈时，远处的铠甲武士偷施暗算，将长矛掷过来袭击两人，康斯坦丁眼疾手快，将齐天推开，又用手中的外形奇特的手枪挡了一下长矛，只是长矛来势太猛，导致手枪脱手并受损。

铠甲武士见偷袭得手，大笑三声，一个凌空飞跃，已跳到康斯坦丁身前一丈处，接着他右手一扬，扎在地上的那根长矛仿佛施了魔法一般，脱地而起，自动飞回他手中。

铠甲武士长矛在手，气焰倍涨，左手拿戟指着康斯坦丁，喝道：

"天堂有路你不走,地狱无门闯进来,过来受死吧!"

康斯坦丁此刻已是手无寸铁,不过看上去却依旧一副无所谓的表情,他拿着香烟吸了一口,悠悠道:"我这种人,天堂不收,地狱不留,活在人间也是受罪,你要是能为我安排个住处,我倒是不介意陪陪你。"

铠甲武士见对方竟然完全没将自己放在眼里,气得七窍生烟,大吼一声,挥舞着长矛,一记"长风破浪"朝着康斯坦丁直刺过去。

说时迟,那时快,就在长矛要刺到康斯坦丁身上时,他身体一侧,刚好躲过了这雷霆一击,长矛距离其胸腹不过寸许。

铠甲武士一击不中,更不迟疑,顺手一抡,矛作棍使,一记"横扫千军"直击对方腰间。谁知他变招快,康斯坦丁动作更快,下身钉住不动,上身九十度平平后仰,长矛贴身扫过,连他一片衣角都没碰到。

铠甲武士又惊又怒,趁着康斯坦丁立身未稳,一招"八方风雨",手中长矛如暴风骤雨般刺来,枪枪不离对方要害。

铠甲武士动作快,康斯坦丁动作更快,左躲右闪,辗转腾挪,犹如一条从容穿梭于鲨鱼利齿间的剑鱼,凭着敏捷的身手和飞快的速度,每每在间不容发之际从兵器刃锋间躲过。

铠甲武士眼见自己长矛在手,却还是奈何不了手无寸铁的对手,不由怒火中烧,趁着长矛刺出对手闪躲之际,突然张口,一股烈焰喷薄而出,直袭对方面门。这是铠甲武士修炼多年的三昧真火,神挡杀神佛挡杀佛,堪称一击必杀。

就在这千钧一发的时刻,康斯坦丁有如神助,一个"狮子摇头"躲过了这一记势在必得的火杀技。不料铠甲武士早有所料,长矛一挺,直刺康斯坦丁心口。这一下又快又狠,势如破竹,虽然康斯坦丁身形如泥鳅般扭动了一下,避过要害,但长矛依旧如闪电般扎入他左肋,一时间血如泉涌。

齐天和萧飒不约而同地惊叫了一声,想要上去援手,却哪里来得及。

眼见康斯坦丁身受重伤,已无还手之力,铠甲武士狞笑着,正欲手上加劲,好好折磨一下对手,不料康斯坦丁惨然一笑,不退反进,顿时长矛贯穿其肋部,鲜血淋漓。铠甲武士还没反应过来,康斯坦丁已形同鬼魅逼过来,左手握住矛柄,右手如老虎钳般夹住了他的领口盔甲。

铠甲武士大惊失色,腾出一只手来想要隔开对手,却觉得对方的手犹如铜浇铁铸的一般,哪里隔得开。

情形危急之下,铠甲武士顾不得距离太近喷火容易反灼自己,便欲张口喷火,谁知康斯坦丁动作比他更快,嘴巴一张,一股浓烟喷出,顿时呛得铠甲武士眼鼻刺痛,涕泪俱下。

两人近身扭打在一起,打得完全没有章法。康斯坦丁一身是血,铠甲武士身上也是血迹斑斑。两人如同杀红了眼的野兽一般,不是你死,就是我亡!

一阵惨烈的厮杀后,铠甲武士猛然发现自己距离悬崖已不过一步之遥,顿时醒悟,对方是想和自己同归于尽,惊恐之下,张口便喷三昧真火,想逼得对方闪躲,自己好趁机脱身。

谁料康斯坦丁不躲不闪,双手使出平生之力抱住铠甲武士,如共工触山般撞了过去,这一下势大力沉,铠甲武士哪里挣脱得开,只听"砰"的一声,犹如火星撞地球一般,两个半人半神的家伙紧紧抱在一起,从山顶边缘跌落悬崖。良久,山谷中才传来轰隆隆的坠地声。不同的是,这一次的声音比上次饕餮坠谷的声音更加令人心悸。

齐天走到康斯坦丁坠谷的地方,忍不住双膝一跪,泪如雨下。两人不过萍水相逢,你请我吃了块蛋糕,我请你喝了点儿好酒,虽有惺惺相惜之意,但却没机会坐下来好好聊一聊,没想到半日后,这位一面之交的朋友便仗义出手,甚至为救自己牺牲了生命,怎不叫他抱憾万分!到了这一刻,他不觉得自己是在游戏里闯关,而是在一个真实的江湖中闯荡,含泪送别了一位朋友,这种感觉实在是太痛苦了!

萧珮也跪在齐天身边,低声道:"别伤心了,我们只有早点完成任务,才能让朋友的牺牲变得有价值。"

齐天点点头,拭去了眼角的泪水,从怀中摸出小酒壶,只觉得上面仿佛还带着康斯坦丁的体温。他打开酒壶盖,一仰头将剩下的半壶酒一饮而尽。灼热的伏特加仿佛烈焰般在四肢百骸间游走,齐天只觉得胸中豪气顿生,好像康斯坦丁将毕生功力注入了自己体内。当下更不迟疑,将酒壶放入怀中,起身站定,说了声:"走!"便毅然决然地向着大门洞开的黄金宫殿走去。

萧珮和小灰对望一眼,默默地跟在后面。此时,月光如水,照在山顶这片平滑如镜的空地上,折射出美丽的光芒,如同仙境一般,哪里会有人想得到,就在一时三刻之前,这里刚刚发生了几场惊心动魄、惨烈异常的鏖战!

十六、杀机重重

48

走进黄金宫殿,迎面是一条并不宽敞的走廊,两边墙上是数盏壁灯,在昏暗的灯光下,气氛显得格外诡异。萧珮不由自主地握紧了齐天的手。小灰跟在后面,沉重的脚步声在走廊内回音不绝。

走了没一会,便到了走廊尽头,前面是一条狭窄的台阶,仅能容两人并行,昏暗的灯光勉强照亮两人脚下的路,斜坡两边是无尽的黑暗,不知是深渊还是龙潭。齐天感觉到萧珮的手心里都是汗,柔声安慰道:"有我在,别怕!"

他们好不容易才走到台阶尽头,突然间眼前大放光明,就像同时间点亮了上千盏宫灯,两人眼睛被这突如其来的光亮刺激得差点儿睁不开,半天工夫才适应,只见前方是一块直径约三丈的圆形平台,正中央摆着一张雕龙画凤的龙椅,椅子上端坐着一个黄金雕成的老人,只见他目光炯炯直视前方,一身华服衣带生风,气质雍容华贵,眉宇凛然生威,模样竟与龙在天颇有几分神似。

"你看,那不就是黄金权杖?"萧珮惊叫道。

齐天顺着萧珮的手看过去,只见雕像右手扶着一根拐杖,杖身通体黄金铸就,杖首雕着一个张着大嘴的龙头,中间镶着一颗鸡蛋大小的夜明珠,光芒四射,夺人心魄。

萧珮大喜之下,便欲上前去拿黄金权杖,却被齐天伸手拦住。

"怎么了?"

"这样太失礼了,我们好歹也得先问候一下家前辈。"

"就一个雕像,还问候啥,真磨叽!"

萧珮站在一旁,看齐天对着雕像双手合十,恭恭敬敬地拜了三下,口里还念念有词:"前辈在上,晚辈为取黄金权杖而来,如有冒犯,还请恕罪!"

话音未落,只听"轰隆"两声,雕像身后突然出现两个冰雕,仿佛从地底下冒出来的一样,将齐天和萧珮吓了一大跳。只见两个冰雕真人大小,晶莹剔透,栩栩如生。

"这不是司空静和程少龙吗?"萧珮大惊失色道。左边冰雕正是司空静,她右手前伸,似乎要拿什么东西,狂喜之情一览无遗;右边冰雕则是程少龙,他双手同时伸出,脸上写满了贪婪和欲望。

"看来他们是在准备拿黄金权杖的时候遭遇了意外,变成了冰雕。"齐天叹了口气道。

"还好我们没有贸然去拿黄金权杖。"萧珮倒吸了口凉气道。

"你看,这是什么?"齐天指着雕像身前的一块金砖道。

萧珮看过去,只见这块两尺见方的金砖上,用隶书入木三分地刻了二十四个大字:

黄金权杖　浴血而生
刀光剑影　魔咒附身
众人相残　赢家一人

"这是什么意思?"齐天不解道。

"我猜这上面的意思是说,黄金权杖是沐浴鲜血而生的神物,要拿到它一路要经过刀光剑影的考验,但权杖上被下了魔咒,来取的人,必定会自相残杀,最终的赢家只有一个人。"萧珮说到最后,声音已有些颤抖。

"这也太缺德了,分明就是吓唬人,不想让人拿。"齐天不以为然道。

"万一是真的怎么办？"

"那就牺牲我好了，反正这是游戏，只要你能拿到权杖，最后还不是算我们赢？"齐天停顿了一下，又向小灰比画了一番道："小灰，我拿权杖时如果发生了什么意外，你负责保护萧珮冲出去。"小灰点点头。

萧珮还想说点什么，齐天用一个吻封住了她的嘴，这像是一个告别之吻，虽然柔情无限，但却挡不住去意匆匆。

萧珮还没反应过来，齐天已经离开了她的怀抱，转身走到雕像面前，行了个大礼道："前辈，得罪了！"说着，伸出右手去拿黄金权杖。不料，权杖竟纹丝不动。齐天又伸出左手，双手齐拉，权杖依旧不动如山。齐天大惊，想要松手，却发现自己的双手像是被粘在权杖上一般，怎么也挣脱不开，与此同时，一股冰凉至极的寒气透过掌心直刺体内。

萧珮见势不妙，忙叫小灰过去帮忙。小灰上前抓住权杖，想要拉开，不料权杖在它的天生神力之下竟然毫无反应，与此同时，它的双掌也像被粘住一般，无法挣脱半分。

萧珮在一旁看得心惊肉跳，只见齐天和小灰的手就像被冻在零下30℃的铁柱子上，不仅无法动弹，而且开始慢慢结冰，从手指到手掌，再到胳膊，眼看用不了一时三刻，齐天和小灰都要被冻成冰雕。

齐天大叫道："萧珮，你不用管我，如果咒语灵验的话，等会我死了，你就可以拿到黄金权杖啦，我们的闯关任务就算完成了！"

萧珮咬着牙道："不，我不要你死！"说着，从腰间拔出鱼肠剑。

齐天大惊道："你，你别做傻事，这只是游戏……"话没说完，打了个寒战竟说不下去，显然寒气已侵入心肺。

萧珮含泪道："你已经在游戏里为我死过一次了，我不会让你再死第二次！"说罢便不犹豫，鱼肠剑反手一插，直刺胸膛，顿时血如泉涌,萧珮缓缓倒在地上。

殷红的鲜血淌了一地,直流到齐天脚下,此时黄金权杖上的吸附冰冻之力好像瞬间消失,只听"扑通"一声,齐天和小灰不约而同地倒在地上。齐天顾不上僵硬还没完全恢复知觉的双手,连滚带爬到萧珮身边,抚摸着她的脸说:"你怎么这么傻呢?"

萧珮道:"我知道,黄金权杖对你来说很重要,我只希望能帮你完成这个心愿。"

齐天哽咽道:"你知不知道,你在我心目中更重要!如果没有你,我要权杖有什么用?"说着,抱着萧珮痛哭起来。

正当齐天伤心到极点的时候,一枚硬币掉落地上。齐天定睛一看,见是一枚黑黝黝的铁币,正是之前在"富贵城堡"城门口遇到的那位白发老人送的,自己随手放在身上,没想到此刻掉了出来。

硬币在地上骨溜溜转个不停,齐天怔怔看着,突然间福至心灵,想起了白发老人临别时送的那首诗:"世人爱黄金,黄金试人心。宝剑穿胸过,方知有真情。"心想:难道这首诗竟是应在此处,别有深意吗?

眼见萧珮已是出气多进气少,齐天来不及考虑更多,拿起硬币,口里喃喃道:"神明在上,我只求所爱之人萧珮能起死回生,千般报应,万般痛苦,我愿一人承受!"说完,将硬币往空中一抛。

硬币在空中飞舞着,仿佛被施了魔法一样发出璀璨夺目的光芒,形状也发生变化,竟变成了一粒拇指大小的珍珠。齐天急忙伸手接住,只见掌心中是一粒珍珠白的药丸,上面赫然写着"起死回生丹"五个小字。

齐天喜出望外,轻轻拨开萧珮的嘴,给她服下药丸。

片刻工夫,萧珮苍白的脸色开始变得红润起来,齐天小心拔出鱼肠剑,果见伤口开始愈合,甚至连血迹也慢慢变淡。

没一会儿,萧珮的伤口完全愈合,竟像没有受伤一般,连血迹都消失得无影无踪。看着萧珮睁开一双迷人的大眼睛,齐天欣慰道:"你终于醒过来了,刚才真把我吓坏了!"

萧珮笑道:"感觉就像做了个梦。"

看着萧珮死而复生,齐天忍不住喜极而泣,此时此刻的他,感觉仿佛拥有了全世界!

劫后重生,两人正有说不完的话,一旁的小灰却为刚才被权杖冻住一事大发雷霆,又不敢伸手去碰,灵机一动,拾起萧珮用的拐杖,对着权杖狠狠敲了过去。齐天见了,大惊失色,正要喝止,却哪里来得及,只听"哐当"一声,黄金权杖竟然被敲落在地。

齐天和萧珮目瞪口呆,连小灰都愣住了,似乎也没想到自己这么一敲,居然将施了魔咒的黄金权杖打落在地。

齐天走上前,先用脚轻轻碰了下权杖,见无异常,这才弯下腰,小心翼翼地将它拾起来,翻来覆去看了半天,终于确认,当下举着权杖对萧珮大叫道:"我们拿到黄金权杖啦!"

萧珮看着欣喜若狂的齐天,忍不住掩口而笑,只是不经意间,眼角却流下了一行泪水。

49

黄金权杖到手,游戏闯关成功,接下来该退出游戏,返回现实世界了。

齐天挥舞着黄金权杖,一时间志得意满,心怀大畅。他本以为会出现一个无比隆重的庆典,至少也会有富丽堂皇的景象出现,谁知大呼小叫了半天,黄金宫殿里没有任何异象出现,就好像游戏还没结束一样。

萧珮看到齐天发愣的样子,忍不住笑道:"呆子,别犯傻了,我们还是试试腕带报警器上的退出按钮吧。"

这一下提醒了齐天,他走到萧珮身边道:"腕带报警器上有红色、蓝色两个按钮,蓝色是中场休息退出按钮,我们已经试过,红色是紧急退出按钮,我们要不先按红色的吧。"

萧珮回了句:"好。"这时小灰凑到两人面前,一副依依不舍的样子,似乎知道分别的时候到了。

萧珮轻轻拍了拍小灰的巨掌,柔声道:"你现在变成大块头,没人敢欺负你了。以后,我和齐天想你的时候,还会再回来看你的!"

小灰低着头,瓮声瓮气地应了声。

安抚完小灰后,齐天和萧珮交换了一个眼神,同时按下腕带报警器上的红色按钮,然后闭上眼睛。不料半天过去毫无反应。

"要不我们再试试蓝色按钮吧?"萧珮道。

齐天点点头,两人又同时按下腕带报警器上的蓝色按钮,不料依旧毫无反应。

齐天急了,两个按钮噼里啪啦一通乱按,结果还是毫无反应。

齐天火冒三丈,解下腕带报警器摔在地上,正准备狠狠踹上两脚以泄心头之恨,却被萧珮拦住了,她说:"你觉不觉得现在这种情形很奇怪?"

"当然奇怪了,我们都已经闯关成功了,居然不能退出游戏,不知道哪个王八蛋整出来的,我要出去了,非找他算账不可!"齐天愤愤道。

"万一我们出不去,怎么办?"

"那这岂不是一个死亡游戏?"齐天想起阿强对他说的话,顿觉如晴天霹雳一般。

齐天和萧珮在黄金宫殿里一筹莫展的时候,在力天大厦66楼的总裁办公室里,龙日胜正聚精会神地看着面前的一块显示屏,屏幕上是齐天和萧珮在"VRM-2046电影世界"游戏中的画面。外号乌鸦的光头黑衣男子侍立他身后,毕恭毕敬。

"这两人还能撑多久?"

"老板,根据我们之前的测试,再过五分钟系统会启动'群魔乱舞'的暗黑模式,这两人置身其中,心智将受到极大影响,最终会因严重脑损伤而死亡。"

"嗯,做得干净点,不要留下手尾。"

"是,老板。我们会用选手为提高比赛成绩私自服用软性毒品而导致突发心梗来掩饰现场。"

"国外的那几个也给我整干净点,现场别留什么把柄。"

"是,老板,保证万无一失。"

看着屏幕上齐天和萧珮如同无头苍蝇般乱冲乱撞的情景,龙日胜脸上浮现出一丝残忍而得意的笑容,仿佛猫抓到老鼠后,在享受那种肆意玩弄对手的感觉。

突然,"砰"的一声,房门被人撞开,一人怒气冲冲地闯了进来,正是卫斯福教授。

乌鸦正要上前拦阻,却被龙日胜拦住,"卫教授大驾光临,有失远迎啊!"

卫斯福怒道:"这两名选手已经通过游戏闯关,为什么不让他们退出?"

龙日胜冷笑道:"卫教授,要不是你给那小子开外挂的复活硬币,他们能闯关成功吗?不过既然如此,我倒想测试一下,选手在经历大喜大悲的极端考验时,身体能否承受得了。"

"荒唐,你这简直是在拿人命开玩笑!"卫斯福勃然大怒。

"卫教授,你研发的'电影世界'游戏已成功完成通关测试,你现在要做的就是把游戏的漏洞全部修补好,尽快将成品交给我。至于这两名选手的死活,不是你操心的事情!"

"龙日胜,你是不是对这款游戏做了什么?为什么'黄金时代'通关失败的选手,现在全部都人间蒸发联系不上了?"

"卫教授,我请你来是搞科研的,其他无关的事,你最好不要管!"

"龙日胜,我不知道你为什么非要置这两人于死地,但是我要提醒你一句,你父亲正在实时观看选手闯关,等会儿你记得好好跟他解释!"

"什么?他也在看!你为什么不早点跟我说?"

"我也是刚刚接到他的电话,他问我现在游戏中的情况是怎么回事?"

"他还说什么了?"

"他还说他会亲自参加获胜选手的颁奖典礼。"

"哦,我知道了,你可以走了。"

卫斯福狠狠瞪了龙日胜一眼,扭头走出了总裁办公室。他一出门,龙日胜就重重一拳砸在办公台上,台面上一个水晶烟灰缸震得掉到地上摔了个粉碎,显然刚才这一变故让他恼怒异常。

乌鸦站立一旁,口里大气都不敢出。见龙日胜眉头紧锁,脸上阴晴不定,似乎内心正在做艰难的抉择。屏幕上,齐天和萧珮都跪在地上,捂着脑袋,一副痛苦万分的模样,看来暗黑模式已经发生作用了。

乌鸦小心翼翼地凑到龙日胜身边,低声道:"老板,怎么办?"

"你相信有天堂吗?"

乌鸦愣了一下,不知所措道:"老板,我拜的是关公。"

"我不相信有天堂,因为我被困在地狱的时间太长了。"

"老板,继续下去的话,龙总那边怎么办?"

"你活得不耐烦了吗？"龙日胜咆哮道。

"老、老板，我马上去。"乌鸦忙不迭地答应，正要出去，又被龙日胜叫住，"断掉游戏系统除现场以外的所有实时监控，等会儿我也去现场看你们收拾残局。"

龙日胜这番命令布置下来，乌鸦听得心惊肉跳，他知道，老板这回已是下了"杀无赦"的指令，要将齐天和萧珮彻底干掉，也绝不让龙总见到这两人。他不明白，老板为什么如此仇恨这两人，但是作为一名在龙日胜麾下效力多年的干将，他知道有些事情是不能问的，他要做的就是坚决执行！

黄金宫殿里，齐天和萧珮都倒在地上苦苦挣扎着，一脸痛不欲生的表情。他们没有想到，游戏闯关成功，等待他们的却是如此残酷和痛苦的结局。如果有重新选择的机会，他们一定不会选择进入这个杀机四伏的冒险游戏。只是，世事没有如果！

工作室的监控台前，任星宇眼睛眨也不眨地盯着显示屏，豆大的汗珠不停地从额头上滚落。作为最熟悉这个游戏的技术研发人员，他清楚地知道，再过五分钟，游戏中的这两人就会因承受不住强烈的脑部刺激而猝死；而他自己，户头上会多出五百万的安家费，同时将被龙吟影视娱乐集团派往北美分部休养一段时间，等风头过去后再回到国内。

任星宇不知道自己是如何鬼迷心窍地答应了这笔魔鬼交易，是乌鸦用他缠绵病榻多年的母亲来击中了他的软肋，还是用那笔五百万的安家费来激起了他的贪欲。他只知道，当他答应的那一刻，地狱之门已经为他打开了。

显示屏上，齐天和萧珮的表情越来越痛苦，但挣扎的幅度却越来越小，显然，留给他们的时间已经不多了！

看着齐天，任星宇不由想起两周前两人去吃夜宵时，喝到兴起，齐天搂着他的肩膀道："咱们两兄弟难得这么投缘，以后要有福同享、有难同当!"两人豪情满怀地干了一杯。想到这里,他只觉得心口隐隐作痛。

再看看萧珮,她脸色苍白,仿佛服用了毒苹果的白雪公主一样,身子痛苦地抽搐着,又好像用尽了最后一点儿力气,伸出一只手,无力地求救!此刻的她,就像是折翼的天使,在苦难的人间备受煎熬,惹人怜惜,令人心痛!

任星宇再也看不下去了,只觉得胸口仿佛被攻城锤狠狠撞击了一下,整个人气血上涌,完全失去了思考的能力,只是凭着潜意识,重重按下了操作平台上的绿色"退出"按钮。

显示屏上立刻出现"GAME OVER!"的字样。片刻工夫,靠背椅上的齐天和萧珮分别苏醒过来,只是如同大病初愈一般,显得十分虚弱。任星宇急忙上前,帮他们解开身上的装束。

50

"星宇哥,刚才在游戏里是怎么回事?我和齐天就像在鬼门关上走了一遭。"萧珮一边解下头盔,一边问道。

任星宇还没来得及回答,齐天也劈头问道:"你们这狗屁游戏是谁设计的?我们都闯关成功了,居然退不出来,最后还差点死在里面!"

任星宇焦急道:"'黄金时代'已被人改造成死亡游戏,除了最后的胜者,其他通关失败的选手一旦在游戏中丧生,在现实世界中也会马上脑死亡!"

"难道郑耀威、司空静、程少龙、程少虎他们都已经死了?"

"是的,现在有人要来加害你们了!"

齐天和萧珮大吃一惊,不约而同道:"谁要害我们?"

任星宇急道:"来不及说了,你们赶紧走!"

话音未落,工作室的门被人撞开,一下子冲进来七八个身着黑衣的彪形大汉,为首的正是乌鸦。

见齐天和萧珮已安然退出游戏,乌鸦也吃了一惊,随即皮笑肉不笑道:"恭喜两位游戏闯关成功,请随我去领奖吧。"

齐天见这帮人来势汹汹的样子,知道绝无好事,于是应道:"这两天游戏闯关太辛苦了,身体有些扛不住,我们想回去休息一下,改日再去领奖。"

乌鸦一听,脸上变色道:"敬酒不吃吃罚酒,两位是要我动手相请吗?"说着掏出一把上了消音器的手枪,枪口对准了齐天。

齐天和萧珮顿时惊慌失措,没想到只有电影中才会发生的场景竟会出现在自己身上。眼见乌鸦手下几名大汉呈环形围上来,正无计可施的时候,突然"扑通"一声,天花板上掉下一个手雷一样的东西,乌鸦和手下大惊失色,赶紧后退几步,卧倒躲避。片刻间室内烟雾弥漫,众人乱成无头苍蝇。

齐天急忙抓住萧珮的手,只听枪声四起,乌鸦那歇斯底里的声音似乎就在耳边回响:"不要让他们跑了,活要见人,死要见尸!"正不知往何处逃,只听一人在自己耳边道:"快跟我走!"听声音正是任星宇,一只胳膊已被他抓住,当下拉着萧珮,跟着任星宇贴墙而行。

烟雾中齐天只觉靠近了书架墙,不知从哪里开了一扇门,进去后竟踏入了一个密道。密道门关上后,三人长舒了一口气,任星宇手里拿着一个手电筒,在前面带路。齐天和萧珮在后面紧紧跟着,生怕跟丢。

"星宇哥,这些人为什么要杀我们?"萧珮问道。

"今天带队的那个光头外号叫乌鸦,他是龙日胜的手下,但是我也不知道他为什么要杀你们?"任星宇回答时,语气显得有些吃力。

"刚才那个烟幕弹和这条密道你们是怎么弄的?"齐天也好奇地问道。

"这个房间一开始是卫教授的工作室,有段时间卫教授老是疑神疑鬼,担心有人害他,于是在房间内设置了不少机关,这条密道实际上就隐藏在书架墙后面……"任星宇话未说完,突然脚步一软,栽倒在地。

齐天和萧佩大惊,急忙伏下身,一个小心搀起任星宇,一个打开手电筒查看,只见任星宇左胸口竟有一个鸡蛋大小的伤口,血如泉涌,染红了衣衫。显然刚才混乱中,他被一颗子弹击中,却强行撑到现在,直到身体不支才倒下。

齐天和萧佩既感且愧,齐天扶住任星宇道:"你别动,我打120喊救护车过来。"

任星宇按住齐天的手道:"我受伤太重,没用的,你们快走!密道尽头是消防出口,你们去3101的电影首映厅,从那里逃走。"

萧佩泪如雨下,道:"星宇哥,你……"

任星宇笑道:"我送给你的生日礼物,喜欢吗?"

萧佩哽咽道:"我,我很喜欢!"

任星宇吃力地从怀里掏出一样东西,却是一袋马卡龙小圆饼,上面已经沾满了血迹。任星宇喃喃道:"你送给我的点心,我一直舍不得吃,可惜再也没有机会了……"说着,头一歪,就此气绝。

萧佩痛哭失声道:"星宇哥,星宇哥……"作为一名蕙质兰心、冰雪聪明的女生,一直以来,她都能感觉到任星宇对她的感情,甚至在他凝视她的眼神中都有隐藏不住的喜欢和爱慕。只是,她已经有了意中人,所以一直揣着明白装糊涂,只把他当一个大哥哥,而他似乎也明白她的心思,所以一直没有说出口,直到临终时……

齐天也沉浸在巨大的悲伤之中,他和任星宇认识并不久,但两个人却一见如故,几个月相处下来,更是情同手足。在游戏闯关最后陷入绝境时,他脑海中闪过无数的念头,拨开重重迷雾后,隐约觉得这其中隐藏着一个巨大的阴谋,其间甚至想到,任星宇是否也扮演了一个不光彩的角色?但是没想到,最后却是任星宇牺牲了自己的生命救了他和萧珮。一时间,他既感动,又自责。

两人还在悲伤之中无法自拔,突然传来"轰隆"一声巨响,就像墙壁倒塌了一般。齐天暗叫不好,心知必是乌鸦等人炸开了密道大门,很快就会追杀过来,当机立断,拽着萧珮就往前跑。

一路跌跌撞撞跑了几十米,前面已经无路可走,墙壁上有一面宽约一米的隔窗,隐隐约约透出光亮来。齐天让萧珮拿好手电筒照明,自己看个仔细后,小心打开隔窗门,发现后面竟是消防栓箱,知道这就是出口,蹑手蹑脚爬出去后,又将萧珮接了出来。

两人逃出生天重见光明后,脸上毫无喜悦之情,一来还沉浸在任星宇去世的悲恸中难以平静,二来都明白此刻整栋大楼的出口必定已布下天罗地网,如不快想办法,只怕难以脱身。

齐天观察了一下周边环境,发现这里竟是三楼的一个隐蔽的安全通道,想起任星宇说的话,赶紧拉着萧珮的手,三步并作两步地直奔3101房间而去。

3101是一个可容纳千余人就座的超豪华大礼堂,龙吟影视娱乐集团投资拍摄的大制作电影,经常会在这里举行全球首映式,因此公司内部称之为"电影首映厅"。

跑到距离3101入口不到二十米时,齐天和萧珮不得不停住了脚步,只见入口处铺设了红地毯,数十名龙吟影视娱乐集团的员工正在门口看热闹,十几名保安在一旁维持秩序。远远听到礼堂内人声鼎沸,不知在举行什么盛典。

齐天眉头一皱,正想着怎么混进去,却见人群中有几个媒体人正手忙脚乱地鼓捣着摄影器材,其中一人便是阿强。

齐天喜出望外,赶紧挤到人群边,拍了下阿强的肩膀。阿强转身,见是齐天,正要说话,齐天不由分说,将他从人群中拽出来,拉到墙角边。

"你怎么在这儿?"

"今天是《武魂》的媒体见面会,来了十几家媒体,我们公司娱乐部的一帮家伙昨晚吃大排档,结果食物中毒全进医院了,没办法,我这个社会部的只好临时接过这摊活儿。"

"那太好了,我和朋友想进去看一看,你有没有办法?"

"小菜一碟,包在我身上!"

阿强回到人群中,跟助手说了几句,拿了一包东西出来,递给齐天道:"来,这里有两件工作背心,还有两张机动采访证。等会你们冒充采访人员,和我们一起入场就行了。"

十七、爱情故事

51

齐天和萧珮身上套着"南天娱乐"字样的蓝色小马甲,脖子上戴着《南天都市报》的机动采访证,寸步不离地跟着阿强,顺利进入了电影首映厅。只见里面高朋满座、嘉宾云集,红地毯上,《武魂》剧组的主创人员正在和主持人互动交流,台下各路媒体的几十支"长枪短炮"闪个不停。齐天拉着萧珮在前排媒体专席的一个角落里坐下,直到此刻,紧张到极点的心情才稍微平静了一点。

尽早脱身是眼下的当务之急,可不用脑子都能想得到,此刻力天大厦所有的外部出口,一定被封锁得水泄不通,齐天和萧珮想要全身而退,只怕比登天还难。齐天想来想去,觉得只能等媒体见面会结束后,趁着众人散场的机会,和萧珮搭乘阿强单位的采访车,瞒天过海溜出去,除此之外,似乎也别无良策。

齐天正要跟萧珮说自己的打算,却见她低着头,不停地抽泣,眼睛肿得像核桃一样,楚楚可怜,知道她还在为任星宇的死伤心难过,不由长叹了口气,轻轻拍着她的肩膀,以示安慰。萧珮再也忍不住了,一头扑在他怀里,泪水盈盈,将他的衣服浸湿了一片。

齐天摸了摸萧珮的头,柔声道:"我知道你现在心里很难过,我的心情和你一样,但现在不是伤心的时候,我们得想办法出去,然后找到真正的幕后元凶,将他绳之以法,这样才能给星宇哥报仇!"

萧珮"嗯"了一声,一双手将齐天的胳膊抓得紧紧的,似乎想从他身上汲取一些力量,齐天另一只手将她搂得更紧了。

红地毯上,一身浓妆艳抹的女主持沈星月向《武魂》导演文正雨问道:"文导,您这部《武魂》是龙吟影视娱乐集团近两年重金打造的一部大制作,改编自知名网文IP,可谓万众瞩目,但是您既没有选择当红的小鲜肉,也没有邀请大腕明星加盟,请问您靠什么来赢得票房呢?"

这个问题问得十分尖锐,一时间全场鸦雀无声,所有的目光都集中在文正雨身上。

文正雨是一位近年来表现相当突出的新锐导演,自出道以来,虽然只拍了《疯狂的拳头》《盖世英雄》两部片子,但都是既叫好又叫座,被媒体称之为"电影圈的业界良心"。此刻,面对这个略显唐突的问题,他笑了笑,慢条斯理道:"我拍过两部电影,因为预算有限,所以都没有请明星出演,基本上用的都是新人,但票房都还不错,这让我更加坚定了自己的想法,那就是:电影最重要的就是讲好一个故事,如果你的故事能够吸引观众、打动观众,那么离成功也就不远了。"

文正雨话音刚落,台下掌声四起。台上的男主持高涵心知刚才沈星月提的问题不太招人待见,生怕她又出什么幺蛾子,赶紧插嘴道:"文导,您的前两部作品都是喜剧片,而且非常成功,请问您为什么会拍《武魂》这样一部武侠片呢?"

文正雨哈哈笑道:"我们做导演的,最怕的就是被人定性为只能拍某种类型的片子,除了喜剧片外,爱情片、惊悚片、战争片我都有兴趣尝试,当然我最想拍的还是武侠片,因为每个中国导演内心都有一个拍武侠片的梦想,所以,《武魂》算是我的圆梦之作。并且这部片子中有多个我向《精武英雄》这部经典之作致敬的场景,借此机会我也想表达对李连杰先生的敬意,感谢他的影片伴我一路成长!"

文正雨这番话说得十分诚恳,一听便知道他是李连杰的忠实粉丝。齐天不禁暗暗点头，文正雨是他十分欣赏的一位导演，这次近距离看他在现场接受采访，发现闻名不如见面，见面更胜闻名。

沈星月又连珠炮似的抛出问题道："文导，我很好奇，您是怎么挑选演员的？是凭直觉，还是去各地海选？像我这种类型的，有没有机会在您的新片中出演一个角色呢？"

文正雨思考了几秒钟，说道："我们是奔着小说剧本形象去找演员的，尽量找与角色气质吻合的，见面后试镜，感觉 OK 就可以定下来。我接下来筹拍的是一部古装动作片，名叫《锦衣卫之誓不低头》，讲的是明朝锦衣卫的故事，不过里面有个风尘女子的角色，倒是比较适合你。"

文正雨话音未落，台下哄笑声四起。沈星月却不以为意，接着话题说道："那文导，咱们就一言为定了。"

文正雨道："呵呵，这个我说了不算，还得制片人同意才行。"

沈星月道："那制片人是谁？"

文正雨道："是我老婆。"

文正雨此言一出，台下顿时笑声一片。圈内都知道，文正雨能够在竞争激烈的电影圈出人头地，很大程度上靠的是老婆金慧娴在他身后默默地支持，拍第一部片子时因为资金紧张，剧组停工了一个月，眼看就要黄了，金慧娴一狠心将位于北京三环内的房子卖了，自己砸钱进去，这才圆了文正雨的导演梦。因为是患难夫妻，加上金慧娴性子比较泼辣，所以文正雨向来以怕老婆著称，此刻他这般回答，显然是婉言拒绝了沈星月的要求。众目睽睽之下，沈星月撒娇卖嗲，却碰了一鼻子灰，台下不少人心中都暗暗叫好。

高涵见画风不对，正要转移话题，突然首映厅左右两侧的大门同时被人撞开，"哗啦啦"一下冲进来二三十名身着保安制服的汉子，为首之人是一身黑衣的光头大汉，台上主持和剧组人员都吓了一大跳，不知这帮人到底要做什么。齐天赶紧拉着萧珮蹲下身子，生怕被闯进之人看见。

光头大汉正是乌鸦，他炸开密道入口后，带人一路找来，不见齐、萧二人踪影，请示过龙日胜后，他派人将力天大厦的所有外部出口都封锁起来，外出人员一律仔细盘查。与此同时，开始逐个楼层、逐个房间，进行地毯式的大搜索，而首当其冲的，便是三楼外人聚集最多的电影首映厅。

高涵见整个场面被这帮不速之客弄得一团糟，怒道："你们要干什么？我们……"话还没说完，手上麦克风已被乌鸦夺走，顿时吓得目瞪口呆。

乌鸦拿着麦克风，大声道："各位来宾，刚刚发生了一起突发事件，有两名商业间谍潜入我们龙吟影视娱乐集团，窃走了一些机密文件，但还没来得及逃走就被我们发现，现在我们已封锁大楼所有出口，希望各位配合我们进行搜捕。得罪之处，请大家多多包涵！"

乌鸦这番话说完，台上众人面面相觑，没想到一场好端端的媒体发布会，竟然变成了这副模样。看着乌鸦这副凶神恶煞般的模样，众人皆是敢怒不敢言，不料却听一人悠悠道："为了抓两个小贼，不惜在众多媒体面前砸场子，这就是你们龙吟集团的待客之道吗？"众人望去，说这话的不是别人，正是文正雨。

乌鸦正一肚子火没地方发作，一听这话立时火冒三丈，骂道："你他妈的算哪根葱，居然敢在我们龙吟的地界上犯浑！"

文正雨一听也火了，朗声道："大路不平众人踩，我拍的既是《武魂》，当然见不得恶人当道！"

乌鸦气急败坏之下，顾不得三七二十一，重重一掌推了过去，文正雨猝不及防，竟被一下子乌鸦推倒在地，半天没爬起来。顿时，台上台下一片哗然，众人没想到乌鸦说不过竟然动起手来。

52

就在这时,只见台上一人跳出,飞起一脚,正中乌鸦胸口,一下子将他踢出三米开外。众人看得真切,只见此人一身白衣,长身玉立,丰神俊朗,气宇不凡,正是《武魂》的男主角项玉。他是文正雨一手挖掘出来的新人,曾习武多年,拿过国内不少武术比赛奖项,只是此前从未参演过任何影片,所以并没引起媒体的多少关注,没想到此刻他竟因导演受辱愤而出头,并展现出不凡的身手,顿时喝彩声一片,摄像机纷纷对准这位英气过人的少年,闪光灯闪个不停。

乌鸦从地上爬起来,一张脸涨得通红,他没想到在这里居然会碰上敢和自己作对的人,一时间恼羞成怒,大叫道:"把这小子给我拿下!"一挥手,十余名保安呈包抄状上前,准备动手。项玉年轻气盛,自然不甘示弱,拉开架势,准备应战。

两名保安冲在前头,一左一右朝项玉扑了过去,势如饿虎扑食。说时迟,那时快,还没等众人看清楚项玉如何出手,两名保安已经倒在地上,叫苦不迭。众人大惊,没想到项玉身手竟是快得如此不可思议,电光火石间便将两名彪形大汉撂倒在地。

乌鸦见状大怒,挥手示意手下围殴,顿时十余名保安一拥而上,将项玉团团围住,眼看一场混战在所难免。

此刻,各路记者又惊又喜,没想到出席一场媒体发布会居然能目睹全武行,回去报一个头条新闻是少不了的,于是纷纷抢占有利地形,几十支长枪短炮摆开阵仗,现场开拍起来。

眼看现场局面就要失控,就在这时,只听一个苍老浑厚的声音猛然响起:"都给我住手!"众人循声望去,却见观众席的一角,一位身材高大的老人霍然站起,他满头银发,脸色不怒自威,正是龙吟集团创始人龙在天。

众人都大吃一惊,本来这只是一个小型的媒体见面会,距离大规模的电影首映会还有一周的时间,所以龙吟影视娱乐集团除了来了个负责华南片区的市场总监外,并没有其他高层出席,没想到,一向深居简出、多年不理具体事务的龙总竟然也亲临现场,坐在观众席上看热闹,这简直出乎所有人的意料!

龙在天大步流星走到台上,乌鸦见老爷子满脸怒色,还想解释:"龙总,是少总让我……"话音未落,只听"啪"的一下,眼前一黑,接着眼冒金星,脸上火辣辣的一阵剧痛。知道是挨了老爷子一记重重的耳光,哪敢再说,只能站立当场,低头受教。

只听龙在天劈头骂道:"有你们这样招待客人的吗?快给我滚!"

乌鸦如蒙大赦,低着头,带着一众手下,灰溜溜地走了。

龙在天走到文正雨面前,一边伸手问候,一边道:"久仰文导大名,果然是青年才俊,名不虚传呐!"

文正雨受宠若惊,双手握住龙在天的手,说道:"龙总夸奖,愧不敢当。"

龙在天又道:"今天的事情是我手下处置鲁莽,言语中也多有得罪,回去我会好好教训他们,请文导多多包涵!"

文正雨忙道:"龙总言重了,一场误会而已,您千万别放在心上。"

龙在天点点头,又走到项玉面前,打量了一番,问道:"小伙子,身手不错嘛!你叫什么名字?"

项玉毕恭毕敬道:"龙总好,我叫项玉,项羽的项,玉石的玉。"

龙在天笑道:"嗯,不错!有没有兴趣加盟我们龙吟影业?"

龙在天一言既出,全场皆惊,龙吟影业是龙吟影视娱乐集团下面的明星经纪公司,旗下拥有二十多位国内一线明星,在娱乐圈中的地位举足轻重。现在龙在天当面向项玉抛出了橄榄枝,足以说明他对这个年轻人颇有好感。

项玉拱拱手,面有难色道:"承蒙龙总厚爱,在下感激不尽,只是我已经和星空影业签了五年的合约,不便中途……"话未说完,已被龙在天打断,"很好,以后有机会再合作。"说着,拍了拍他的肩膀,以示慰勉。台下不少人都暗暗摇头,觉得项玉错过了一个千载难逢的好机会,只要他点头同意,龙吟影视娱乐集团自会帮他搞定星空影业的解约事宜,而且他搭靠上龙吟这棵大树,以后可说是走上了一条星光大道,前途无量。可现在倒好,他一句话便把大好前程给堵死了。

接下来,龙在天和剧组人员及主持都一一握手问候,台上众人无不心花怒放,均觉三生有幸。台下,萧珮眼睛紧紧盯着龙在天的一举一动,片刻都不移开。

走完一圈后,龙在天回到舞台中心,面对观众席,面色凝重道:"今天的事情让各位朋友受惊了,虽然是我手下处置鲁莽,但根子在我管教无方,这里我向各位诚恳道歉!"说完深深鞠了一躬。

龙在天这番举动使全场寂静无声,众人没想到,以他这般位高权重的身份,竟然如此诚恳地道歉,不禁感动,哪怕原本心里还有一点儿芥蒂,此刻也已烟消云散。片刻后,全场响起雷鸣般的掌声,众人都被龙在天的胸襟气度所折服。

龙在天拱拱手道:"今天来的有十五家媒体,各家的老总都是我的旧识,所以我想一些不愉快的小事情,就不要放到版面上,免得伤了和气,希望各位能多多包涵!"

台下各路记者面面相觑,均是一脸为难,本来今天好不容易抢到一个头条大新闻,可现在看来是发不出去了,龙在天话里话外已说得很清楚,一来他已向各方赔礼道歉,场面上的礼数已经尽到了;二来他和各家媒体老总都有旧情,就算报道写出来,恐怕也发不出去。只是想到今天费了半天工夫,却白跑了这么一趟,众人都觉得有些沮丧。

龙在天看在眼里,又道:"今天各位朋友辛苦一场,我龙在天也确实过意不去,这样吧,三天后,我备一桌薄酒宴请各位,席间会宣布一条大新闻,各位意下如何?"

龙在天话音未落,已是满场沸腾,龙在天已十余年不在江湖上走动,只留下诸多传说,如今他能屈尊宴请在场众人,个个都觉脸上有光。更何况他还承诺在席间会宣布一条大新闻,以龙在天今时今日的江湖地位,他所说的大新闻无疑是重磅炸弹,一时间众人兴奋之情难以言表。

见众人欣然接受了自己的提议,龙在天颔首道:"我是个老牌影迷,很小就喜欢看武侠片,听说今天有《武魂》放映,特意过来捧场。现在时间不早了,我们还是抓紧时间看看电影吧。"

众人纷纷叫好。台上嘉宾和台下记者各自就位,全场熄灯,新片《武魂》的媒体专场正式放映了。

53

影片放了不到十分钟,全场观众几乎都被精彩的剧情吸引住了,齐天看得如痴如醉的时候,却被萧珮扯了一下胳膊,接着听到她在自己耳边低声道:"龙在天要走了,我们赶紧追上他。"

齐天虽然没弄明白萧珮此举何意,但还是顺着她的意思,低头悄悄出了观众席,蹑手蹑脚地跟在了龙在天身后。

龙在天带着助理从电影首映厅西北侧的一个隐秘小门出来,进入一段狭长而幽深的走廊,齐天和萧珮像做贼一样跟在后面,小心翼翼地与他保持着一段距离,生怕被这位大佬发现。

眼见龙在天身边只有一位手拿公文包的行政助理,齐天突然想到:龙在天是何等人物,为什么身边连个保镖都没有呢?正想到此处,只觉得眼前一黑,一座铁塔般的身影出现在眼前,自己的脸差点撞上对方的下巴。齐天急忙躲闪,却哪里来得及,只觉得对方如同老鹰捉小鸡般将自己牢牢抓住,丝毫动弹不得。身旁的萧珮被这突生变故吓住了,一时竟不知如何是好。

龙在天突然现身,冷冷道:"你们不是在进行游戏闯关吗?怎么跑到这里来了?"语气中透出一股寒意,显然刚才两人尾随身后他早已知晓。

萧珮急忙解释道:"有人要追杀我们,我们临时躲到这里来了。"

龙在天道:"哦?那你们跟踪我做什么?"

萧珮还没来得及回答,只听"哐当"一声,一个金属做的物件掉在了地上,原来是齐天拼命挣扎了一下,没有挣开保镖大汉的束缚,反倒是用力过猛,上衣口袋掉出一样东西落到地上,竟是一支钢笔。

齐天不由惊叫了一声,语气又气又急,这笔正是萧老太太送给他的那支派克75"西沉"限量款钢笔,当时萧老太太说它是幸运之笔,几次让她逢凶化吉,所以终极闯关这天,齐天特意带在身上,希望能给自己带来一点好运。

萧珮想帮齐天捡起钢笔,却被那名行政助理眼疾手快抢先捡了起来,递给了龙在天。

龙在天拿起钢笔,只扫了一眼,顿时脸色大变,仿佛见到了外星人一般露出难以置信的表情。接着,他将笔帽小心旋开,仔细端详了半天,颤声道:"你这钢笔是从哪里来的?"

齐天道:"是萧珮奶奶送给我的。"

龙在天眼中精光一闪,对着萧珮道:"你奶奶现在在广州吗?"

萧珮道:"在。"

龙在天以不容商量的口气道:"带我去见她!"

萧珮心想:太好了,我奶奶正想见你呢。忙不迭答应了。

龙在天做了个手势,保镖大汉一边松开手,一边带着歉意低声道:"朋友,得罪了!"这时,齐天才认出来对方正是之前坐直升机时有过一面之缘的雷镇,没想到他竟是龙在天的贴身保镖。

五分钟后,齐天和萧珮坐上了龙在天的私人座驾——一辆加长定制版的劳斯莱斯幻影。豪车开足马力,直奔萧蕙妍住的御香阁而去。

上车后,龙在天一言不发,手里拿着那支派克钢笔,翻来覆去地仔细端详着,仿佛这笔里隐藏着一个天大的秘密等着他去探究。

正当龙在天拿着笔思潮起伏的时候,萧珮突然来了句:"龙总,能不能借您的手机给我奶奶打个电话?我和齐天今天跑得匆忙,手机都没带身上。"

龙在天默然不语,掏出手机递给了萧珮。

萧珮说了声"谢谢",接过手机。拨通电话后,只听她说道:"奶奶,龙在天先生想见你,我现在他车上,我们马上就到了!"

接着,只听萧珮"嗯、嗯"了两声,便挂断了电话,将手机递回了龙在天。

龙在天道:"我这么一个不速之客突然造访,你奶奶欢迎吗?"

萧珮笑道:"我奶奶说,她等这一天等了几十年了。"

龙在天叹了口气,道:"我等这一天也等了几十年了!"

齐天在旁边听得一头雾水,他知道此刻不便提问,只好将诸多疑问装在肚子里。

十五分钟后,劳斯莱斯开到了御香阁前,那位英国管家早已迎候在大门前,恭恭敬敬地将众人迎进了庄园。

英国管家将众人带到了会客厅,请龙在天上座。龙在天也不客气,大马金刀地坐了下来,雷镇和助理并不就座,而是一左一右地侍立龙在天身后,表情严肃,仿佛哼哈二将一般。

萧珮见奶奶还没露面,便对龙在天道:"龙总,我上去叫下我奶奶,麻烦您稍等一会。"

龙在天点了点头。萧珮赶紧一路小跑地上了二楼。

萧蕙妍的卧室在二楼最里面,房门虚掩着,萧珮将脑袋探进去一看,不由吃了一惊,只见萧蕙妍正坐在梳妆台前,静静地看着镜中的自己,既似在发呆冥想,又似在追忆似水流年。她穿着一身剪裁得体的紫红色旗袍,脸上已化好精致的妆容,只是表情隐隐有些忧伤。

"奶奶,龙在天已经到了,您要不要现在下去?"

"等一会儿。你看看,我的头发乱了没有?"

萧珮仔细打量了一番,见她头发绾得整整齐齐,发髻上还插着一朵白金打制的珠花,笑道:"奶奶,您这一打扮,可真是女王范儿十足,走出去比皇太后还拉风。"

"龙在天什么样子?还精神吗?"

"他呀,跟七十岁的辛·康纳利差不多,还挺有男人味的。"

"唉,美人难免迟暮,英雄却能不老。"

"嗨,奶奶,您可别这么说,他再精神,和您站一起,也还是相形见绌呀。"

"你这丫头,就知道逗我开心。好啦,我们快下去吧,免得让人家久等。"

54

萧蕙妍从二楼楼梯款款走下来时,龙在天不由自主地从椅子上站了起来,眼睛直直地看着她,就在这一瞬间,他仿佛回到了四十多年前第一次见到她时的情景……

萧蕙妍走到龙在天身前站住,轻声说道:"噢,你来了!"这平平常常的一句话,却在龙在天心中激起了惊天狂澜,他禁不住伸出双手,握住萧蕙妍的手,一时间千言万语涌上心头却不知从何讲起,不经意间已是老泪纵横。一旁的雷镇和助理看得目瞪口呆,老爷子平素给人的印象从来都是不苟言笑、不怒自威,没想到此刻竟如此激动,实在令人大感不解。

这故人重逢的一幕,让一旁的萧珮也看得眼角含泪。不用多说,对于龙在天和自己奶奶的关系,她也猜出了几分。这一刻,她不由想起了张爱玲的那段话:于千万人之中遇见你所要遇见的人,于千万年之中,时间的无涯的荒野里,没有早一步,也没有晚一步,刚巧赶上了,那也没有别的话可说,惟有轻轻地问一声:噢,你也在这里?

山高水远,故人重逢,自然有一肚子的话要讲,坐下来后,龙在天咳嗽了一声,雷镇和助理赶紧知趣地退下了。萧珮正想拉着齐天回避一下,却被萧蕙妍打住了:"珮儿,齐天也不是外人,你们就在这里听一听奶奶的故事吧。"萧珮和齐天忙乖乖坐好。

萧蕙妍看着萧珮道:"珮儿,你知道眼前这位是什么人?"

萧珮不解道:"这位是龙在天先生,龙吟影视娱乐集团的董事长呀。"

萧蕙妍正色道:"他是你爷爷!"

萧蕙妍一言既出,满座皆惊,龙在天和萧珮更是面面相觑,怎么也不敢相信对方竟然和自己是骨肉至亲。

龙在天又惊又喜道:"哈哈哈哈!没想到我龙在天居然多出了一个嫡亲孙女!颜蕙,这到底是怎么回事?"

"颜蕙,多亏你还记得这名字!"萧蕙妍惨然一笑。

"我做梦都记得!当年我找遍了纽约大学商学院,都不见你的踪影;问遍了班上所有的老师和同学,都不知道你的下落。你就像人间蒸发了一样,怎么也找不到!"

"龙在天,你好狠心,你说回到香港,将我们的事情禀告父母后就向我求婚,可我等到的,却是你新婚的消息!"

"颜蕙,我对不起你!"龙在天单膝跪地,抱着萧蕙妍,泪如雨下。

随着两位老人你一言我一语的讲述,一段尘封已久的往事像冰海沉船般被打捞出来,慢慢浮出海面……

1970年,圣诞节前夕,纽约大学商学院(后改名为斯特恩商学院)。

萧蕙妍走在去往阶梯教室的路上,步履匆匆。节日在即,同宿舍的姑娘们都忙着和男朋友约会,只有她独自待在一个仿佛被春天遗忘的角落。不过这种情形对她来说已经是习以为常了,作为萧氏家族唯一的继承人,为了帮身体欠佳的父亲打理家族生意,研究生没读完她便一头扎入了商海,被迫中断学业成了她内心的一个遗憾。好在父亲明白她的心意,身体稍好一些,便通过在学界的老友,为女儿争取到了一个在纽约大学商学院进修半年的机会,于是萧蕙妍才有机会重返校园。不过,在校期间她用的是化名颜蕙。因为当年纽约发生了几起针对华人富商及其子女的绑架勒索案,父亲担心萧蕙妍的人身安全,所以特意让她用化名。

在阶梯教室里看了半天书,颜蕙觉得有些目倦神疲,于是合上书本,走到教室外的草地上散步。前些日子纽约刚下了一场大雪,铺天盖地下了几天才停,校园里积雪未融,靴子踩在雪地上发出"咯吱、咯吱"的声音,在这空旷凄清的氛围下显得格外刺耳。

一阵寒风吹过,颜蕙感觉到一丝凉意,套紧了围巾,回到了教室。

坐下来后,颜蕙马上意识到,她的书被人动过,书中夹着一张露着头的纸条。颜蕙摇了摇头,抽出一看,原来是张《爱情故事》的电影票。这是一部最新热映的好莱坞爱情片,上映没几天,在全美已成为

风颜蕙笑了笑,将电影票翻了个面,却发现背面写着几行字,竟然还是工工整整的繁体字,顿时大吃一惊,只见上面写着:

关关雎鸠,在河之洲。

窈窕淑女,君子好逑。

请卿共赏,爱情故事。

同在天涯,不负良辰。

龙

颜蕙将电影票翻来覆去看了几遍,心头涌起一种奇妙的感觉。之前她也碰到过好几次追求者的表白,但西方人的表白方式大多很直接,不是邀请她作为舞伴一起参加圣诞舞会,就是认识没多久便对她说"I love you"潜意识里她一直不太喜欢这种过于直白的方式,没想到今天,碰上了一位懂得东方古典和含蓄传统的神秘男士:知道用《关雎》来起兴,知道用"人在天涯"来拉近距离,更知道用中国字来引起颜蕙的注意。看来这位男士在暗中观察自己已有一段时间了,并且他应该也是一位华人。想到这里,颜蕙不觉满脸娇羞,这种感觉于她,竟是生平从未有过……

十八、真相大白

55

电影是第二天晚上七点钟场次，在学校附近一家名为"STAR"的影院上映。

手上的票是VIP厅的，颜蕙进场后，却发现全场空无一人。颜蕙坐下后，看了看表，还有五分钟电影就开场了，可是仍不见其他观众入场，更不用说那位神秘男士。难道是有人故意戏弄自己？想到这里，她心中不禁有些着恼。

就在颜蕙心神不定的时候，大银幕前突然出现一位男士，只见他二十五岁左右，身材高大挺拔，典型的东方面孔，但五官却长得棱角分明，加上一身剪裁得体的西装三件套，更显得一表人才。他满脸笑容，对着颜蕙鞠了个躬，说："颜小姐，非常高兴你能大驾光临！"说的是国语，不过却带了点儿粤语的口音。

"你是……"

"我叫龙在天，之前上公开课时被颜小姐的风采所倾倒，所以冒昧发出邀请。"

对方这么一说，颜蕙突然想起上个月在阶梯教室听查理·辛教授的课时的场景，因为是公开讲座，所以来了不少外班的学生过来旁听，龙在天这个东方面孔在其中比较显眼，自己倒是有一些印象。

龙在天在颜蕙身旁的座位上坐下了。颜蕙问道："怎么没有其他观众？"

龙在天笑道:"这里被我包场了。"

颜蕙不以为然道:"你不觉得这样做很浪费资源吗?"

"我喜欢在一个静谧的氛围里欣赏电影,而不喜欢太过嘈杂的观影环境,更何况今天是和一位我十分仰慕的女士共同观影,所以,请原谅我这样做。"

"你很喜欢看电影?"

"是的,我的理想就是在中国开上千家连锁影院,并且要创办全中国最大的电影公司,拍最好的电影。不过痛苦的是,父亲一直在催我回去接手他的皮鞋公司。"

"别放弃,我相信你会实现自己的理想。"

谈笑间,影厅里的灯熄了,电影开始了。影片果然引人入胜,没多久颜蕙便沉浸在精彩的剧情中,忘了身边还有一个龙在天。

出了影院,龙在天见颜蕙眼睛红了一圈,知道她是看得太过投入了,说道:"真遗憾我不是你的男朋友,要不然我可以用我的衣袖给你擦眼泪。"

颜蕙被他这句话逗得破涕为笑,回敬道:"作为一名绅士,带女生看这么悲伤的片子,居然连纸巾都不备好?"

"是我的错,以后我一定会将这个宝贵经验教给我儿子。"

"我还是第一次碰到像你这样疯狂喜欢电影的人!"

"我也是第一次碰到像你这样令我心脏狂跳不已的女生,以至于今天整晚,我都不知道自己看了什么片子!"

颜蕙愣住了,面对龙在天如此大胆的表白,她一时间不知道如何回应。

突然,龙在天猛地抓住她的手,一把将她拉到身边。

颜蕙又羞又恼,正要用力挣脱,却觉身后一辆轿车贴身开过。刚才若非龙在天眼疾手快,颜蕙差一点就要被路口冲出来的这辆车子撞到。

颜蕙惊魂未定,还没来得及说谢谢,却发现已被龙在天紧紧地抱在怀里。她想挣脱,却觉得手脚酥软,身体似乎十分享受这种感觉。面对龙在天那张英俊的脸慢慢贴近,她只觉得意乱情迷,仿佛《爱情故事》中的詹妮弗面对奥利弗的真情表白一样无法自拔……

陷入爱河中的人,往往控制不住自己。被丘比特之箭射中的颜蕙,很快和龙在天确定了恋爱关系,那段短暂的日子,是她一生中难以忘怀的甜蜜时光。

只是,生活永远少不了意外。没多久,颜蕙发现自己怀孕了。就在这时,龙在天却接到了母亲病重的电话,必须马上赶回香港探望。他答应颜蕙,从香港回来后,就和她结婚。临走前,龙在天将那支刻有两人姓氏缩写的派克钢笔送给颜蕙,作为订婚信物。

世事难料,恋人的海誓山盟言犹在耳,可残酷的现实却压得人喘不过气来。龙在天回香港后,就如人间蒸发了一般,再也没有了音信。

一周、两周、三周……一个月、两个月、三个月……随着时间的消逝,颜蕙心中的希望在一点点破灭,终于有一天,颜蕙看着镜子里那个面容憔悴、小腹隆起的女子,告诉自己,他不会回来了!

眼看着肚子一天天大起来,颜蕙只好提前办理了退学手续。她想把腹中的胎儿打掉,可她母亲是个虔诚的基督教徒,知道后坚决反对,颜蕙只好作罢。

素来以宝贝女儿为荣的萧老太爷得知此事后大为震怒,见女儿自始至终不愿说出肇事者是谁,也不肯打掉腹中胎儿,一气之下,病情加重,溘然长逝。这也成了颜蕙一辈子最大的遗憾。

"龙在天,当年你就这样一走了之,你对得起我吗?"萧蕙妍泣不成声道。

"颜蕙,我对不起你!我对不起你!"龙在天双膝跪在萧蕙妍面前,老泪纵横。

龙在天抓着萧蕙妍的手,哽咽着讲述了他回到香港之后的故事。原来龙在天回港后,发现母亲身体无恙,正觉得奇怪,父亲龙振飞却告诉了他一个噩耗:家族的制鞋工厂不小心失火,连同仓库一夜之间化为灰烬。更糟糕的是,仓库内存放的准备发给海外客户的上万双皮鞋被火烧得荡然无存。如此一来,龙家因无法交付订单将欠上一大笔债务。龙振飞走投无路之下,想起了当年和他一起来港打拼的老友谢天华,两人曾是结拜兄弟,并一起创办了"振华鞋业"这个鞋厂,后来因为意见不合,于是分道扬镳。谢天华自立门户,做起了珠宝生意,数十年工夫便做得风生水起,成为港岛知名的珠宝大亨。龙振飞找到谢天华,希望他看在当年情分上,能够施以援手。谢天华一口答应,不过却提了一个条件:他膝下一子一女,儿子早已结婚生子,但女儿尚未婚嫁,他早就看中龙在天一表人才,想将女儿许配给龙在天。龙振飞一听犯了难,他知道自己儿子生性倔强,连家族生意都没兴趣继承,更不用说接受这种包办婚姻。但是想来想去,没有更好的办法,只能把儿子先骗回香港再说。

龙在天一听,恍若五雷轰顶,父亲这样做分明是要他牺牲自己的婚姻幸福来拯救整个家族生意的存亡。可是,他做不到!不要说谢家小姐他从未见过,单单想到远在大洋彼岸的颜蕙正望穿秋水地等着他回去,他就没办法答应这门婚事!

龙振飞把儿子关在家里,不让他出去。龙在天倔脾气上来,两天水米未尽,以绝食来抗议。等到第三天,龙夫人端着鸡汤送到儿子房间,见饿得形销骨立的儿子依旧不肯喝,情急之下,颤声道:"天儿,你不想娶谢家小姐也由你,喝了这碗汤你就走吧,以后你回来只怕再也见不着我和你爸了!"

龙在天心头一紧,知道母亲这番话绝非儿戏,这场大火不仅将龙家几十年的基业烧得干干净净,还欠下了一屁股的债,自己可以一走了之,只是万一债主上门追债,年老多病的父母亲恐怕是死路一条。

想到这里,龙在天心如刀绞。终于,他强忍着悲痛,含泪道:"妈,婚事你们定个日子吧。"

就这样,半个月后,龙在天和谢家小姐成了亲。谢天华也信守承诺,帮龙家偿还了欠下的债务。龙在天自觉对不起颜蕙,一直不敢和她联系,只是始终耿耿于怀。直到三年后,他托人去纽约大学商学院打听,才知道他回港的那一年四月份,颜蕙便匆匆办理了退学手续,老师和同学们都不知道她的下落。

56

往事一言难尽,伤痛刻骨铭心。两位年过古稀的老人说着说着都以泪洗面,一旁的齐天和萧珮也不胜唏嘘。

龙在天突然想到了什么,问道:"你说我是萧珮的爷爷,那她的父亲,也就是我的儿子,他在哪里?"

萧蕙妍对萧珮道:"跟你爷爷讲讲你父亲的事。"

萧珮含着泪,一五一十地讲起了父亲萧乘风的生平,最后讲到父母亲在2004年法国巴黎一场车祸中遇难的遭遇时,已是泣不成声。

龙在天轻轻摸了下萧珮的头,心疼道:"苦命的孩子,爷爷对不起你们"

突然,萧蕙妍厉声道:"龙在天,2004年12月23日,那一天,你在哪里?!"

龙在天愣了一下,反应过来后,说道:"那一天我在斯特恩商学院。"

龙在天的回答显然大出萧蕙妍意料,她问道:"你去那里做什么?"

龙在天道:"我俩是在1970年的圣诞前夕认识的,我年纪大了很喜欢怀旧,所以每年圣诞期间都会去学校里走一走,当然还怀着一点儿念想,希望有一天能遇到你!"说到此处,龙在天似乎意识到了什么,提高声音道:"你这样问,难道是怀疑乘风的死和我有关吗?"

萧蕙妍冷笑几声,从怀里拿出一枚鸽蛋大小的银白色徽章,说道:"你看,这是什么?"

龙在天定睛一看,不由得大吃一惊,说:"这是我龙吟影视娱乐集团专有的白金睿领徽章,只有少数几人才有资格佩戴,你从哪里得来的?"

萧蕙妍道:"乘风两口子在2004年的巴黎车祸中遇难,事发后我火速赶去处理后事。我觉得他们二人死得蹊跷,便派人调查造成车祸的肇事司机,结果发现在他入狱期间,他妻子户头上多出了200万欧元的不明转账。于是我在这个司机出狱后派人抓住他,用了些手段,他最后招供了,是有人让他故意制造这场车祸的!"

萧蕙妍一言既出,举座皆惊。萧珮更是瞪大了眼睛,几乎不敢相信自己的耳朵。

龙在天怒不可遏道:"是谁?到底是谁?"

萧蕙妍咬牙切齿道:"那名肇事司机还没来得及说出幕后主使是谁就被人干掉了,临死前他手里紧紧握着这枚徽章。"

龙在天拿过那枚白金徽章,仔细端详了一会,脸上表情错综复杂,眼神更是难以置信,口里喃喃道:"他,难道是他?"

就在这时,只听到一阵轻快的掌声响起,一个一身阿玛尼的中年男子边拍掌边款步走入,不是别人,正是龙日胜,他嘴里还叼着一支粗大的雪茄。在他身后,十余名手持无声手枪的黑衣男子呈环形将场内四人团团围住,为首的正是乌鸦。

龙日胜将嘴里的雪茄拿下,吐了个烟圈道:"恭喜你们老两口破镜重圆,恭喜你们爷孙骨肉团圆,看来今天还真是个好日子!"

龙在天勃然大怒道："胜儿,乘风两口子是你派人杀的吗？"

龙日胜狞笑道："不错,是我做的。"

龙在天火冒三丈,骂道："你这个畜生,乘风可是你哥哥！"

"哈哈哈哈！"龙日胜长笑几声,脸色一阴道："哥哥？呵呵,我只知道,谁敢挡我的道,谁就得死！只有我才是龙吟影视娱乐集团唯一的继承人,我才是！"

龙在天气急败坏道："没想到我龙在天一世英雄,竟然养出了你这么一个逆子！"

龙日胜叹了口气道："上帝会把我们身边最美好的东西拿走,以提醒我们得到的太多。"说到这里,他口气一变,重新变得冷酷无情,说,"我十五岁那年,在家里无意中翻到一张《领养证书》,才知道老妈她无法生育,我是被你们收养的孩子,那一刻,我的世界坍塌了,我一直担心有人会夺走我现在拥有的这一切,尤其是当我知道你一直在找一个叫颜蕙的女人。我三十岁那年,终于查清楚,我在这世上还有一个哥哥,不,是要抢夺我财产继承权的竞争对手,那么好吧,既然他挡了我的道,我只能送他上西天！"

"你还我儿子的命来！"萧蕙妍怒不可遏地朝着龙日胜扑上来,被一旁的乌鸦一把推开,倒在地上。萧珮赶紧过去扶住奶奶。

齐天走上前,指着龙日胜,怒道："你为什么要把好好的一款电影游戏改造成杀人游戏？"

"哈哈哈！"龙日胜狂笑几声后,目露凶光道："你不觉得这个世界上人太多了吗？自然界有'弱肉强食,适者生存'的优胜法则,我们人类就不要用所谓的科技和文明来强行改变这个结果。对我来说,黄金时代也好,死亡游戏也好,只要能解决人口膨胀、环境恶化这个问题的,就是一款好游戏！"

齐天眼里如欲喷血,骂道："你这个疯子,压根儿就不应该来到这个世上!"

龙日胜道:"问题是,我来了,所以你们该走了!"

黑衣男子们将枪口对准了众人,眼看一场杀戮在所难免。

龙在天惨笑一声,双膝跪倒在龙日胜面前,凄然道:"胜儿,这所有的一切,都是我造的孽,你要杀,就杀我好了,只求你放过其他人!我会写一份遗嘱,将所有的财产都转让给你。"

龙日胜双手将龙在天扶起,皮笑肉不笑道:"老爸,你这么做,我很感动,但是事已至此,我也没有退路了。"说着,示意手下准备动手。

说时迟那时快,只听"砰砰砰砰"之声响个不停,犹如爆豆一般,众人惊慌失措,纷纷躲闪。待到枪声方歇,众人一看,只见黑衣男子倒了一地,每人身上要害处都中了一枪。与此对应的是,屋内多了两名手持双枪的生猛男子,威风凛凛,杀气腾腾,像极了电影中的角色。这两人不是别人,正是雷镇和陆彪。

原来龙在天讲述往事时,雷镇出来巡场,正好遇见在后花园练武的陆彪,一时兴起,上前切磋了一番,结果是旗鼓相当、不分胜负。两人恰似豹子头遇上花和尚,起了惺惺相惜之意,正谈得投机,龙日胜带大队人马杀到,两人见势不妙,先藏了起来,伺机解决了屋外望风的几名打手后,两人解下手枪,在最后关头并肩杀出,一举建功。

眼见形势逆转,众人还没来得及欢呼,却见龙日胜左手扼住龙在天的脖子,右手持枪对准他的脑袋,疯狂叫嚣:"都给我把枪放下!"

龙在天劝道:"胜儿,苦海无边,回头是岸!"

龙日胜咆哮道:"闭嘴!再不把枪放下,我就开枪了!"

雷镇和陆彪对望一眼,将枪丢在地上。

"把枪踢过来!"龙日胜又喊道。

雷镇和陆彪几乎同时将枪踢到龙日胜身前。就在这时,只听龙日胜"啊"的一声大叫,接着"砰"的一声,一颗子弹打在屋顶上,尘土扑簌直落。这一下兔起鹘落,众人还未看得分明,却见龙日胜已被雷镇和陆彪制服,像团软泥般瘫在地上,动弹不得。

原来刚才雷镇和陆彪踢枪的瞬间,龙日胜略一分神,龙在天掏出派克钢笔,一把扎在龙日胜小腹上。龙日胜剧痛之下,手一哆嗦,子弹贴着龙在天额头打到屋顶上,还没等他接着开枪,齐天套上指虎的右拳已经打在他的手肘上,顿时龙日胜手枪脱手。没容龙日胜反应过来,雷镇和陆彪两大高手同时扑上,片刻工夫便让他筋断骨折,瘫倒在地。

龙在天额头鲜血直流,萧蕙妍扯断衣袖帮他捂住,泪水忍不住夺眶而出。

龙在天笑道:"别担心,我这是皮外伤,死不了。"说着,摸了摸一旁萧珮的头发,叹道:"真像,和你奶奶年轻时候的样子真像!"

57

三天后,龙影山庄会客厅。

台上站着龙在天,虽然年逾古稀却丝毫不显疲态。他特意戴了顶礼帽,以遮挡额头的伤口。台下,几十架长枪短炮对准了这位深居简出多年的龙吟影视娱乐集团掌门人。几十名媒体记者正是三天前在龙吟影视娱乐集团参加媒体发布会的同一拨人,中午品尝过龙在天亲自款待的丰盛午宴后,下午便全都聚集在此处,等着龙在天即将公布的大新闻。

龙在天拿起麦克风,朗声道:"感谢各位媒体朋友的大驾光临!本来,龙吟影视娱乐集团只准备了一条新闻,但是生活就像电影一样,总有意想不到的事情发生,所以今天我有两条新闻要宣布!"

台下记者一个个兴奋异常,闪光灯闪个不停。只听龙在天说道:"第一条新闻,今天上午,龙吟影视娱乐集团已完成对星空影业的全资收购,包括文正雨、项玉等三十多位演职人员均已归属龙吟影业旗下。"

龙在天话音未落,台下已是群情耸动,众人纷纷想到三天前的媒体发布会上,龙在天对身为新人的项玉青睐有加,主动伸出了橄榄枝,项玉以有约在身而予以婉拒,没想到龙在天居然将市值几十亿的星空影业直接收购了,项玉顺理成章地成了旗下艺人,这般有钱任性的霸气,实在令人叹为观止,不愧是当年在江湖上留下众多传说的一代枭雄!

看到众人脸上吃惊的表情,龙在天似乎颇为满意,他摆了摆手,示意大家安静下来,接着朗声道:"至于这第二条新闻,是关于我本人的。"

龙在天一言既出,全场顿时鸦雀无声,所有人的目光都集中在他身上。三天前,龙吟集团的总裁龙日胜因涉嫌谋杀案被警方逮捕,坊间已传得沸沸扬扬,有人说龙在天将重返台前全面接掌龙吟集团,也有人说龙在天将引咎辞职把掌门人之位授予他人,众说纷纭,各执一词。现在看来龙在天是要亲自出面辟谣了。

看着台下无数双好奇的眼睛,龙在天叹了口气道:"近日,龙吟集团前总裁龙日胜因涉嫌谋杀案被警方逮捕,身为龙吟影视娱乐集团董事会主席和龙日胜的养父,我教子无方,用人不当,对此我内疚不已,在这里,也向社会各界表示深深的歉意!"说着,对着台下深深地鞠了一个躬。

台下记者议论纷纷,今天他们还是第一次听说,原来龙在天只是龙日胜的养父,难道,这又是一场豪门恩怨?嗅觉灵敏的记者们一个个都竖起了耳朵。

龙在天停顿了一下,又接着说:"经历了这件事情后,我感触颇深,人生苦短,每个人都会死去,但不是每个人都曾经真正活过。我每次回想起自己走过的人生旅程,就发现自己最开心的那段时光,是 1970 年在斯特恩商学院进修时,和一位女士共同度过的时光,她的名字叫萧蕙妍。"

龙在天一番话在台下引起了轩然大波,众人都没有想到,在这样一个重大场合,丧偶多年的龙在天竟然会提起自己的昔日恋人,不少人都在询问"萧蕙妍是谁",当然也有个别消息比较灵通的人士,知道这位萧蕙妍女士是北美萧氏集团的董事长,身份也大非寻常。

讲到这里,龙在天声音似乎有些激动:"本来我以为这辈子再也没有机会见到我最爱的人了,但是没想到,三天前,我又见到了萧蕙妍女士,我终于有机会弥补自己当年的遗憾,所以今天在这里,我宣布,我和萧蕙妍女士结为夫妻,谢谢大家到场见证!"龙在天说着,右手一抬,一位雍容华贵、仪态端庄的妇人款款走上台,正是萧蕙妍,只见她脸色绯红,颇有些不好意思。

台下短暂的沉寂后是一片热烈的掌声,一些年轻的女记者甚至感动得流下了眼泪,大家没有想到,今天的两条新闻,一条比一条劲爆,更没有想到,今天居然能见证一对古稀新人的婚讯,这其中该蕴藏着怎样感人的爱情故事!

当龙在天紧紧抱着萧蕙妍的时候,现场响起了《爱情故事》的主题曲,无数鲜花撒了下来,闪光灯更是闪耀得如同节日礼花一般璀璨夺目!

从会客厅出来后,齐天和萧珮走在一条僻静的林荫小路上。

见萧珮半晌沉默不语,齐天逗趣道:"没想到今天的新闻发布会成了你爷爷奶奶的证婚典礼了!"

萧珮道:"我听奶奶说,她这么一把年纪,也不想再举办什么仪式了,今天这个差不多就是她和爷爷的婚礼了。"

齐天叹道:"他们一路走到今天,真是太不容易了!"

萧珮看着他,似笑非笑道:"我的项链呢?"

齐天赶紧翻开衣领,摸出那条心形木扣项链道:"我戴着,从不离身。"

"这还差不多。"

"咱们什么时候也摆个酒吧?"

萧蕙妍撇撇嘴道:"你想得倒美,我还没对你考验完呢!"

齐天见讨了个没趣,只好转移话题道:"现在游戏测试也结束了,下一步我还真不知道做什么好。"

萧珮笑道:"你不是有一千万美元的闯关奖金吗?刚好可以去圆你的导演梦呗!"

齐天道:"拍电影哪有那么容易的,我还是找个机会先从场记做起吧。"

这时,萧珮的手机响了,她看了看来电显示,笑着打开了免提。

"师妹,你能不能帮我个忙啊?我电影刚开拍,资金链断掉了,你要再不伸出援手,剧组几十号人都得喝西北风了!"听声音,正是萧珮的师兄路浩。

"师兄,你不是有牛老板这个金主吗?"

"嗨,别提了,最近影视圈不是查税查得厉害吗,牛老板忙着去霍尔果斯擦屁股去了,根本顾不上我这头。师妹,我这次全部身家都砸进去了,可片子还差了八百万,你可一定要帮我啊!"

"帮你没问题,不过我有个条件!"

"啥条件都行,女一号给你都可以。"

"女一号倒不用,你帮我安排一个副导演吧。"

"没问题!"

萧珮挂完电话后,齐天笑道:"你是让我去你师兄剧组做副导演吗?"

"哦,这不过是热身罢了,接下来还有更艰巨的考验等着你。"

"什么艰巨考验?"

"龙吟影视娱乐集团明年将投资拍摄一部史诗级大制作,请了国内最好的大导演来执导,你呢,会作为我们投资方的代表,以副导演的身份进剧组学习。"

"你这样做,让我压力很大哦!"

"还有更让你吃惊的事。"

"什么事?"

"这部新片邀请了两位好莱坞大明星加盟,相信你会很感兴趣的。"

"谁呀?"

"等会你就知道了。"

这时,两人已经走到了小路的尽头,前方是一个美丽的湖泊,碧绿的湖水仿佛一块巨大的翡翠,让人目眩神迷。奇怪的是,几十米外的岸边竟有一个简易的小酒吧,无门无窗,里面除了一个放着各色酒水的小酒柜和一张吧台外,只有三张椅子,两个男人正举杯痛饮。

远远看见齐天和萧珮,两个男人兴奋得向他们直招手。齐天虽觉莫名其妙,还是赶紧迎上前去。等到走近时,不由大吃一惊,原来这两人不是别人,正是他在大银幕上无数次领略过其风采,而在游戏世界中又曾并肩作战的尼古拉斯·凯奇和基努·里维斯!

"你们怎么在这里?"

"嘿,兄弟,今天咱们可要喝个痛快!"

……

后 记

人生可以比电影更精彩

对一个超级影迷来说,为喜欢的电影写影评是件再普通不过的事,至于亲执导筒拍摄电影则只有极少数幸运儿能够做到,而写一部以电影为题材的小说,在我看来难度介于这两者之间,既不是那么轻而易举,也不是那么难于登天,所以自认为是超级影迷的我,干脆尝试一下这件此前似乎没什么人做过的事情,算是用行动向我热爱了二十多年的电影女神,表达心中的爱意。

写这部小说的过程,于我是一个痛并快乐着的过程。其间,我可以天马行空地驰骋想象,在逻辑合理的框架内,尽情编织一个电影迷奇幻之旅的美妙故事,甚至可以把自己也代入其中,这种感觉十分有趣。但同时,写作期间我也经历了三番五次的病痛折磨,一度中断了创作,这也让我认清了一点——写作不仅仅是一项脑力劳动,还是一项艰苦的体力劳动。正如美国作家威廉·M·埃克斯所言:"写作不适合懦夫,它需要投入巨大的心力和精力,艰苦卓绝。从事这项工作一段时日,你就会被痔疮、背痛缠身。如果你一心只想着挣钱,你绝对没法捱过这漫长过程中深入骨髓的艰难困苦。所以,看在上帝的份上,你得确实有什么想说才行。"

好在,我确实有满脑子关于电影的奇思妙想,它们就像一座沉睡上千年的死火山深处的灼热岩浆,终于等来了可以喷涌而出的机会,以至于我在写作时不得不时时给各种疯狂的念头浇浇冷水,免得岩浆过处,只留下一片焦土。

写作的人都知道,写小说是一件让人心力交瘁、痛苦不堪的事情,写长篇小说尤其如此。虽然最终的目的之一是为了娱乐读者,但写的过程中,作者一定要给自己找点儿乐子,不然不足以支撑如此漫长而孤独的写作时光。对我来说,除了让主人公在做正事之余做一些无伤大雅但好玩的事情外,再就是夹带点儿私货,比方说:在书中罗列出上百部我比较喜欢或印象颇深的电影,或者暗藏一些与电影有关的彩蛋,相信喜欢电影的读者对我这点儿小嗜好应该会报以宽容的一笑。

小说杀青后,我最大的心愿便是希望读者中能有另一位超级影迷,因为喜欢这本书而将它搬上大银幕。虽然这个希望十分渺茫,但我还是希望能够梦想成真。毕竟二十多年前,当一个苦闷的高中生,晚自习偷偷跑出来,溜到录像厅里看《倚天屠龙记》时,完全想不到他后来会疯狂迷上电影,甚至写出《电影迷的奇幻之旅》这样一部小说!所以说,人生可以比电影更精彩离奇,就看我们每个人如何去书写。

在本书的创作及出版过程中,我要感谢张意妮女士,她从专业角度提出了许多宝贵的意见。也要感谢傅兴文先生,为本书能够顺利出版付出了无数的心血。

最后,我要感谢我的妻子,在我人生最低谷的时候,她找到了我,并陪我看了数百场电影。我希望,在接下来的日子里,和她一起看完一千零一部电影,直到世界的尽头。

图书在版编目（CIP）数据

电影迷的奇幻之旅 / 东海一族著 .－－哈尔滨：北方文艺出版社，2022.6
 ISBN 978-7-5317-5222-6

Ⅰ.①电… Ⅱ.①东… Ⅲ.①长篇小说－中国－当代 Ⅳ.①I247.5

中国版本图书馆 CIP 数据核字（2021）第 276845 号

电影迷的奇幻之旅
DIANYINGMI DE QIHUAN ZHILU

作　　者 / 东海一族	
责任编辑 / 张贺然	装帧设计 / 韵之周　蔡宏仓
出版发行 / 北方文艺出版社	邮　编 / 150008
发行电话 /（0451）86825533	经　销 / 新华书店
地　　址 / 哈尔滨市南岗区宣庆小区 1 号楼	网　址 / www.bfwy.com
印　　刷 / 河北信德印刷有限公司	开　本 / 880mm×1230mm　1/32
字　　数 / 150 千	印　张 / 7.5
版　　次 / 2022 年 6 月第 1 版	印　次 / 2022 年 6 月第 1 次印刷
书　　号 / ISBN 978-7-5317-5222-6	定　价 / 58.00 元